# SHERRYL WOODS

SECRETOS POR DESCUBRIR

Editado por Harlequin Ibérica.
Una división de HarperCollins Ibérica, S.A.
Núñez de Balboa, 56
28001 Madrid

© 2015 Sherryl Woods
© 2018 Harlequin Ibérica, una división de HarperCollins Ibérica, S.A.
Secretos por descubrir, n.º 153 - 26.4.18
Título original: Dogwood Hill
Publicada originalmente por Mira Books, Ontario, Canadá

Todos los derechos están reservados incluidos los de reproducción, total o parcial. Esta edición ha sido publicada con autorización de Harlequin Books S.A.
Esta es una obra de ficción. Nombres, caracteres, lugares, y situaciones son producto de la imaginación del autor o son utilizados ficticiamente, y cualquier parecido con personas, vivas o muertas, establecimientos de negocios (comerciales), hechos o situaciones son pura coincidencia.
® Harlequin, HQN y logotipo Harlequin son marcas registradas por Harlequin Enterprises Limited.
® y ™ son marcas registradas por Harlequin Enterprises Limited y sus filiales, utilizadas con licencia. Las marcas que lleven ® están registradas en la Oficina Española de Patentes y Marcas y en otros países.
Imagen de cubierta utilizada con permiso de Shutterstock.

I.S.B.N.: 978-84-9170-880-3
Depósito legal: M-2975-2018

*Queridos amigos:*

*No hay muchas cosas que puedan hacer tambalearse los cimientos de una familia tan fuerte como los O'Brien. Sin embargo, el nuevo entrenador de fútbol americano del instituto, Aidan Mitchell, llega a Chesapeake Shores con un secreto que va a revolver las cosas.*

*Si a esto se le suma otra recién llegada, Liz March, que también tiene algún que otro secreto, ya hay suficientes emociones para esas largas conversaciones matinales que a las mujeres O'Brien les gusta tener en el Sally's Café.*

*A mí me encantan los O'Brien, y esta oportunidad de animar un poco las cosas en el pueblo era tan buena que no podía dejarla pasar. Espero que disfrutéis leyendo cómo van desvelándose los secretos y cómo acogen los O'Brien a estos dos nuevos vecinos.*

*Creo que demuestran una vez más que lo que cuenta es la familia, sea como sea.*

*Os deseo lo mejor,*

*Sherryl*

# Capítulo 1

Allí, junto al Instituto de Chesapeake Shores, la primera vez que iba a aquel pintoresco pueblecito de la bahía de Chesapeake, Aidan pensó que nunca en la vida había visto nada más hermoso.

No era la ladera de la colina, cubierta por un bosque de cornejos con floraciones blancas y rosas, aunque aquel paisaje era espectacular e inesperado en mitad de un pueblo. Tampoco la bahía cercana, que brillaba bajo el sol de primavera, que hacía que tuviera ganas de ir de pesca, aunque solo hubiera pescado una vez en su vida. Tampoco era el moderno estadio de fútbol, que tenía un marcador electrónico, una hierba verde y exuberante y unas gradas impresionantes, aunque todo aquello habría bastado para dejarlo alucinado, ya que era el próximo entrenador de fútbol del instituto.

No, lo que captó toda su atención fue la esbelta mujer de pelo rubio que estaba persiguiendo, entre risas, a un cachorrito que corría detrás de toda una manada de gansos del Canadá.

Justo en aquel momento, el perrito, que parecía un pastor australiano por sus colores negro, blanco y marrón, lo vio a él e intentó integrarlo en el grupo de los gansos. Parecía que el instinto empujaba al cachorro a pastorearlos. Tenía un parche de pelo negro alrededor de uno de los ojos y parecía un pirata. Aidan sonrió al verlo.

—¡Para! Archie, ya está bien —le ordenó la mujer, que intentó sin éxito contener la risa—. Siéntate. Sé bueno.

Archie se sentó obedientemente, con la lengua colgando, y miró a Aidan esperanzadamente.

—Lo siento mucho —le dijo la mujer—. Se me ha escapado.

—No te preocupes —dijo Aidan.

—Bueno, es un problema. Hay que llevar a los perros con correa, y en el pueblo son muy estrictos con esa norma —le explicó ella, mientras ataba a Aidan con la correa—. Salvo en el parque para perros que hay al otro lado de la colina. Está vallado para que los perros puedan correr en libertad, pero Archie ha visto a los gansos y, por instinto, ha salido corriendo en cuanto alguien ha abierto la puerta del parque. Cree que su trabajo es pastorearlos.

—Se le da muy bien, pero ¿por qué me ha intentado meter a mí en el grupo? Yo no soy un ganso.

Ella sonrió, y en sus ojos azules brillaron chispas de diversión. A él se le cortó el aliento.

—Bueno, cree que cualquier cosa que se mueva es su responsabilidad —dijo ella—. Es un perro muy diligente.

Aidan, que nunca había tenido perro, miró a Archie con cautela.

—¿Y qué va a hacer ahora? Si me muevo, ¿me tomará de la mano y me llevará con los gansos?

—Creo que estás a salvo por el momento, aunque, si por casualidad llevas un premio para perros en el bolsillo, se convertirá en amigo tuyo de por vida.

—Lo siento, no tengo.

Archie lo miró con pena, como si lo hubiera entendido. Después, se acercó un poco a él y le dio un golpecito con la cabeza en la mano.

—Entonces, acepta una caricia —le dijo ella—. No te preocupes, es inofensivo. Lo tengo desde hace solo dos semanas, pero es todo un caballero. Su dueña ha tenido que darlo porque tiene demasiada energía para ella, así que Archie está buscando a una nueva persona y un nuevo objetivo.

—Por eso los gansos —dijo Aidan.

—Exacto.

—¿Eres tú su nueva persona?

—Oh, no. Yo ya tengo dos perros y un gato. Yo no pretendía tener a ninguno de los tres, pero la gente sabe que me hago cargo de los animales abandonados e intento buscarles familia. Cuando ocurre algo así, me los traen. Los nietos de Cordelia le regalaron a Archie con muy buena intención por su cumpleaños, pero no se dieron cuenta de que su abuela ya casi tiene ochenta años. Ocurre a menudo. La gente piensa que los mayores necesitan tener compañía, pero no saben qué animal es el más adecuado para ellos.

—¿Y tú sí?

—Bueno, me gusta pensar que sí. Ahora, Cordelia tiene una gata preciosa cuya anterior dueña murió. Fluffy se acurruca en su regazo y ronronea. Las dos están muy contentas.

—¿Y los tres animales que todavía están contigo? —le preguntó Aidan. Tenía la sensación de que aquella era una mujer cuya compasión superaba muchas veces al sentido común.

—Me encariñé demasiado —admitió ella—. A propósito, me llamo Elizabeth March. La gente me llama Liz. Soy la dueña de Pet Style. Está en Main Street, muy cerca de Sally's Café. Abrí el local el año pasado, justo antes de Navidad.

Aidan sonrió.

—¿Pet Style? —repitió él—. No sabía que las mascotas tuvieran gusto por la moda —dijo, y miró significativamente a Archie. El perro estaba olisqueando encantado unas florecillas. Parecía que había mordisqueado la correa en más de una ocasión.

—Ellos, no, pero sus dueños, sí —dijo Liz—. Te sorprenderías. La semana pasada vendí un collar de perro con piedras brillantes que valía ciento cincuenta dólares. Creía que no iba a venderlo, pero un turista se lo llevó una hora después de que lo pusiera en el escaparate.

Aidan cabeceó con asombro. Con el sueldo de un entrenador de fútbol él casi no podría pagar la comida y las facturas del veterinario de un perro. Por suerte, había sido ahorrador y había hecho buenas inversiones durante los dos años que había pasado jugando en la liga profesional de fútbol americano. Al mirar de nuevo a Liz, se dio cuenta de que ella lo observaba con curiosidad.

—Por casualidad tú no querrás un perro, ¿verdad? —le preguntó. Le clavó aquellos ojos azules y brillantes de una manera con la que, seguramente, conseguía que la mayoría de los hombres accedieran a cualquiera de sus peticiones—. Tiene todas las vacunas al día y está bien educado. Y, lo mejor de todo, a Archie ya le caes muy bien.

Lo cierto era que Archie se había tumbado plácidamente sobre sus pies; parecía que había pensado que, ya que él no podía correr más en libertad, él tampoco debía moverse. Archie se irguió rápidamente al oír su nombre y, por un instante, él tuvo la tentación de decir que sí solo por hacer feliz a aquella mujer. Sin embargo, el sentido común se impuso.

—Se te da muy bien encontrarles hogar a tus animales, ¿eh? —le preguntó Aidan a la mujer.

—Sí, eso parece —contestó ella, con una sonrisa resplandeciente.

—Lo siento, esta vez, no. No tengo sitio en mi apartamento para un perro de este tamaño y, además, me voy a mudar pronto.

—Pero a Chesapeake Shores, no lejos de aquí —replicó ella, como si él ya se lo hubiera contado—. Vas a ser el nuevo entrenador de fútbol americano del instituto.

Aidan se quedó mirándola fijamente.

—¿También eres adivina?

—No, pero el pueblo adora a su equipo, y la gente comenta que la próxima temporada el entrenador va a ser un exjugador profesional. Todo el mundo tiene grandes esperanzas de que dejemos de ser el hazmerreír de la región. Como tienes aspecto de deportista, y estabas aquí admirando el estadio, he sumado dos y dos.

Él la miró con cara de diversión.

—¿Y qué aspecto tiene un deportista?

Ella se ruborizó.

—Bueno... ya sabes, en forma.

Él se echó a reír.

—Ah, de acuerdo. A propósito, me llamo Aidan Mitchell —dijo—. Y voy a hacer la entrevista de trabajo. Todavía no me lo han dado.

—Pero te lo van a dar —dijo ella con seguridad—. Todo el mundo está emocionado. Serás el segundo jugador profesional del pueblo. Por supuesto, Mack Franklin nació y se crio aquí, y solo jugó profesionalmente durante un año antes de hacerse periodista de deportes, pero en el pueblo lo adoran. Hace un par de años fundó un semanario local. Hoy día es muy difícil mantener en pie un periódico, pero él lo ha conseguido porque leyendo el suyo es como mejor te enteras de lo que ocurre en el pueblo —dijo ella. Hizo una pausa para tomar aire y, después, se corrigió—: Aparte de sentarte en el

Sally's Café y escuchar los chismes, claro. Por lo menos, Mack intenta darle rigor periodístico al asunto.

Aidan se había criado en Nueva York, y estaba asombrado por toda aquella información sobre la vida en los pueblos. O, tal vez, solo fuera Liz March, que parloteaba como una cotorra.

—¿Y Mack sabe que su principal competencia es una cafetería?

—Claro que sí. Sally es una de sus mejores fuentes. Aunque, de todos modos, él sería el primero en averiguar lo que pasa. Está casado con una O'Brien, y eso le convierte en miembro de la realeza de Chesapeake Shores.

A Aidan se le agarrotaron los músculos instintivamente al oír aquel comentario, aunque tuvo la esperanza de que ella no se diera cuenta.

—¿Y por qué?

—¿No conoces la historia del pueblo? —preguntó ella, con asombro.

—¿Es un requisito para poder vivir aquí? —replicó él, en broma—. ¿Acaso te hacen un examen en la inmobiliaria?

—No, no —dijo ella, que parecía que se lo había tomado en serio—. Se trata de una leyenda local, y la mayoría de la gente la conoce. Tengo entendido que estos terrenos pertenecían originalmente a un O'Brien que había recalado aquí desde Irlanda. Los miembros de su familia fueron granjeros durante muchos años. Hace un par de décadas, tres de sus descendientes, Mick, Jeff y Thomas O'Brien, construyeron Chesapeake Shores desde cero en estas tierras. Mick es un arquitecto muy famoso, y él diseñó el pueblo. Aunque no sea funcionario ni político, tiene mucha influencia aquí. Jeff es agente inmobiliario —le explicó y, con los ojos brillantes, lo miró significativamente—. Así que no me sorprendería que él mismo contara la historia, pero no creo que piense que sea de buena educación hacerles un examen a los posibles compradores.

Aidan se echó a reír.

—No, supongo que no.

—Hay otro hermano. Se llama Thomas, y es un defensor del medio ambiente muy respetado. Tiene una fundación que lucha por la protección de la bahía.

Al oír aquella mención de Thomas O'Brien, Aidan tuvo un cortocircuito en el cerebro. Tal vez ir a Chesapeake Bay hubiera sido un error, teniendo en cuenta que con solo oír aquel nombre se estremecía. Se había enterado de la oferta del puesto de trabajo de entrenador y la posibilidad le había atraído como si el destino hubiera tomado cartas en el asunto, pero, en aquel momento, solo sentía la amargura y la ira de costumbre. Tenía que luchar, de vez en cuando, con los sentimientos negativos que le producía algo que no tenía justificación.

De repente, se dio cuenta de que Liz lo estaba observando con cara de preocupación.

—¿Te encuentras bien? ¿Te he molestado con algo que he dicho?

—No, nada, estoy bien —le aseguró Aidan—. Muchas gracias por todo lo que me has contado —dijo. Después, miró el reloj y añadió—: Tengo que irme.

Se dio la vuelta y se encaminó apresuradamente hacia el coche.

—¡Aidan! —exclamó ella—. Las oficinas del instituto están en dirección contraria.

Él la saludó con la mano para agradecérselo y siguió avanzando. Se alegraba de no tener una hora fija para la entrevista. Lo había organizado así deliberadamente; había prometido que llamaría cuando llegara al pueblo y se instalara en la habitación que le había reservado el instituto en The Inn at Eagle Point. Podía ser que, después de darse una buena ducha, comer algo y tener tiempo para pensar en lo que iba a hacer, estuviera preparado para hacer aquella llamada. O podía ser que no.

Era una decisión muy importante. O quedarse y correr un riesgo, o marcharse. Si sus amigos pudieran verlo en aquel momento, se quedarían pasmados por su falta de resolución.

En el campo de juego, él siempre había sido un *quarterback* con gran rapidez de pensamiento. Preveía la estrategia de la defensa y hacía ajustes de última hora que resultaban determinantes para el éxito o el fracaso de una jugada. No había tardado ni un minuto en decidir su retirada al darse cuenta de que su lesión le había vuelto más lento y había disminuido su efectividad en el campo. Siempre había querido ser entrenador en el nivel de juego de un instituto y, de manera previsora, se había sacado el certificado necesario para la enseñanza durante sus estudios universitarios. Al final de la temporada del año anterior, en noviembre, después de una segunda lesión de rodilla que le había impedido jugar, había tomado la determinación. Obviamente, el momento había llegado mucho antes de lo que él pensaba, pero el destino tenía esos caprichos. Él no iba a ser uno de esos jugadores que seguían en activo después de que les llegara la fecha de caducidad.

Sin embargo... ¿aquella decisión? Aquella decisión era diferente. Era un hombre de veintiocho años que no solo trataba de saber si un trabajo y un pueblo eran lo adecuado para él, sino, también, si era el momento adecuado para conocer a su padre biológico, Thomas O'Brien.


Liz estaba sentada en una de las mesas de Sally's, con una taza de café humeante entre las manos, junto a Bree

O'Brien, la dueña de Flowers on Main, la floristería que estaba al lado de su tienda. Bree también era autora teatral y dirigía el teatro del pueblo. Sin embargo, seguía encantándole hacer arreglos florales, sobre todo, para las ocasiones especiales. Aquel día había estado muy ocupada con la decoración para una fiesta del bebé y habían tenido que posponer el descanso matinal del café hasta la tarde, cuando había llegado la estudiante de instituto que ayudaba a Liz en la tienda y la había sustituido.

–Fue muy raro –le contó Liz a Bree–. Estábamos charlando. Bueno, yo estaba charlando, contándole esto y aquello –dijo, y miró a Bree con una expresión de pesar–. Tengo que dejar de parlotear, ya lo sé.

Bree sonrió de una manera que sugería que lo estaba haciendo otra vez.

–Está bien, está bien. Lo siento. Voy al grano, te lo prometo. Intenté convencerlo de que se quedara con Archie, pero no le interesaba. Entonces, yo reconocí que había adivinado quién era. Estuvimos un par de minutos hablando del trabajo, o... Bueno, tal vez yo estuve hablando. Al final, él se marchó, pero no hacia el instituto. Fue como si se hubiera dado cuenta de que llegaba tarde a una reunión, o algo así, pero se marchó en dirección contraria.

–Vaya, pues sí que es raro –dijo Bree–. Puede que no le gusten los perros. Archie es un encanto, pero no todo el mundo se da cuenta de eso cuando está intentando pastorearlos.

Liz se echó a reír.

–Sí, me resulta familiar esa sensación. Pero el pobrecito no puede evitarlo. De todos modos, ya habíamos dejado de hablar de Archie. A Aidan no le interesó, y para mí eso fue suficiente. Las mascotas son para personas que las quieran y las valoren. En realidad, yo estaba hablándole de la historia del pueblo, contándole que fue la familia O'Brien la que lo levantó de la nada. Entonces, él se puso rígido y se marchó.

—Entonces, ¿crees que su reacción tuvo algo que ver con los O'Brien? —preguntó Bree, con el ceño fruncido.

—Me dio esa sensación, pero... ¿cómo va a ser eso? Todo el mundo adora a tu familia.

Bree hizo un mohín.

—Eso es una exageración. Mi padre ha hecho muchos enemigos durante su vida. De hecho, durante mucho tiempo ni siquiera se llevó bien con sus hermanos. Jeff, Thomas y él se pelearon hasta por el último detalle mientras construían el pueblo. La armonía y la paz familiares se han recuperado hace poco tiempo, gracias a la determinación de mi abuela. Si obligas a la gente a sentarse a la misma mesa todos los domingos, más tarde o más temprano tienen que empezar a hablar con amabilidad. Aunque no creo que Nell supiera lo mucho que iba a durar ese proceso.

Liz asintió distraídamente. Todavía estaba perpleja por el comportamiento de Aidan.

—Entonces, debo de haber malinterpretado su reacción —dijo—. Supongo que ya nos enteraremos de si ha aceptado el trabajo en el instituto.

—Sí. Además, lo que Aidan sienta hacia los O'Brien no es mutuo —dijo Bree—. Mi padre está empeñado en contratarlo. Lo eligió a él de entre todos los aspirantes al puesto, así que no tiene nada en contra de él. Y ya conoces a Mick O'Brien: si quiere algo, lo consigue.

Bree se apoyó en el respaldo del asiento y observó a Liz especulativamente.

—Bueno, y ¿cómo es? Aidan, quiero decir.

Liz se ruborizó.

—Bueno, pues es guapo y tiene planta de deportista.

Ojalá no se hubiera fijado en que estaba tan en forma, ni en cuánto le brillaban los ojos, ni en el hoyuelo que aparecía en su mejilla cuando le tomaba el pelo.

—O sea, que no lo echarías a patadas de la cama.

Liz frunció el ceño.

—Yo no permitiría que entrara en mi cama —dijo ella, aunque esperaba que eso no la convirtiera en una mentirosa. Tenía la sensación de que sí lo haría. Para reforzar su determinación, dijo, a modo de recordatorio para ambas—: Es demasiado pronto para que yo piense en algo así.

En realidad, esperaba no tener que volver a pensar así. Su pasado la había vuelto muy medrosa con respecto a las relaciones. Además, era muy independiente, y quería seguir siéndolo. Estaba escarmentada.

Bree se puso seria.

—Liz, cariño, hace un año del accidente. Sé que querías a tu marido. También sé que te viniste a vivir aquí para olvidarlo todo y empezar de nuevo. Pues es hora de que lo hagas, y conocer a alguien nuevo es parte de ese proceso. No tienes por qué sentirte culpable si Aidan Mitchell te parece atractivo.

—No se trata de culpabilidad.

—Pues a mí me lo ha parecido.

—Es una cuestión de tiempo. Tengo un negocio nuevo, y necesito dedicarme a él. Tengo amigos nuevos, por no mencionar que tengo una casa nueva y llena de mascotas. Casi no hay horas suficientes en el día para todo lo que tengo que hacer. En este momento, tener una relación sentimental no entra en mis cálculos.

Claramente, Bree no estaba de acuerdo en eso.

—Archie y el resto de tus animales no pueden sustituir al hecho de permitir que otro ser humano forme parte de tu vida —le dijo.

—En mi vida ya hay muchos seres humanos —respondió Liz–. En este segundo, estoy pensando que quizá, demasiados.

Habló en un tono ligero y bromista, aunque esperaba que la pulla sirviera para terminar con aquella conversación.

Bree se dio por aludida de inmediato, con una expresión de horror.

–Lo siento. Lo de entrometerme así me viene de familia. Lo que pasa es que me preocupo por ti. Todos nos preocupamos. Incluso mi padre ha empezado a preguntar por qué nadie te ha encontrado ya una buena pareja. Ahora que todos sus hijos, sobrinos y sobrinas están casados, e incluso una de sus nietas también, parece que se le ha metido en la cabeza la idea de que su deber de buen ciudadano es casar a todos los solteros del pueblo.

–¡Pero si yo solo llevo seis meses aquí! –protestó Liz.

Bree sonrió.

–Para él, eso ya es suficiente. Y, hazme caso, será mejor que no sea Mick el que te encuentre un hombre.

–No, que Dios no lo quiera –respondió Liz–. He oído hablar de eso. La próxima vez que surja el tema, dile a tu padre que puede encontrarme alguien con quien salir justo después de que adopte a Archie. Así lo callarás.

Bree se echó a reír.

–Vaya, ¿cómo es que a ninguno se nos ha ocurrido una amenaza como esa?

–Puede que no estuvierais tan deseosos como yo de evadir sus manejos de casamentero –respondió Liz. Se puso en pie. Detestaba mentirle a su amiga, o a cualquiera, pero no creía que pudiera compartir nunca la verdadera historia de la noche en la que había perdido a su marido. Era mejor escapar ya, antes de que Bree la convenciera para que revelara algo que no quería recordar y, mucho menos, mencionar.

Rebuscó dinero en su bolso para pagar su café y el cruasán relleno de mermelada de frambuesa que se había tomado. Solo se permitía aquellos excesos cuando había hecho salidas extenuantes con sus mascotas, y perseguir a Archie por todo Dogwood Hill reunía esos requisitos.

—No, hoy invito yo —dijo Bree—. Es el precio que tengo que pagar por meter las narices donde no me importa —explicó, y se puso de pie para darle un abrazo a Liz—. Aunque todos lo hagamos con buena intención, no tengas reparo en decirnos que no nos entrometamos, ¿eh?

A Liz se le empañaron los ojos.

—No te preocupes, no lo tendré. Aunque, en realidad, saber que os importo lo suficiente como para que os entrometáis significa mucho para mí.

Era casi como si hubiera encontrado una familia nueva después de haber perdido a su marido aquella terrible noche de hacía un año, por causa de una carretera resbaladiza. Sin embargo, la triste realidad era que lo había perdido mucho antes, y nunca lo había sabido.


Después de su desconcertante conversación con Liz, Aidan había dado una vuelta en coche por el pueblo para convencerse de que Chesapeake Shores no era el mejor sitio para él. Se concentró en los contras.

Para empezar, solo había un pequeño barrio de tiendas y restaurantes. Tan solo en dos manzanas alrededor de su apartamento de Upper West Side de Manhattan había más oferta de negocios y de comida para llevar que en aquel pueblo entero, tal vez más que en toda la región, sin tener que ir a Annapolis o a Baltimore.

Compró el periódico semanal del que le había hablado Liz y lo comparó con los diarios de Nueva York. Al verlo, cabeceó. Si la reunión del comité para el embellecimiento del pueblo ocupaba la portada y las primeras páginas del periódico, él estaba en el lugar equivocado.

Claro que, por supuesto, también estaba la información que le había dado Liz sobre un pueblo en el que, aparentemente, todo el mundo sabía de los asuntos de los demás. En Nueva York, aunque había dejado muchos amigos en la ciudad, él apenas conocía a sus vecinos. Eso siempre le había parecido bien. En la Gran Manzana había tantos famosos de verdad que un deportista profesional podía evitar la atención si quería. Y él quería.

¿Cómo iba a ser aquel el mejor sitio para él? Aunque no tuviera tantas implicaciones emocionales para él, seguramente un pueblo pequeño no era lo mejor para él. Se volvería loco en menos de un mes.

Con un suspiro, tomó lo que debía ser la mejor decisión. Había fijado la entrevista para el día siguiente, porque antes había contraído un compromiso y, para él, los compromisos eran importantes. Incluso trataría de escuchar con la mente abierta, pero ya se había decidido. Rehusaría el trabajo, les desearía lo mejor y se marcharía.

Tenía que haber otros puestos de entrenador, y en sitios en los que no tuviera que estar cerca de un hombre a quien, en realidad, no necesitaba conocer. Thomas O'Brien era un nombre en un papel, un papel importante, claro, pero conocerlo no iba a cambiar el hecho de que no hubiera tenido ningún significado en su vida. Por lo menos, sabía dónde encontrarlo si en el futuro tenía algún problema de salud de origen genético.

Al acordarse de Liz, sintió cierto pesar. Era muy guapa y tenía buen corazón. Había sentido una conexión instantánea con ella, algo que casi nunca sucedía con las mujeres que se acercaban a los deportistas profesionales. Liz era real.

Sin embargo, no podía dejar que la atracción por una mujer le empujara a tomar una decisión equivocada. Aquel día iba a cenar bien y a dormir bien y, al día siguiente, se reuniría con el director del colegio. Después, se marcharía.

Aquel era un plan que satisfizo. Comprobó las indicaciones que tenía y se dirigió al hotel The Inn at Eagle Point. Mientras recorría aquella carretera serpenteante, no pudo evitar admirar la bahía y, de nuevo, el comentario de Liz sobre la pasión que sentía Thomas O'Brien por aquel pedazo de mar consiguió traspasar sus defensas. Sumó aquellas palabras de Liz con lo poco que le había contado su madre y se preguntó cómo sería ser idealista hasta el punto de que una causa importara más que la gente, que un hijo. Si se marchaba, nunca conocería la respuesta.

—¡Ya basta! –se dijo. Había tomado una decisión.

Sin embargo, ya no le parecía tan válida como al principio.

Aquella noche, cuando Liz llegó a casa, Archie, Sasha y Dominique la recibieron en el vestíbulo de su pequeña casa, enfrente de Dogwood Hill. Las dos perritas que había acogido poco después de llegar a Chesapeake Shores y que eran cruce de terrier con otras razas, tenían un tamaño mucho menor que Archie, pero no había duda de quién mandaba. ¡Ellas! Después de algunos intentos fallidos de pastorearlas, Archie se había sometido a su dominación.

En aquel momento, estaba tranquilamente sentado, esperando a que le llegara el turno de recibir la atención de Liz. Después, los tres canes corrieron a la cocina, donde esperaba su majestad imperial, una gata siamesa con una sola oreja llamada Anastasia. La gata los miró a todos con superioridad y se sentó junto a su plato a esperar la cena. Liz intentó, una vez más, darle una marca de pienso un poco más barata, pero Anastasia la miró de forma acusadora y alzó la nariz.

—Ni siquiera sé por qué lo intento —gruñó Liz—, aparte de porque este otro pienso me va a arruinar.

De todos modos, tiró el pienso a la basura y puso en el plato la comida preferida de la gata.

Al mirar alrededor por su cocina, que era pequeña pero estaba bien reformada, aquel grupo de animales acogidos en su casa le puso una sonrisa en los labios.

—Bree está confundida —les dijo, con vehemencia, mientras repartía más abrazos y caricias detrás de las orejas. Después, les puso la comida a los perros y añadió—: Vosotros sois la compañía que necesito.

Sin embargo, en su mente apareció la imagen de Aidan Mitchell, y a ella se le aceleró el pulso. Y, precisamente, ese era el motivo por el que tenía que mantenerse alejada de él.

# Capítulo 2

Aidan había tomado un desayuno excelente y estaba mirando por el ventanal del hotel, que ofrecía vistas panorámicas de la bahía, mientras se tomaba una segunda taza de café. De repente, una sombra se proyectó sobre la mesa. Alzó la mirada y vio a un hombre que le tendía la mano con una expresión amable.

–Soy Mick O'Brien, hijo. Y tú eres Aidan Mitchell –dijo el recién llegado, con seguridad. Después, sin preguntar, sacó una silla y se sentó–. Bienvenido a Chesapeake Shores. Llevo esperándote desde ayer.

Por un instante, Aidan se quedó sin habla. ¡Aquel hombre era su tío! Él no tenía ninguna experiencia con la familia extensa, aparte de sus abuelos maternos. Era obvio que, aunque hubiera decidido marcharse del pueblo sin cruzarse con ningún O'Brien, no había pensado en que Mick O'Brien estaba completamente decidido a contratarlo. Aidan no sabía exactamente qué papel había tenido en la búsqueda de un nuevo entrenador, pero aquel O'Brien había sido muy activo desde que él había enviado su oferta.

Cuando Aidan había llamado al instituto, el día anterior, para confirmar la cita de aquella mañana con el director, habían vuelto a decirle que todo el mundo, sobre todo el fundador del pueblo, estaba deseando que se cerrara el trato. Aquel entusiasmo era muy gratificante, pero, también, desconcertante, teniendo en cuenta que él quería marcharse.

Mick buscó al camarero con la mirada. Después, se levantó de la mesa, tomó una taza de la mesa de al lado y se sirvió café de la cafetera. Mientras removía el azúcar con la cucharilla, Aidan lo miró disimuladamente y se preguntó cuánto se parecería a su hermano. Intentó ver algo de sí mismo en aquel hombre.

En lo relacionado a la identidad de su padre, solo había conseguido respuestas vagas y evasivas por parte de su madre. Al final, se había encontrado su certificado de nacimiento al limpiar la cómoda de su madre, después de que ella muriera el verano pasado. Y en aquel certificado figuraba el apellido O'Brien. Además, había un par de recortes sobre Chesapeake Shores y sobre la fundación para la conservación de la bahía.

Su madre siempre le había dicho que su padre era un buen hombre que hacía cosas importantes, pero nunca había mencionado de qué se trataba. Aquellos recortes que ella tenía guardados eran la primera pista que había encontrado.

Además, su madre le había dado a entender que su padre y ella se habían separado como amigos. Que él supiera, su padre no había contribuido nunca a su manutención; de hecho, teniendo en cuenta lo independiente que era su madre, y algunos comentarios que sus abuelos habían hecho sobre lo orgullosa que era su hija, Aidan había llegado a la conclusión de que nunca le había contado a Thomas O'Brien que se había quedado embarazada. Aunque, también conocía a bastantes hombres que eran capaces de olvidar convenientemente todo aquello que no encajaba en sus planes.

Así que, aunque Anna Mitchell hubiera intentado dar siempre la imagen de una mujer misteriosa e individualista, el resentimiento había ido creciendo en el alma de Aidan. Había crecido preguntándose por qué su madre y él no habían tenido un papel más importante en la vida de su padre que sus idealistas metas. Y, como su madre nunca había vuelto a tener una relación importante, que él supiera, se preguntaba cómo era el hombre que había significado tanto para ella, tanto como para que no consiguiera superar su separación.

—¿Te encuentras bien? —le preguntó Mick, mirándolo con cara de preocupación—. Estás un poco pálido. No estarás incubando alguna cosa, ¿no? En el pueblo hay un médico buenísimo. Puedo llevarte a la consulta si quieres que te eche un vistazo.

Aidan agitó la cabeza rápidamente.

—No, disculpe. Estoy bien. Es que me ha pillado por sorpresa. Ayer estuve visitando el pueblo y, a última hora de la tarde, llamé al director del instituto para concertar una cita esta mañana. Él debe de haberle contado que estoy aquí, ¿no?

Mick sonrió.

—No necesariamente, no. En Chesapeake Shores no hay muchos secretos, y tu llegada es una gran noticia. Me enteré a los cinco minutos de que entraras en el pueblo —dijo, y se encogió de hombros—. Además, este hotel es de mi hija Jess. Ella me llamó en cuanto te registraste en recepción. Yo quería venir enseguida, pero ella me dijo que parecías un poco cansado y que te diera tiempo para relajarte. Y, por una vez, les hice caso a mi mujer y a ella y no vine corriendo. A decir verdad, mi mujer, Megan, siempre tiene razón en estas cosas, aunque si le dices que yo lo he dicho, lo negaré todo.

Aidan se acordó de la agradable mujer de la recepción. Así que ella era Jess, otra O'Brien, una prima suya.

Antes de que pudiera responder, Mick miró su plato ya vacío de manera elocuente.

—Bueno, si quieres, te llevo al instituto. Todos estamos impacientes por firmar el contrato. Después, puedo enseñarte un par de casas que están en venta en el pueblo. No hay mucho alquiler y, de todos modos, comprar es mucho más ventajoso.

Aidan se preguntó si el hecho de que Mick fuera como una apisonadora había sido, en parte, el motivo de su éxito como arquitecto y constructor.

—Todavía no me han hecho ninguna oferta, y yo no he aceptado nada —le recordó a Mick. Al mismo tiempo, se dio cuenta de que decir que no iba a ser más difícil de lo que él había pensado.

—Creo que las condiciones te van a parecer muy bien —respondió Mick, con seguridad—. Este pueblo es estupendo. El instituto puede ofrecerte un buen sueldo, y te proporcionará lo que necesites. El estadio es de primera. Me asesoré bien y contraté a un diseñador especializado, porque no soy ningún experto en arquitectura deportiva. Y puse a trabajar en ello a mis mejores contratistas. Pero, si hay algo que se nos pasara por alto, solo tienes que decírmelo. Tengo algunos nietos que querrán jugar al fútbol y yo quiero lo mejor para ellos. Y eso incluye a un entrenador que pueda llevar al equipo por buen camino. Sé que lo políticamente correcto es decir que lo importante no es ganar, sino participar, pero tantas derrotas desaniman mucho.

Aidan pensó que aquello era todo un eufemismo. Había estudiado la trayectoria del equipo, que no había ganado un partido en los últimos cinco años. Decidió mencionar el estadio, que era un punto positivo.

—Para ser sincero, he visto unos cuantos estadios de universidades e incluso de clubes profesionales que no eran tan impresionantes como este –le dijo Aidan–. Hizo usted un gran trabajo.

De hecho, de no ser por la ira que le producían algunos aspectos de aquella situación, aquel puesto habría sido un sueño, sin duda alguna. No se le ocurría ningún otro lugar en el que le dieran carta blanca para impulsar a un equipo de instituto y en que le ofrecieran lo necesario para llevarlo al éxito. Normalmente, solo las universidades disponían de aquellos recursos.

De todos modos, dijo:

—Vayamos paso a paso. Vamos a ver cómo sale la reunión. Sabrá que no tengo experiencia entrenando a equipos de instituto y, tal vez, al final, decidan que no soy el más indicado para el puesto.

—Ni hablar –replicó Mick–. He hecho algunas averiguaciones. Sé que eras el líder en el vestuario, y no solo en el campo de juego. Y eso, sumado a las buenas recomendaciones de tus entrenadores, habla muy bien de ti.

Aidan se sintió halagado, pero no podía permitir que aquello le hiciera flaquear.

—De acuerdo. Digamos que acepto. Tengo una pregunta que hacer –dijo.

Esperaba que la respuesta lo reafirmara en su decisión. Lo último que necesitaba un entrenador era tener varios jefes que ejercieran presión en sus decisiones.

—¿De qué se trata? –inquirió Mick, mientras salían a la calle y se dirigían hacia una furgoneta grande y llena de barro que, obviamente, había estado en una obra recientemente. Brillaba el sol, y hacía una temperatura cálida y agradable.

—Si acepto el puesto, ¿ante quién debo responder? ¿Ante el director del instituto, la junta escolar o ante usted?

Mick se echó a reír.

—No, yo no voy a firmar tus nóminas —dijo, con sinceridad—. Aunque eso no significa que la gente del pueblo no escuche lo que yo tengo que decir.

Aidan asintió.

—Es bueno saberlo. ¿Qué otras cosas debo saber para que me vaya bien en Chesapeake Shores?

Mick lo miró fijamente.

—Quédate en el pueblo. Ven a comer el domingo a mi casa; allí se reúnen todos los O'Brien. Nos encantará ponerte al corriente de todo lo que tienes que saber. Si no estás convencido todavía, nosotros podremos convencerte.

A Aidan se le aceleró el pulso. ¿Era posible que todo fuese tan fácil? ¿Con solo pasar unos días en el pueblo, podría ver a su padre cara a cara? ¿Podría sentarse a la mesa de Mick O'Brien y callarse lo que sabía, por lo menos hasta que decidiera si quería revelar la verdad? ¿Sería capaz de mirar a la cara a Thomas O'Brien sin desatar toda la amargura que había acumulado? Si provocaba una debacle delante de un plato de carne asada con patatas, acabaría con la posibilidad de tener una buena carrera profesional de entrenador en aquel pueblo en el que, obviamente, todos estaban unidos.

Respiró profundamente y tomó una de sus rápidas decisiones, aunque fuera consciente de las posibles e inquietantes consecuencias. El destino lo había llevado hasta allí. Hasta que le diera una respuesta al instituto, trataría de aprovechar la oportunidad.

Miró a Mick, y dijo:

—Sí, señor, me gustaría hacerlo, si no le parece una molestia.

—A mi familia le encanta ver caras nuevas en la mesa —le aseguró Mick.

Aidan no pudo evitar preguntarse si pensarían lo mismo después de su visita.

Al instante, a Aidan le cayó bien Rob Larkin, el director del instituto. No tuvo ningún reparo a la hora de hacerle frente a Mick O'Brien y hacerse con las riendas de la situación. El director llevaba el pelo cortado al rape e iba vestido con formalidad. Aparentaba unos cuarenta años y tenía una mirada estricta. Mick se acomodó en el asiento y dejó que Rob hiciera la entrevista.

–Aunque hoy estás aquí gracias a tus méritos deportivos –dijo–, me interesa saber cuál es tu opinión sobre el papel que debe tener un entrenador de instituto.

Aidan se inclinó hacia delante.

–Yo tuve el mejor modelo cuando estaba en el instituto. Era un gran motivador. Era estricto con las normas. Quería ganar, pero, por encima de eso, para él estaba enseñar a los jugadores a ser mejores hombres. Si yo puedo ser la mitad de efectivo que él, haré un buen trabajo para usted.

Se dejó llevar por el entusiasmo que le producía aquel tema y, por un minuto, olvidó que no estaba seguro al cien por cien de querer aquel trabajo.

–¿Y las notas? –preguntó Rob.

–Las notas son una prioridad para mí –respondió Aidan–. Nadie juega si suspende. Dejaré que tengan toda la ayuda que necesiten, pero no voy a tolerar que se queden atrás en el aspecto académico.

Vio que el director y Mick se miraban con satisfacción.

–¿Te parece que demos una vuelta por el instituto para que puedas ver el gimnasio, el vestuario y nuestro equipamiento? –le sugirió Rob.

—Claro —dijo Aidan, aunque ya supiera lo que iba a encontrarse: lo mejor en todo.

—¿Te gustaría conocer a algunos de los jugadores? —le preguntó Rob—. Puedo pedir que les dejen salir de clase.

Aidan negó rápidamente con la cabeza. No sería justo permitir que se hicieran ilusiones, y sería mucho más difícil para él decir que no si había visto a los jóvenes que iban a poner sus esperanzas en él.

—En otra ocasión —dijo—. Pero, sí, vayamos a ver el instituto.

Mientras recorrían el edificio, Aidan se sentía más y más impresionado, y no solo por las instalaciones, sino también por Rob Larkin. Era un educador vocacional, no cabía duda. También se sintió muy agradado por la interacción entre el director y los estudiantes. Había un respeto amistoso por ambas partes.

Parecía que todos los estudiantes conocían también a Mick, y su camaradería con un hombre tan importante hablaba de manera muy positiva de su trato con los habitantes del pueblo. Aidan se preguntó, sin poder evitarlo, si Thomas, con todos sus altos ideales, se relacionaba tan bien con la gente de a pie.

Cuando volvieron al despacho, Rob dijo:

—Hay otra cosa que debería mencionar. Además de dar algunas clases de educación física, también deberías organizar una actividad extraescolar. Al entrenador Gentry le encanta estar al aire libre, así que organizó un grupo que pasa algunas horas limpiando la bahía. Trabaja codo con codo con el hermano de Mick, Thomas, en ese proyecto. Nos gustaría que lo continuaras. Es importante que estos chicos aprendan a valorar el medio ambiente, a entender que hay un mundo muy amplio fuera del ámbito deportivo.

¿Trabajar con Thomas... con su padre? Aidan no estaba seguro de poder hacerlo. Tragó saliva e intentó disimular su reacción. No tenía sentido poner objeciones en aquel momento, dado que no iba a aceptar el puesto. Debía asentir y dejar pasar el asunto.

—Por supuesto —dijo—. Entiendo que, si me quedo, también me haré cargo de una actividad extraescolar que es parte del trabajo además del entrenamiento. Además, es una causa justa.

—Es una de las cosas más importantes para el pueblo —dijo Mick—. Ya lo verás. Solo tienes que mencionárselo a mi hermano cuando lo conozcas el domingo. Se pondrá a hablar de ello sin parar.

Entonces, miró a Aidan con seriedad, y preguntó:

—Bien, entonces, ¿firmamos el contrato? Tendría una duración de cinco años. Sabemos que va a llevar tiempo, aunque a ninguno nos importaría empezar a ganar partidos mucho antes.

—Me gustaría tener un poco de tiempo para pensarlo —dijo Aidan. Rob Larkin se quedó sorprendido, y Mick, asombrado.

—¿Qué es lo que tienes que pensar? —inquirió Mick, con un deje de indignación—. Uno no se encuentra con una oportunidad como esta todos los días. Casi ningún instituto te dejaría tanto tiempo para mejorar las cosas.

—Sí, lo sé, y estoy muy agradecido —dijo Aidan—. Pero Chesapeake Shores es un cambio enorme para mí. Quiero estar seguro de que podemos beneficiarnos mutuamente. Ese contrato de cinco años es muy ventajoso para mí, pero no estoy seguro de que sea lo mejor para ustedes. Después de todo, esta es la primera vez que trabajo de entrenador. Puede que sea muy malo. Y Chesapeake Shores es muy distinto a Nueva York. Tal vez no consiga adaptarme. Vamos a pensarlo todos un poco.

—Claro, por supuesto —dijo Rob, antes de que Mick

pudiera intervenir–. Es necesario adaptarse. Lo sé porque yo vine de Washington D.C. Para mí ha sido un cambio a mejor, pero no tiene por qué serlo para todo el mundo –explicó, y miró a Mick–. Y no tiene nada que ver con el pueblo.

–Por supuesto que no –dijo Aidan.

El director del instituto debió de convencer a Mick.

–Está bien –dijo, finalmente–. Ya seguiremos hablando el domingo. Ahora, si quieres, puedo llevarte al hotel.

–No se preocupe. No está lejos. Me gustaría ir dando un paseo, si no le importa –respondió Aidan. Se puso de pie y le estrechó la mano a Rob–. Ha sido un placer conocerlo.

–Lo mismo digo. Espero que tengamos la oportunidad de trabajar juntos.

–Gracias por traerme, señor O'Brien.

–Llámame Mick, hijo. Nos vemos el domingo. Pregúntale a Jess la dirección. Ella te dirá cómo llegar.

–De acuerdo, muchas gracias.

Al salir y encontrarse de nuevo con aquel glorioso día de primavera que mostraba los mejores atributos del pueblo, su cielo azul y su mar brillante, Aidan respiró profundamente. Rechazar aquel trabajo iba a ser mucho más difícil de lo que había pensado. El tamaño del pueblo y la duración del contrato eran desventajas, sí, pero el mayor obstáculo era la perspectiva de acercarse a un hombre con el que había estado soñando durante años, pero al que no sabía con seguridad si quería conocer. Aquello era especialmente irónico, sobre todo, ahora que lo tenía al alcance de la mano.

El domingo, Liz no se sorprendió al ver a Aidan llegar a casa de Mick para cenar. Tampoco se sorprendió mucho cuando Bree la llevó aparte y le preguntó si no le importaría sentarse al lado del recién llegado en la mesa.

–Se sentirá más cómodo si hay alguien conocido cerca –le dijo Bree–. Alguien tiene que ponerlo bajo su protección, aparte de mi padre. Como vosotros ya os conocéis y tú también has llegado hace relativamente poco al pueblo, eres la mejor candidata.

–Y, claro, ese es el único motivo por el que me has elegido a mí –replicó Liz, con escepticismo.

Bree puso cara de ingenuidad.

–Claro, ¿por qué iba a ser, si no?

Bree miró al otro lado de la estancia mientras Mick le presentaba a Aidan a su familia. Liz tampoco podía apartar la mirada de él. Con los hermanos de Bree, sus cónyuges, los nietos por todas partes y, además, un par de sobrinos y sus familias, la situación podía ser un poco abrumadora para cualquiera.

–Ya está un poco intimidado –comentó Bree.

–Yo me acuerdo de cómo fue –reconoció Liz. Incluso ahora, después de haber sido invitada a varias comidas de domingo, necesitaba tomarse un tiempo para orientarse–. Bueno, haré lo posible por evitar que Aidan salga huyendo. Mick está empeñado en que acepte el trabajo, ¿no?

–Está un poco obsesionado –dijo Bree–. Sobre todo, porque Aidan no ha firmado el contrato inmediatamente. Mi padre no está habituado a que nadie se le escape, y menos cuando el dinero no es problema. Eso le resulta frustrante. Mi madre piensa que es bueno para él, pero el resto nos estamos preguntando de dónde ha sacado Aidan las agallas para hacerle frente. Tal vez le pidamos que nos dé unas clases.

Liz la miró significativamente.

–Tal vez yo también quiera ir a unas cuantas clases de esas.

Aunque era evidente que Bree había captado el mensaje, descartó el comentario con un movimiento de la mano.

—Ya basta. De todos modos, sabes que te estoy dando un empujón en la dirección en la que quieres ir —dijo, y le dio un empujoncito de verdad—. Vamos, vete a salvarlo.

Liz atravesó la habitación y le dijo a Aidan:

—¿Podría hablar contigo un momento?

Mick la miró con asombro y, acto seguido, con especulación.

—Podemos seguir charlando después —le dijo a Aidan—. Nunca se debe rechazar la invitación de una mujer guapa.

Aidan la miró con una expresión de alivio.

—Gracias —dijo, cuando Mick se alejó.

—No estaba segura de si necesitabas que te rescataran, pero me acuerdo de cómo me sentí yo después de pasar la primera media hora en una casa llena de O'Brien. ¿Te gustaría tomar un poco de aire fresco?

—Me encantaría —admitió Aidan, y la siguió al exterior de la casa, a un porche lleno de mecedoras y sillas de madera que miraban a la bahía.

Liz señaló las sillas.

—Podemos sentarnos aquí, o ir a dar un paseo. Falta media hora para la cena y, como la mayoría de los niños están jugando fuera, Nell siempre toca una campanilla para avisar.

—Pues entonces, vamos a dar un paseo —dijo Aidan. Cuando llegaron al borde de una gran pradera y se detuvieron a mirar la bahía, él se giró hacia ella—. ¿Quién es Nell? Me parece que no la he conocido. La mujer de Mick se llama Megan, ¿no?

—Sí. Nell es la madre de Mick. Aunque es la casa de Mick, Nell está a cargo de las comidas. Y cocina tan bien que merece la pena venir a comer por mucho caos que haya.

—Parece que tú vienes a menudo –dijo él–. ¿Cómo es eso?

—Yo adopto animales callejeros. Los O'Brien acogen a la gente sin familia en el pueblo. Bree me trajo un domingo, poco después de que yo abriera la tienda, y he seguido viniendo desde entonces. No todas las semanas, pero sí las veces suficientes como para sentirme más o menos cómoda con las preguntas indiscretas y los consejos bienintencionados.

Ella se quedó mirándolo, y tuvo la sensación de que él se sentía tenso.

—No estarás nervioso por todo esto, ¿no? Está claro que tienes la sartén por el mango. Mick quiere que aceptes el puesto. ¿O es ese el problema? ¿Te sientes presionado?

—Claro que no –dijo él–. Sería mi primer trabajo de entrenador, pero tengo los conocimientos necesarios. Estoy a la altura. Lo único que pasa es que no sé si encajaría.

—¿Por qué? –preguntó ella, con asombro–. ¿No te gusta Chesapeake Shores?

—Estoy seguro de que es un pueblecito estupendo.

—Ya. Me imagino que el problema es que sea un «pueblecito». Pero esto no es una comunidad perdida en medio de ninguna parte. Aquí hay gente muy interesante, y muy buenos restaurantes. Por ejemplo, hay una autora teatral con una obra producida en Broadway; bueno, es Bree, la hija de Mick. También tenemos a una compositora de música *country* de primera clase, y su marido, que es cantante, ha ganado un Grammy. Tienen una casa aquí, y vienen de Nashville siempre que pueden.

Aidan sonrió.

—¿Eres de la Cámara de Comercio?

—Sí, por supuesto, pero te estoy diciendo esto para que sepas que Chesapeake Shores es un lugar espléndido para vivir, aunque no sea Nueva York.

—Yo no quería decir que no lo sea —respondió Aidan—. Pero puede que no sea lo más adecuado para mí. Tendré que ir viéndolo.

Liz no creyó completamente aquella declaración de intenciones, aunque no sabía exactamente por qué. Tampoco creía que el nerviosismo que percibía en él estuviera causado por las dudas sobre su capacidad para ser un buen entrenador, ni por no saber si el pueblo iba a ser un buen lugar para él. Sin embargo, iba a tener que dejar pasar el tema.

—¿Has conocido a toda la familia? —le preguntó, entonces.

Él se relajó un poco y se echó a reír.

—Pues... no tengo ni idea. Me ha parecido que me presentaban a cien personas ahí dentro. ¿Están todos?

—Creo que está la mayoría de la familia de Mick, pero su hermano Jeff y su familia estaban llegando cuando nosotros hemos salido a pasear. Ahora que lo pienso, no he visto a Jo, la mujer de Jeff, con ellos. Creo que tampoco he visto a Thomas dentro de la casa, pero tal vez estuviera en la cocina con Nell, o en patio, jugando con su hijo y los otros niños.

La expresión de Aidan se volvió extraña, como el otro día. En aquella ocasión, Liz supo que no se estaba imaginando lo que veía. Vaciló un momento y, después, preguntó:

—¿Conoces ya a algunos miembros de la familia?

—No, ¿por qué?

—Porque acabas de reaccionar de la misma forma que el otro día, cuando mencioné a Thomas y a los O'Brien. ¿Me estoy perdiendo algo?

—No. Son imaginaciones tuyas —respondió Aidan, aunque su tono no fue convincente.

—Aidan, si hay algo que no has contado, si hay alguna

historia negativa o algún resentimiento, tal vez sí sea el lugar equivocado para ti. El pueblo está lleno de O'Brien, y es una familia muy unida. Tienes que entender eso, y estar seguro de la decisión que vas a tomar.

Él la miró largamente, inescrutablemente, antes de responder.

—No estoy seguro de nada —dijo, en voz baja.

Y, como había hecho la primera vez, se dio la vuelta y se alejó, dejándola con un montón de preguntas inquietantes.

Aunque se sentó junto a Aidan durante la cena, Liz se dio cuenta de que él procuraba no conversar con ella. De hecho, estuvo muy callado, y solo habló para responder a las preguntas que le hacían. Parecía que se conformaba con presenciar la conversación y las risas que había a su alrededor.

Ella también tuvo la sensación de que él miraba más de una vez a Thomas O'Brien, pero, tal vez fuera cierto que se le había disparado la imaginación después de haber hablado con él fuera.

En cuanto terminó la comida, ella fue a buscar a Nell para darle las gracias y, después, a despedirse de Megan y Mick. Pensaba que iba a poder marcharse rápidamente después, pero Mick la llevó aparte.

—Bueno —le preguntó—, y ¿qué te parece que va a hacer Aidan? ¿Va a aceptar el puesto, o no?

Liz lo miró con una expresión divertida.

—¿Y por qué crees que yo tengo esa información?

—Habéis salido a pasear un rato. A mí me ha parecido que estabais hablando muy en serio sobre algo.

—¿Nos has espiado? —le preguntó ella con el ceño fruncido. Aunque, en realidad, no le sorprendía. Por supuesto que Mick los había estado mirando. Era su forma de ser; siempre prestaba mucha atención a aquello que le interesaba.

—Yo no espío —protestó. Después, con un suspiro, añadió—: Ya sabes cuánto lo necesita el instituto, Liz. ¿No te ha dado ni una pista sobre lo que va a hacer?

—No, lo siento —dijo ella, aunque, por instinto, pensaba que Aidan se iba a marchar. Sin embargo, no quería ser ella quien le diera la noticia a Mick, sobre todo, porque no estaba segura. ¿Quién sabía qué tipo de presión iba a ejercer sobre el pobre Aidan?

—¿Puedo darte un consejo? —le preguntó a Mick.

—¿Por qué no? Ya eres parte de la familia, y Dios sabe que en esta familia nadie se calla las opiniones.

Liz se echó a reír, porque sabía que los O'Brien tenían la tendencia genética a dar consejos, fueran bien recibidos o no.

—Déjale a su aire —le sugirió a Mick—. Creo que está sopesando la decisión y, si lo presionas demasiado, tal vez consigas lo contrario de lo que quieres.

—Nunca encontrará una oportunidad tan buena —dijo Mick—. Eso tiene que saberlo.

—Es posible —dijo Liz—. Yo no soy una experta en Aidan Mitchell, pero me da la sensación de que, si intentas venderle el puesto con demasiada insistencia, vas a ahuyentarlo.

Miró al otro lado de la habitación. Allí, Aidan estaba hablando con Mack Franklin. Fuera cual fuera la conversación, tenía una expresión animada y parecía que estaba relajado, por fin. A ella le pareció que, aunque seguramente Mack estaba hablando de fútbol americano, no estaba intentando convencerlo de que aceptara el trabajo de entrenador. De hecho, estaba consiguiendo que Aidan se riera. Y aquel sonido hizo que ella se sintiera muy bien.

Mick siguió la dirección de su mirada y entrecerró los ojos.

—Crees que el método de Mack, sea cual sea, es el mejor, ¿no?

—A mí me lo parece.

Entonces, Mick la miró fijamente.

—Parece que estás muy preocupada por un hombre al que casi no conoces. ¿Hay algún motivo en particular?

Ella buscó una respuesta con la que no delatara aquella extraña conexión que sentía con Aidan.

—Solo que sé lo mucho que quieres que se quede, y que sería muy bueno para el pueblo tener un equipo de fútbol ganador.

No pareció que la respuesta convenciera a Mick, pero él no insistió. Liz pensó que se había librado, hasta que él preguntó:

—Me imagino que, si se queda, no te romperá el corazón.

No, pensó ella, con un suspiro. No le rompería el corazón en absoluto, aunque no estaba segura de por qué.

# Capítulo 3

Al final, y a pesar de todas las dudas, Aidan decidió aceptar el trabajo si podía conseguir una gran concesión. Quería que el contrato tuviera una duración de un año, no de cinco. Llegó a la conclusión de que un año sería tiempo suficiente para demostrar que era un buen entrenador, y también una temporada lo suficientemente corta si le resultaba muy difícil estar cerca de Thomas y necesitaba huir. Estaba dispuesto a aceptar la posibilidad de continuar los cuatro años siguientes, pero eso era lo máximo que podía hacer.

Había tomado la decisión durante la cena, después de haber podido observar a Thomas O'Brien a distancia en la abarrotada mesa. A pesar de su propio resentimiento, no le había parecido que fuera la reencarnación del demonio; solo era un hombre que parecía muy enamorado de su mujer y que adoraba a su niño. De hecho, ver a Thomas con Sean le había provocado una oleada de emociones, entre las cuales, la envidia había superado al resentimiento. Él había tenido una vida maravillosa gracias a su madre, pero se preguntaba hasta qué punto habría sido mejor si su padre hubiera estado presente.

Aunque Mick le había sugerido que hablara con Thomas sobre la conservación de Chesapeake Bay, Aidan evitó a su padre deliberadamente. No habló una sola palabra con él, salvo el saludo de rigor cuando los presentaron. En realidad, no estaba seguro de lo que iba a decir cuando volvieran a encontrarse.

Sabía que, al aceptar el puesto, iba a tener que tratar con Thomas. Tal vez, si empezaba a conocerlo a través de su trabajo, pudiera allanar el camino para forjar otro tipo de vínculo. Tal vez, incluso, llegara a entender a aquel hombre a quien su madre había querido y respetado tanto como para liberarlo de cualquier obligación hacia su hijo. Seguramente, de adulto podía entender una dedicación y unas emociones tan fuertes, algo que no había podido hacer cuando, de niño, anhelaba tener un padre.

Una vez tomada la decisión, Aidan se acercó a hablar con Mick mientras la familia comenzaba a macharse.

−¿Puedo hablar con usted?

Mick lo miró con atención.

−¿Buenas o malas noticias?

Aidan sonrió.

−Espero que le parezcan buenas. He decidido aceptar el trabajo si se puede hacer una modificación del contrato. Llamaré a Rob mañana por la mañana para consultárselo, pero quería decírselo a usted enseguida.

−¿Qué tipo de modificación?

−Quisiera firmar un contrato de un año de duración. Creo que es lo más justo para el instituto, para el pueblo y para mí. Nos dará tiempo a todos para analizar cómo están yendo las cosas.

−Y después, ¿qué? −preguntó Mick, en tono de enfado−. Una vez que hayas acumulado algo de experiencia, ¿saldrás corriendo? ¿Qué tiene eso de justo?

−Yo podría ser un completo fracaso en el puesto, y ustedes podrían librarse de mí sin tener que darme una cuantiosa indemnización. Tal vez es así como debería verlo –le sugirió Aidan.

–Hijo, no puedes empezar un trabajo pensando que lo vas a hacer mal.

Aidan sonrió.

–Por supuesto, espero que no sea así, y creo que puedo mejorar mucho al equipo, pero en la vida no hay nada seguro. Estaría mucho más cómodo si todos evaluamos esto con detenimiento.

Mick suspiró.

–Bueno, eso parece lógico, pero la gente querrá saber que estás comprometido con el trabajo, que entras a formar parte de la comunidad, que crees en el equipo. No se van a poner nada contentos al ver que te vas a final de año.

Aidan lo miró a los ojos.

–Es lo mejor que puedo ofrecer, señor O'Brien, pero entendería que no fuera suficiente.

Mick se quedó callado. Finalmente, dijo:

–Supongo que debo contentarme de no haberte asustado por completo.

–No, señor. En todo caso, el hecho de conocer a su familia me ha mostrado los valores que puedo encontrar en Chesapeake Shores. Me ha convencido de que lo intente –respondió Aidan–. Yo soy hijo único, así que el día de hoy ha sido toda una revelación.

–¿Estás muy unido a tus padres?

–Bueno, solo éramos mi madre y yo, y ella murió el verano pasado.

Mick se quedó consternado.

–Lo siento mucho, hijo. Quiero que sepas que siempre serás bienvenido aquí, y que puedes considerarnos como tu familia –le dijo a Aidan, con generosidad–. Siempre hay sitio para uno más, pregúntaselo a mi madre. Antes de que te des cuenta, estará poniéndote comida en una tartera cada vez que vengas, para cerciorarse de que comes bien.

Aidan se echó a reír.

—Yo no tendría ningún problema. La comida de hoy ha sido la mejor que he tomado desde hace mucho tiempo.

—Si alguna vez te apetece comer algo parecido, ve a O'Brien's, el bar que hay en Shore Road. Es de mi sobrino Luke, y mi madre le ha enseñado a cocinar. Es un sitio muy acogedor, como un hogar fuera de tu casa.

—Lo tendré en cuenta.

—¿Cuándo puedes empezar a trabajar? —le preguntó Mick, volviendo a los negocios—. Estaría bien que pudieras volver al pueblo y empezar antes de que termine el año escolar, para que tengas tiempo suficiente de conocer a los jugadores.

—Yo estaba pensando lo mismo, si es posible. Aunque sé que, algunas veces, los contratos empiezan en agosto.

—Pues sí, pero no te preocupes por eso. Redactaremos algo separado para estos dos últimos meses de escuela. Y, bueno, ahora vamos a ver cómo te instalas en el pueblo. Todavía queda algo de luz, ¿te gustaría ir a ver esas casas que te mencioné el otro día? —le preguntó Mick.

—Creo que sería mejor un apartamento, teniendo en cuenta los términos del trato —respondió Aidan—. Creo que he visto un piso de alquiler en Main Street.

—Alquilar es tirar el dinero —dijo Mick.

—O en echarlo a tu bolsillo —intervino irónicamente Jeff, el hermano de Mick, mientras se acercaba a ellos—. Mick y yo nos repartimos los ingresos de esos pisos de alquiler.

—Por eso mismo le estoy diciendo que compre algo —repuso Mick—. A ti y a mí nos va muy bien, y no necesitamos su dinero. Si compra una casa buena, tendrá bien invertidas todas esas mensualidades.

Aidan tuvo la sensación de que las discusiones eran

una costumbre más, como las comidas familiares del domingo. Y su presentimiento se confirmó cuando Nell se acercó y se situó entre sus dos altísimos hijos.

–¡Ya está bien! –exclamó con severidad. Después, le guiñó un ojo a Aidan–. Seguro que este hombre sabe muy bien lo que le conviene. Si estáis tan seguros de que se equivoca, hacedle un contrato de alquiler por meses, por si más tarde decide comprarse una casa. Pensándolo bien, podríais dejar en depósito las mensualidades para añadirlas luego a la entrada inicial.

Aidan la miró con asombro.

–Es una idea muy generosa, pero no es necesario.

Sin embargo, Mick se quedó pensativo.

–Mi madre tiene razón. Podemos hacer eso. Así podrías buscar la casa durante el primer año y tendrías el dinero en el banco a la hora de hacer la compra. No hay ninguna necesidad de tomar una decisión apresurada, ¿verdad, Jeff?

Jeff se echó a reír.

–Si mamá va a empezar a cerrar nuestros tratos, nos va a costar dinero, pero yo no voy a ser el que se ponga a discutir con ella.

–Entonces, decidido –dijo Mick, alegremente, y le estrechó la mano a Aidan–. Nos vemos en el despacho de Rob mañana a primera hora. Allí concretamos los detalles, si te parece bien. Después podemos ir a la agencia inmobiliaria a firmar el contrato de alquiler –explicó, y miró a su hermano–. ¿Puedes decirle a Susie que haga los cambios necesarios para ese asunto del depósito?

–Claro –respondió Jeff, y miró a Aidan–. Bueno, me gustaría que supieras que mi mujer es profesora de Educación Física en el instituto, y entrena al equipo de fútbol femenino. Se llama Jo. No ha podido venir hoy, pero quería que te dijera que todos los profesores están muy emocionados con la posibilidad de que vengas al pueblo.

–Estoy deseando conocerla –le dijo Aidan, y recordó de nuevo lo importante que era la familia O'Brien en aquel pueblo. Liz tenía mucha razón–. Entonces, hasta mañana, Mick.

–¿Has tenido ocasión de hablar con Thomas? –le preguntó Mick.

–No, todavía no.

–Bueno, ya habrá tiempo para eso –dijo Mick–. Él también está deseando ponerte a trabajar.

Aidan tuvo que contener un suspiro. Aquellos eran los pros y los contras de la situación, pero la suerte ya estaba echada. Una de las cosas que le había enseñado su madre era a no mirar nunca atrás.

«Toma la decisión que sea y, después, aprovéchala lo mejor posible», le había dicho.

Él se había dado cuenta de que eso era, exactamente, lo que había hecho ella. Había dejado que Thomas O'Brien se marchara y había aprendido a vivir con su decisión. Si se había arrepentido alguna vez, nunca se lo había contado a su hijo. Y, ahora, él tenía que hacer lo mismo.


En el despacho de Rob, tardaron menos de una hora en concretar los detalles del contrato de trabajo. Aunque Mick le hizo una última oferta para firmar por cinco años, Aidan se había mantenido firme, y Rob lo había apoyado.

Una vez de vuelta en Nueva York, Aidan llamó a su antiguo compañero de equipo, Frankie Losada, que le había dejado varios mensajes durante los dos últimos días.

–¿Qué hay de nuevo? –le preguntó, cuando su amigo respondió a la llamada.

–Bueno, la primera vez que te llamé era para convencerte para que vinieras conmigo a la fiesta de inauguración de una discoteca nueva del Soho. Pensé que conoceríamos a damas muy atractivas por allí. Cuando volví a llamarte, era para decirte que esa modelo con la que salías, Donatella, ha preguntado por ti. Y las cinco últimas veces eran para saber por qué no respondías a mis llamadas. No es propio de ti.

Aidan sonrió. Aquella era una prueba de que Frankie nunca dejaba de buscar mujeres guapas y la atención de la prensa del corazón. A él, por el contrario, nunca le había interesado demasiado. Cuando aparecía en alguna fiesta, normalmente era porque Frankie le había llevado a rastras.

—Te dije que iba a ir a Maryland a la entrevista de ese puesto de entrenador.

—¿En un instituto en medio de la nada, cuyo equipo lleva cinco años sin ganar un solo partido? —preguntó Frankie—. Creía que estabas de broma.

—Pues nada de eso. He aceptado el trabajo.

Su amigo se quedó callado. Después, dijo:

—Tío, me parece que deberías aceptar la oferta del entrenador de buscarte ayuda psicológica. La lesión de la rodilla te afectó a la cabeza.

—No necesito un psicólogo —repuso Aidan—. Lo que necesito es trabajar. Necesito sentir que estoy haciendo algo que merece la pena.

—Nueva York está lleno de buenas causas —contestó Frankie—. ¿Por qué crees que hacemos tantas apariciones públicas cuando no estamos entrenando o jugando? El entrenador está obsesionado con las buenas acciones.

—Mi fama terminó el día en que terminó mi carrera —le recordó Aidan—. Cuando no estoy lanzando *touchdowns* increíbles, solo soy un tipo normal que antes jugaba al fútbol americano.

—¿Te estás compadeciendo de ti mismo? ¿Es que voy a tener que sacarte por ahí y conseguirte una cita con una chica nueva para demostrarte que sigues siendo el hombre más codiciado de la ciudad?

–No, no. Solo he vuelto a Nueva York a recoger mis cosas. ¿Te apetece que vayamos a cenar esta noche? Así podrás comprobar por ti mismo que estoy en mis cabales.

–Sí, me parece muy bien. ¿Quieres que llame a Donatella y la invite?

–Solo si tú quieres salir con ella –respondió Aidan–. A mí ya no me interesa.

–Como quieras, tío, pero está buenísima, no sé si me entiendes.

–Yo siempre te entiendo –dijo Aidan. En aquel momento, pensó en una rubia parlanchina que era mucho más atractiva, sin proponérselo, de lo que Donatella nunca hubiera soñado–. Bueno, pues nos vemos esta noche. Voy a reservar una mesa en Luca's.

–¡Estupendo! Me encanta ese sitio. Uno no se puede mover sin toparse con una chica guapa.

–A mí me gusta porque se come muy bien.

–Sí, sí, tú engáñate a ti mismo –dijo Frankie–. Hazte el noble todo lo que quieras, pero te gustan las mujeres igual que a mí.

Eso fue cierto hasta que él se dio cuenta de lo superficiales que eran muchas de ellas. Ninguna le llegaba a la suela del zapato a Liz. El hecho de que ella estuviera en Chesapeake Shores era un gran punto a favor, aunque le daba la impresión de que iba a tener que trabajar mucho para ganarse su cariño. Y, como solo tenía pensado quedarse un año en el pueblo, tal vez lo mejor fuera que ni siquiera lo intentase.

Dos semanas después, Aidan había trasladado sus cosas a un apartamento de una sola habitación, situado en

Main Street. No se le había pasado por alto que estaba justo encima de Pet Style, y eso le aseguraba encuentros frecuentes con Liz. Ella había resultado ser tan desconcertante e intuitiva como guapa.

Aquella era su segunda mañana después de instalarse, y Aidan estaba ante la ventana corredera de su salón, que había abierto de par en par, respirando el aire puro y admirando las vistas de la gran pradera del pueblo. Aquel espacio verde y abierto estaba rodeado de macizos de tulipanes rojos. A cierta distancia, vio a Liz, que iba hacia su tienda, intentando sujetar a la vez el bolso y un par de cajas muy grandes. Cuando estaba un poco más cerca, las cajas se le cayeron de las manos y se abrieron; un montón de juguetes para mascotas se desperdigaron por el suelo.

Ella soltó una palabrota, pero, rápidamente, apareció una expresión de culpabilidad en su rostro. Miró a su alrededor.

Aidan sonrió, dejó la taza de café sobre una mesa, bajó las escaleras y rodeó el edificio. Alcanzó a Liz antes de que ella hubiera conseguido recoger ni siquiera la mitad de los juguetes. Su teléfono estaba a un par de metros, en la hierba mojada de rocío, junto a un pintalabios y varios bolígrafos de colores fuertes. Lo recogió todo y se acercó a ella.

Liz lo miró con sobresalto.

—¿De dónde sales?

—De ahí —dijo él, señalando su apartamento. Las puertas correderas del balcón estaban abiertas de par en par.

—Oh, vaya. No has... —balbuceó Liz, y se ruborizó.

—¿Que si no te he oído? —preguntó él, con una expresión de inocencia.

—Bueno, es que normalmente no hablo mal, de verdad. Es que me he enfadado conmigo misma por intentar traer todo esto a pie. Debería haber venido conduciendo, pero hace una mañana muy bonita y he preferido venir andando. Me encanta este momento del año, cuando el aire es tan fresco y huele a flores.

Aidan siguió recogiendo paquetitos de juguetes que pitaban, y los puso en la segunda caja.

—Si todo esto es género de la tienda, ¿por qué no has pedido que te lo enviaran al local?

—Sí, es lo que hice, pero ayer no me dio tiempo a ponerle el precio a todos los artículos. Este fin de semana es el primero de la temporada. Tengo que ponerlo todo a la venta hoy. El pueblo siempre se llena hasta la bandera este puente del Día de los Caídos. Los otros dueños de tiendas me han dicho que consiguen la mayoría de sus ingresos entre el Día de los Caídos y el Día del Trabajador, cuando todo está lleno de turistas. Esta va a ser mi primera temporada de verano, y quiero empezar bien.

—¿No me dijiste que habías abierto justo antes de Navidad?

Ella asintió. Después, exhaló un suspiro.

—Craso error. En las fiestas vendí mucho, pero el invierno ha sido terrible. Debería haberlo previsto, pero una vez que decidí venir a vivir aquí y abrir la tienda, estaba impaciente por ponerme en marcha. Además, no es frecuente que haya locales disponibles en Main Street. Cuando vi uno que se vendía, aproveché la oportunidad —dijo, y se encogió de hombros—. Bueno, y, de todos modos, no sirve de nada mirar atrás. Tengo que conseguir que esta temporada de verano sea buena.

—¿O?

Ella lo miró sin comprenderlo.

—¿O, qué?

—¿Cerrarás la tienda? ¿Harás otra cosa? ¿Te mudarás de pueblo?

Ella se quedó horrorizada al oír aquellas alternativas.

—No puedo permitirme el lujo de pensar eso. Esto tiene que salir bien, y ya está.

—Entonces, ¿el fracaso no es opción?

—Por supuesto que no.

Él se admiró de su determinación. En cierto modo, le recordaba al sermón que se había echado a sí mismo al decidir aceptar el trabajo de entrenador. Recogió el último de los juguetes y tomó ambas cajas.

—Yo puedo llevarlas —protestó ella.

—Y yo. Vamos, ve tú delante.

Después de un titubeo, Liz cruzó la calle y abrió la puerta de su tienda. Aidan echó un vistazo a su alrededor. Había muchos productos con envases de colores, desde accesorios para mascotas hasta piensos orgánicos. Incluso había una perrera de estilo victoriano en una esquina, con el tamaño adecuado para Archie cuando fuera adulto.

—Es para perros, ¿no? No es una casa de muñecas.

Liz ladeó la cabeza ligeramente y observó la casa con una sonrisa.

—Bueno, supongo que podría servir de juguete para un niño pequeño, pero no, es para un perro. Aunque no lo creas, es un artículo carísimo que se vende muy bien. Las diseña Matthew, el sobrino de Mick, por encargo. Seguro que lo conociste en la comida del domingo. Es arquitecto, como Mick, pero empezó a hacer esto por diversión. Yo se las vendo y me llevo una comisión; también existe la posibilidad de que haga un diseño personalizado, si la gente quiere que sea como su casa, o algo por el estilo.

—Dios Santo.

Ella se echó a reír.

—Sí, ya lo sé. Es una locura, ¿verdad?

Aidan miró la hora. Todavía no eran las siete y media; demasiado pronto para abrir la tienda, seguramente.

—¿Te da tiempo a ir a tomar un café a Sally's? —le preguntó a Liz, impulsivamente.

Ella se aturulló con la pregunta.

—No —dijo, un poco apresuradamente—. Bueno, sí, pero es que normalmente quedo con Bree aquí a las ocho y media.

Él tuvo la sensación de que su negativa se debía a algo más, aparte de su compromiso previo, pero dejó pasar el asunto.

—No te preocupes. En otra ocasión.

Pareció que ella luchaba consigo misma unos instantes. Al final, dijo:

—Si estás justo en el piso de arriba y no tienes otros planes, podrías venir con nosotras.

—No, no importa. No me gustaría entrometerme.

—No te estarías entrometiendo, de verdad. La mitad de la gente que tiene tiendas por aquí viene a Sally's. La mayoría son O'Brien, así que ya los conoces de la comida. Serías bien recibido.

—Tengo que ir al instituto antes de las nueve —respondió él—. Me he citado con el entrenador Gentry y Rob Larkin para hacer algunos planes para la temporada que viene. Quiero hacer un entrenamiento de primavera para conocer a los jugadores antes de que termine el curso, y asignarles tareas para el verano. Podemos dejarlo para otro día. Hasta luego, Liz.

Él ya estaba casi en la puerta cuando ella lo llamó.

—Aidan, ¿es verdad lo que he oído decir? ¿Has firmado el contrato de entrenador solo para un año?

Él asintió.

—Pero... así el equipo no va a tener muchas oportunidades de hacer progresos.

Así que Mick tenía razón. La gente iba a considerar que era una falta de compromiso por su parte, y se iba a disgustar.

—Creo que es un tiempo suficiente para que tanto el instituto como yo sepamos si encajamos bien —respondió.

—¿O es una forma de poder pedirle al pueblo una buena suma de dinero si quieren que te quedes?

Aidan frunció el ceño.

—¿Sabes cuánto gana un jugador de fútbol americano profesional, Liz?

Ella parpadeó.

—Pues... en realidad, no.

—Te aseguro que no necesito aprovecharme del pueblo. Aunque mi carrera deportiva terminara antes de tiempo, me fue muy bien, y la mayoría de lo que gané lo tengo bien invertido. Acepté este trabajo porque siempre he querido entrenar a este nivel. Y este lugar me pareció estupendo para empezar.

—Entonces, ¿por qué no te has comprometido?

Él la observó con atención. Tuvo la sensación de que había muchas cosas detrás de aquella pregunta, aparte de lo más evidente.

—¿Acaso el compromiso es un tema delicado para ti, Liz?

Aquella pregunta tan directa la dejó asombrada.

—¿No lo es para todo el mundo?

—Sí, supongo que sí, pero parece que para ti es muy importante.

—Solo creo que la gente debería cumplir sus promesas.

—Yo también, y por eso me he comprometido por el plazo de tiempo que he creído más beneficioso para el instituto y para mí. A finales de año, las dos partes podremos decidir si va bien —dijo él, y la miró con elocuencia—: Es como salir durante un año antes de casarse.

Por el rubor de sus mejillas, Aidan supo que había dado en el clavo. Alguien la había dejado plantada, y eso la había convertido en una persona especialmente sensible en aquella cuestión del compromiso.

—Tienes razón —respondió Liz, con tirantez—. Siento que haya parecido que te estaba juzgando. Nos vemos en otro momento, y muchas gracias por haberme ayudado.

Por primera vez, Aidan se dio cuenta de que Liz no solo era una defensora convencida de la alegría de vivir en Chesapeake Shores. Había cosas que ocultaba y parecía que era asustadiza de un modo que él no llegaba a comprender. Se preguntó si su vida era tan complicada como la de él. Liz le aceleraba el pulso y llevaba su imaginación por caminos muy apasionados, pero su vida ya era lo suficientemente agitada en aquel momento sin conocer también sus secretos.

—¿Era Aidan ese que salía de tu tienda hace un rato? —le preguntó Bree, llena de curiosidad.

—Sí, pero ya puedes quitar esa cara de emoción —respondió Liz—. Vio que se me caían varias cosas mientras caminaba por la pradera, y bajó a ayudarme.

—Entonces, ¿es cierto el rumor? —preguntó Shanna O'Brien, la dueña de la librería—. ¿Ha alquilado uno de los apartamentos del piso de arriba?

—Supongo que sí —dijo Liz.

—Tu antiguo apartamento —le dijo Bree a Shanna—. Para consternación de mi padre, que quería que se comprara una casa.

—Por eso van a guardar en depósito los pagos de la renta, para que lo tenga a su disposición si decide comprar una casa al final —intervino Susie—. Yo misma he redactado el contrato. Mi padre me ha dicho que se le ocurrió a mi abuela, y que al tío Mick le pareció bien.

Liz miró a sus amigas. Todas ellas eran de la familia O'Brien o estaban casadas con un O'Brien. Aquella mañana solo faltaba Heather, la mujer de Connor O'Brien y propietaria de Cottage Quilts, una tienda de ropa para la casa que estaba en Shore Road.

—¿Dónde está Heather? —preguntó Liz, con la esperanza de poder dejar el tema de Aidan—. Ahora que lo pienso, tampoco la vi en la comida del domingo.

Shanna miró a Bree.

—No es un secreto, ¿no?

Bree cabeceó, pero miró con preocupación a Susie antes de responder.

—Tiene mareos y vómitos matutinos —reveló, por fin—. Parece que el embarazo la está afectando mucho.

—No me mires así al mencionar todo eso —dijo Susie, refunfuñando—. La gente de esta familia va a tener hijos. El hecho de que yo no pueda no significa que no me alegre por ellos.

Bree le apretó la mano.

—Pero todos sabemos que está siendo muy difícil esperar hasta que Mack y tú sepáis si podéis adoptar un niño.

—Claro que es difícil —respondió Susie—, pero, por favor, no tratéis de evitar el tema de los embarazos y los bebés. Con eso solo lo empeoráis. Y, además, si no me pides que participe en los preparativos de la fiesta para el bebé de Heather, no te lo perdonaré nunca.

Bree sonrió con malicia.

—¡Magnífico! Tú eres la encargada. Me viene muy bien.

—Vaya. Así aprenderé a no abrir la boca —dijo Susie, con una consternación fingida.

Liz se echó a reír.

—Yo te ayudo —le dijo.

—Podemos pedirle al chef de Jess que haga unos cuantos de sus deliciosos pasteles —propuso Shanna, y miró a todo el mundo—. Eso es una pista para mi fiesta, por si no os habíais dado cuenta.

—Por supuesto que te llevaremos pasteles —dijo Susie—. Y Bree hará maravillas con las flores —añadió, mirando a su prima con una expresión triunfal—. ¿Verdad, cariño?

—Por supuesto que sí —dijo Bree, al instante.

—Muy bien —dijo Susie—. Pues ya tenemos dos fiestas del bebé bajo control.

—De todos modos, como Heather está de pocos meses, no deberíamos adelantar acontecimientos —advirtió Shanna.

Bree se puso seria.

—Sobre todo, después del aborto que tuvo el año pasado. Sé que está nerviosa. Connor y ella están deseando darle un hermano al pequeño Mick.

El semblante de Susie se ensombreció.

—Por lo menos, tienen a Mick —dijo, suavemente.

Bree soltó una palabrota en voz muy baja al ver que Susie estaba a punto de ponerse a llorar.

—Ya sabía yo que no debíamos hablar de esto. Cambio de tema, por favor. Cualquier cosa.

—Quiero saber más sobre Aidan rescatando a Liz esta mañana —dijo Shanna—. Siento muchísimo habérmelo perdido. Ese hombre está como un queso.

Liz se ruborizó.

—Pues sí —dijo Bree, sin soltarle la mano a Susie.

Susie sonrió temblorosamente.

—Bueno, cuéntanos, Liz, ¿cuál es la primicia?

—No hay ninguna primicia. Nos hemos topado el uno con el otro un par de veces.

—¿Y por qué os vi yo manteniendo una charla tan íntima y agradable en la comida de hace un par de domingos? —bromeó Shanna—. ¿Por qué?

Liz le lanzó una mirada venenosa a Bree.

—Porque yo estaba intentando ser amistosa por órdenes de uno de los entrometidos O'Brien. Por ningún otro motivo.

Bree se echó a reír.

—Sí, y dime que no estabas disfrutando. No hay ni una sola mujer aquí y ahora a la que no le gustaría ser el centro del universo de ese hombre aunque solo fueran un par de minutos.

—Pues entonces, os invito a todas a que aprovechéis vuestro turno —respondió Liz—. Aidan es un tipo amable y simpático. Estoy segura de que le encantaría conoceros a todas un poco mejor.

—Yo creo que nuestros maridos pondrían objeciones —dijo Shanna, y agitó la cabeza—. No, me temo que es todo tuyo, Liz.

—Pero si yo no... —empezó a decir Liz. Después, frunció el ceño—. Oh, ¿para qué me esfuerzo? Ninguna de vosotras me va a creer por muchas veces que os diga que no me interesa.

Y, lamentablemente, después de cómo se le hubiera acelerado el pulso aquella mañana al ver a Aidan, Liz tampoco estaba segura de que se creyera a sí misma.


Aidan se quedó en la línea de banda mientras el entrenador Gentry ponía a los jugadores a hacer ejercicio después de clase. Había incluido a un par de chicos de último curso, que estaban a punto de graduarse, y le había explicado a Aidan que ninguno de los chicos más jóvenes había demostrado todavía que tuviera la capacidad de liderazgo necesaria para ser capitán del equipo.

—Han admirado a estos chicos ya durante un par de temporadas —le explicó el entrenador—. Vas a tener jugadores que saben pasar y atrapar el balón y hacer bloqueos, y unos cuantos *tacklers* decentes, pero no forman un grupo cohesionado ni en la defensa ni en el ataque –dijo, y miró a Aidan como si quisiera disculparse–. Seguramente, no debería decirte nada de esto. Te voy a asustar.

Aidan se echó a reír.

–No, de eso nada. Así me resulta un desafío más y más interesante. Quiero saber todo lo que pueda contarme sobre sus puntos débiles y sus fortalezas.

–No pierdas de vista a Héctor Santos. Tiene buenas manos, talento y un gran instinto, pero está muy verde. Está en el primer curso, así que no puede jugar durante mucho tiempo, pero creo que podría destacar. El problema es que se trata de un niño muy tímido, y todavía no domina por completo el inglés. Su familia solo lleva dos años aquí.

Aidan se puso en alerta.

–¿Legalmente?

El entrenador asintió.

–Que yo sepa, sí. No he pedido la documentación. Él está matriculado en el colegio y, con eso, a mí me vale –dijo, y miró fijamente a Aidan–. Tengo que avisarte de otra cosa: si es tan bueno como creo y decides sacarlo más al campo de juego, tendrás problemas con Porter Hobbs.

–¿Cuál es? –preguntó Aidan, observando el campo.

–Es el padre de Taylor Hobbs –le dijo el entrenador Gentry, y señaló a un joven alto y delgado que estaba lanzando unos pases bastante certeros por el campo–. El chico es majo, pero el padre es todo un elemento.

–Lo tendré en cuenta –dijo Aidan, y escribió una nota al respecto en su teléfono móvil, como estaba haciendo con todos los consejos que le daba en entrenador. Él llegaría a sus propias conclusiones durante las tres semanas que faltaban para que acabara el curso, pero, por el momento, la información que le estaba dando el entrenador Gentry era muy útil.

Miró de nuevo a Taylor Hobbs y vio a un chico muy serio, que había estado recibiendo sus pases flojos, hablando con él. Por lo intenso de sus expresiones, parecía que Hobbs estaba recibiendo unas recomendaciones que no le gustaban.

—¿Tiene alguna idea de qué está pasando ahí? —le preguntó al entrenador.

—Henry es muy amigo de Héctor, pero también es una especie de mediador en el equipo. Entiende que Taylor es el *quarterback* por ahora, así que le da indicaciones. Sorprendentemente, Taylor le presta atención, aunque se lo pone difícil.

—Entonces, tal vez el chico sí tenga alguna capacidad de liderazgo —sugirió Aidan.

El entrenador Gentry asintió.

—Puede ser. Ahora ya es cosa tuya averiguarlo —dijo, y miró a Aidan—. ¿Has visto suficiente?

Aidan asintió.

—Pues, entonces, los voy a llamar y te los presento. A partir de ahora, tú puedes hacerte cargo y yo me marcho.

—Eso no es necesario —le dijo Aidan.

—Sí, sí lo es. Algunos llevan cuatro años conmigo, para lo bueno y para lo malo. Ahora necesitan saber que tú eres el que está al mando. Si me necesitas para algo, ya sabes dónde encontrarme. No voy a marcharme del pueblo —respondió el entrenador y, con una mirada solemne, añadió—: Quiero a estos chicos. Quiero que alcancen todo su potencial, y creo que tú eres el hombre que puede conseguir que suceda.

—Gracias. Intentaré no decepcionarles.

El entrenador sopló su silbato con fuerza y les hizo un gesto a los chicos para que se acercaran.

—Sentaos —les dijo, indicándoles las gradas—. Bueno, todos vosotros ya sabéis que me voy a jubilar. Os presento a Aidan Mitchell. Seguro que algunos lo reconocéis, porque fue el *rookie* del año en la NFL hace un par de años.

Los jugadores prorrumpieron en vítores.

–Pues ya podéis empezar a considerarlo vuestro nuevo entrenador –dijo Craig Gentry–. Y espero que le tengáis el mismo respeto que siempre me habéis tenido a mí. Creo que, junto a él, vais a convertir este equipo en algo especial.

El entrenador se quedó callado un instante. Claramente, estaba intentando contener la emoción.

–Os veré por ahí, chicos. Mi puerta siempre está abierta –añadió.

Entonces, se dio la vuelta y se alejó rápidamente mientras los chicos le aplaudían con fuerza, por indicación de Aidan.

Cuando se hizo el silencio, Aidan se dio cuenta de que los chicos lo estaban mirando con toda su atención. Él respiró profundamente, intentando encontrar las palabras más adecuadas.

–Eh, Entrenador –dijo el chico que había estado trabajando con Hobbs–. No tenga tanto miedo. No podemos hacerlo peor.

Aquel comentario provocó risas nerviosas y rompió la tensión.

–Bueno, creo que vamos a hacerlo mejor este año, y mejor aún el año que viene –les dijo Aidan–. Sin embargo, para conseguirlo vais a tener que entrenar con ganas, escuchar lo que os digo y jugar con todas vuestras fuerzas.

–Eso podemos hacerlo –dijo el mismo chico–. ¿A que sí?

Un sorprendente rugido de empatía fue la respuesta a su pregunta. Aidan sonrió.

—¿Cómo te llamas?

—Henry, señor.

—¿Nos hemos visto antes?

—En la comida del domingo de hace dos semanas en casa del abuelo Mick —dijo el chico—. Aunque no es mi abuelo de verdad. Yo no soy un O'Brien, sino que Kevin y Shanna me adoptaron después de que muriera mi padre verdadero.

—¿En qué posición juegas, Henry?

—Cuando la familia juega un partido en Acción de Gracias, soy *quarterback* —dijo el chico, y sonrió con picardía—. Aquí, sin embargo, estoy en el banquillo casi todo el tiempo.

Seguramente era lo más lógico, dada su complexión delgada, pero Aidan percibía en él algo que ninguno de los otros chicos había mostrado todavía. Henry estaba dispuesto a dar un paso adelante y tenía una verdadera capacidad de liderazgo.

—Bueno, Henry, vamos a hacer una cosa. Todavía no sé con seguridad lo que se va a revelar de cada uno de vosotros durante estos entrenamientos, ni cómo se va a formar el equipo para este otoño, pero, durante estas semanas que quedan hasta el final del curso, tú eres el capitán del equipo. ¿Qué te parece?

Al muchacho se le iluminó la cara.

—¿De verdad?

Para alivio de Aidan, nadie puso ninguna objeción. De hecho, casi todos los chicos se le acercaron para chocar la palma de la mano con él, en un gesto de aceptación y enhorabuena. Eso le demostró que había acertado al dejarse llevar por el instinto, al menos, por el momento.

—Muy bien. Ahora, el resto del plan: a partir de mañana, quiero que todos estéis aquí un cuarto de hora después de que suene la campana del final de clase, preparados para trabajar como locos. Nadie tiene su posición en el equipo garantizada. Todos vais a tener que ganaros el derecho a jugar el año que viene. Si ahora no estáis fuertes, lo estaréis a finales de verano, ¿entendido? Quiero que os alimentéis de una forma equilibrada, que hagáis deporte, que saquéis unas buenas notas en los exámenes finales y que lo hagáis lo mejor que podáis en el campo. Voy a concertar citas individuales con cada uno de vosotros para conoceros mejor. Y quiero escuchar vuestras sugerencias para mejorar el equipo. Vais a tener que dedicarle más tiempo del que estáis acostumbrados, pero es obligatorio.

Esperaba oír alguna protesta, pero no fue así.

–¿Entrenador? –preguntó un chico, en un tono vacilante–. ¿Nos va a echar a alguno? Mi padre me va a matar si no me quedo en el equipo.

–Entonces, vamos a hacer todo lo posible para asegurarnos de que seas lo bastante bueno como para quedarte –le prometió Aidan–. Pero tú tienes que cumplir con tu parte.

El chico sonrió.

–Sí, la voy a cumplir.

–Bueno, pues esto es todo por hoy –dijo Aidan–. Estoy deseando conoceros a todos.

Henry fue el primero que se puso en pie.

–¡Adelante, Lions! –gritó.

Enseguida se oyeron resonar los pasos por las gradas y el eco del grito de ánimo por el campo. Aidan tenía el presentimiento de que, si aquel entusiasmo se reproducía en el campo de juego, iba a poder convertir a aquellos chicos en un equipo con posibilidades de luchar.

# Capítulo 4

Liz acababa de entrar a la librería para recoger los libros seleccionados para aquel mes por su club de lectura, cuando el hijo adoptivo de Shanna, Henry, entró por la puerta con cara de emoción.

–¿Sabes qué? –preguntó, gritando, mientras dejaba la mochila en una silla y se ajustaba las gafas en el puente de la nariz.

–Debe de ser algo muy bueno –dijo Shanna, sonriéndole.

–Hola, señora March –le dijo Henry a Liz, amablemente, y volvió a girarse hacia su madre–. El entrenador me ha nombrado capitán del equipo. Es algo honorario, porque no vamos a jugar todavía, y a lo mejor solo es para unas semanas hasta que termine el curso… ¡pero soy el capitán! ¿A que es increíble?

–¡Oh, cariño, es estupendo! –le dijo Shanna–. ¿Y cómo ha sido?

–No lo sé exactamente –reconoció Henry–. Tuvimos un entrenamiento y después hubo una reunión con el entrenador Mitchell. El entrenador Gentry nos lo presentó y se marchó. Fue un poco raro. Nadie decía nada, así que yo hablé. Hice una broma y conseguí que los otros chicos también demostraran un poco su entusiasmo. Puede que eso le gustara. Yo lo hice porque me sentía un poco mal por él; parecía que estaba nervioso.

Liz contuvo la sonrisa al ver la expresión de asombro de Henry. Aunque no estaba segura de si se debía al hecho de que lo hubieran nombrado capitán del equipo o a que había percibido el nerviosismo de un adulto, sobre todo, de un héroe del fútbol americano.

—Seguro que agradeció lo que hiciste para romper el hielo –dijo Shanna–. Además, tú te mereces ser el capitán. Tienes mucha capacidad de liderazgo.

—Pero juego muy mal –respondió Henry con sinceridad–. Soy rápido, pero no consigo hacer lanzamientos acertados, seguramente porque las lentillas me humedecen los ojos y no veo el otro lado del campo. O tal vez debería empezar a hacer pesas para fortalecerme los brazos. ¿Tú qué crees?

—No sabría decirte, pero estoy segura de que el entrenador Mitchell sacará el mayor partido de vuestras habilidades y te hará sugerencias sobre cómo mejorar. Para eso ha venido. Solo tienes que recordar una cosa… –dijo Shanna, y lo miró con severidad.

—Nada de esteroides –recitó Henry, obedientemente.

Shanna se echó a reír.

—Sí, ya sé que te lo he dicho algunas veces.

—Un millón de veces –confirmó Henry–. Lo entiendo, de verdad. No voy a arriesgar mi cuerpo solo por hacer un deporte en concreto.

Shanna lo miró con una expresión triunfal.

—Y por eso te quiero tanto. Me escuchas de verdad.

—¿Y no se supone que los hijos deben escuchar a sus madres?

Shanna le dio un abrazo.

—Sí, mi querido hijo, pero no todos lo hacen, y menos cuando llegan a la adolescencia. Y, en cuanto a lo de hacer deporte, hay muchas formas saludables de hacerse más fuerte. Pregúntale al entrenador Mitchell.

–De acuerdo –dijo Henry, con una expresión seria–. Pensaba que tal vez estaba perdiendo el tiempo por querer jugar al fútbol, pero puede que no. Creo que merece la pena intentar reconstruir el equipo, por lo menos. Es muy divertido cuando no nos están machacando –explicó. Después, con un suspiro, añadió–: Aunque eso de que no nos machaquen no sucede a menudo…

Liz tomó su paquete del mostrador y se detuvo para darle un beso en la mejilla a Henry. El chico se ruborizó.

–¡Enhorabuena! –le dijo.

De vuelta en su tienda, se puso a hacer la caja mientras esperaba a que Aidan volviera a casa. Aunque no quisiera admitirlo, durante los dos últimos días se había aprendido su horario, a qué hora salía de casa por la mañana y a qué hora regresaba. Tendría que conformarse con verlo a distancia al entrar y salir, porque no iba a intentar mantener una relación con él, ni abrirle su corazón.

Aquel día, sin embargo, abrió la puerta de la tienda en cuanto lo vio caminando por la pradera, y lo llamó. Tenía que decirle una cosa.

–Hoy has hecho algo estupendo –le dijo.

Él se quedó sorprendido por la alabanza.

–¿Qué he hecho?

–Has conseguido que un chaval empiece a creer en sí mismo. O, más bien, en su capacidad atlética.

–¿Yo he hecho eso? ¿En una breve reunión con el equipo? ¿De quién estás hablando?

–De Henry. Yo estaba en la librería cuando él llegó de clase y le contó a Shanna que lo habían nombrado capitán del equipo. Aunque solo sea un título honorario, le has alegrado el día. Él sabe que es listo, pero los deportes son algo nuevo para él. Nunca le habían animado a jugar a nada antes de venir a vivir con Kevin y Shanna. Si eres la mitad de bueno motivando a los demás jugadores, el equipo va a ganar la liga estatal el año que viene.

Aidan se echó a reír.

–Me parece a mí que es demasiado pronto para dejarse llevar así. El hecho de tener un buen líder de capitán es dar un paso muy grande para fortalecer al equipo.

–¿Y por qué lo elegiste a él? –le preguntó Liz con curiosidad. Después, frunció el ceño–. No será porque es nieto de Mick, ¿no?

–Por supuesto que no. Lo decidí antes de saberlo. Él tomó la iniciativa en un par de cosas durante la reunión del equipo, y eso habló muy bien de su capacidad de liderazgo. Los otros chicos respondieron muy bien a lo que él dijo. Entonces, me decidí de repente, aunque dejé bien claro que el título puede ser temporal –explicó Aidan, y frunció el ceño–. Él lo ha entendido, ¿no?

–Sí, claro que sí. De todos modos, Henry es un niño muy serio, porque ha tenido episodios muy duros en la vida. Hoy le has dado una inyección de confianza en sí mismo. Aunque no tengo mucha experiencia, me parece que esa es una de las características de un gran entrenador.

–Gracias por decir eso –respondió Aidan–. Yo sé mucho de jugar al fútbol americano y tengo un cuaderno lleno de jugadas y estrategias para los partidos, pero trabajar con chicos es algo nuevo para mí. Aunque algunos sean fanfarrones, todos tienen un ego frágil. Todavía me acuerdo de cómo era eso, y no quiero hacer nada que pueda disminuir su seguridad en sí mismos ni herir su amor propio. Creo que eso es una parte tan importante de mi trabajo como ser un buen entrenador.

—Bueno, yo solo quería hablarte del impacto que has tenido hoy en uno de los chicos —respondió Liz, retrocediendo al mismo tiempo—. Que tengas una buena noche, Aidan.

Volvió a entrar en la tienda para terminar de hacer caja y cerrar, pero se quedó sorprendida al ver que él la seguía.

—¿Qué tal te ha ido a ti el día? —le preguntó él—. Vaya, veo que ya has colocado todos los juguetes en su sitio. ¿Vas a conseguir estar preparada para la avalancha de turistas antes del viernes?

Liz suspiró.

—Eso espero, pero no hay manera de saberlo. Nunca había tenido un negocio como este.

—¿Quieres decir que dependa del turismo estacional?

Ella sonrió tímidamente.

—Me refiero a cualquier negocio. Antes, yo era maestra de escuela. Ese es el motivo por el que sé cómo motivar a los niños.

Aidan se quedó sorprendido.

—Vaya, cuando tú decides hacer un cambio, lo haces a lo grande. ¿Por qué decidiste abrir una tienda de artículos para mascotas?

—Bueno, cuando tomé la decisión de empezar una nueva vida, pensé en hacerlo radicalmente.

—¿No te gustaba ser maestra?

—Me encantaba, pero si solo cambiaba de pueblo o de ciudad, no iba a notar demasiado el cambio —dijo ella.

No quería mencionar que estar con niños pequeños le recordaría siempre a la familia que había querido tener, que había tenido casi al alcance de la mano, antes de descubrir que eso no entraba en absoluto en los planes de su marido.

—Yo tuve mascotas de pequeña, y me pareció divertido tener una tienda para poder conocer gente nueva todo el tiempo. Elegí Chesapeake Shores porque es un pueblo turístico, pero, al mismo tiempo, lo suficientemente pequeño como para poder conocer bien a tus vecinos.

–¿Y te arrepientes?

Ella se echó a reír.

–Me he estado arrepintiendo todo el invierno, a final de mes, cuando intentaba cuadrar la contabilidad –admitió–. Pero estoy deseando que empiece el verano para recibir la avalancha de clientes que todo el mundo me ha prometido. Los dueños de las tiendas de alrededor me han apoyado mucho, y no estoy desanimada. Vine para cambiar de vida y para enfrentarme a un reto. Hasta el momento, no me ha desilusionado.

–¿Siempre eres tan optimista?

Liz frunció el ceño.

–Lo dices como si fuera algo malo.

–No, claro que no. Yo creo que hay que mirar las cosas de un modo positivo, pero no todo el mundo es capaz.

–Es una elección, ¿no? –dijo ella, en voz baja, pensando en las semanas posteriores a la muerte de su marido, cuando apenas había casi nada positivo. Y, si había algo, ella había preferido no verlo, seguir hundida en su dolor.

Entonces, una amiga suya muy sabia le había dicho que podía vivir la vida sufriendo, compadeciéndose a sí misma y arrepintiéndose, de modo que su vida terminaría con la de su marido, o vivir la vida tan plenamente como pudiera. Al día siguiente, ella había empezado a hacer planes para el futuro. Había elegido un camino que la emocionaba como nada la había emocionado desde hacía muchas semanas. O más tiempo, incluso, si era sincera consigo misma.

Aidan la observó atentamente. Para su horror, él alargó el brazo y le tocó con un dedo, delicadamente, las sombras que tenía debajo de los ojos.

—¿Qué te ha causado estas ojeras? —le preguntó.

Ella se estremeció al sentir aquel roce. Dio un paso atrás y sonrió forzadamente.

—No sé a qué te refieres.

Él la miró con escepticismo.

—¿De verdad?

—Eh, ¿no crees que no es muy cortés decirle a alguien que tiene pinta de no haber dormido varias noches? —preguntó ella, alegremente—. Tengo en la cabeza muchísimas listas de cosas por hacer, y repasarlas no es tan efectivo como contar ovejas.

—No, ya me lo imagino. Puede que necesites tomarte un respiro, desconectar un rato. ¿Te apetece dar un paseo hasta O'Brien's? Me han dicho que Nell enseñó a cocinar al chef, así que la comida estará riquísima. Yo me estoy hartando ya de mis limitadas habilidades en la cocina, porque solo me permiten preparar platos congelados. Si voy a sermonear a mis jugadores para que coman de forma saludable, debería dar ejemplo.

Ella vaciló.

—No debería —dijo, pensando no solo en todo lo que tenía que hacer sino, también, en que era mala idea salir a cenar con Aidan. Él tenía el don de atravesar sus barreras de defensa cuando menos se lo esperaba. Además, no iba a quedarse durante demasiado tiempo en el pueblo.

—Vamos, como máximo una hora —le respondió él—. Y después de cenar, te ayudo a desempaquetar las cosas de la tienda, o lo que necesites. Soy un recién llegado a Chesapeake Shores. Probablemente es tu deber como ciudadana procurar que yo no cene solo.

Liz se echó a reír, pero también pensó en toda la gente que la había tomado bajo su protección cuando ella había llegado a la ciudad. Había tenido que cenar sola muy pocas noches.

—Está bien. De acuerdo. Pero solo una hora, y espero que después te lleves al contenedor de papel todas las cajas de cartón vacías para dejar libre la trastienda.

—Solo tienes que decirme cómo se va —respondió él.

—No te preocupes, eso es fácil. Bueno, voy a lavarme las manos y a tomar el bolso. Será un segundo.

Después de que salieran de la tienda, ella rogó que Bree y Shanna ya se hubieran marchado de sus tiendas, porque si alguna de las dos la veía con Aidan, a la mañana siguiente tendría que soportar un interrogatorio en Sally's.

A Aidan le pareció oír que Liz soltaba un gruñido al entrar en O'Brien's.

—¿Ocurre algo? —preguntó, mientras miraba a su alrededor. Se dio cuenta de que Liz se había quedado con la mirada fija en la barra, donde había varios O'Brien que les hicieron gestos para que se acercaran. Aidan sonrió—. Ah, supongo que este es otro punto central del cotilleo del pueblo, ¿no?

Ella suspiró.

—No te haces una idea. Debería haberlo pensado mejor antes de venir aquí contigo.

—Liz, somos dos amigos y vecinos que van a cenar. ¿Qué tiene de raro?

Ella lo miró con incredulidad.

—Dos amigos solteros —puntualizó—. En un bar lleno de O'Brien, que han llevado el concepto de emparejar a nuevos extremos.

—Bueno, pues a mí me parece que solo tenemos dos salidas: o ir con ellos, o provocar un revuelo marchándonos. ¿Qué prefieres tú?

—Tenemos que ir con ellos —respondió Liz resignadamente.

Entonces, él le dijo:

—Antes, recuérdame quién es quién.

—El que está detrás de la barra es Luke. Este bar es suyo. Es hijo de Jeff y sobrino de Mick. La que está sentada en el taburete, al final, es Susie, su hermana.

—Ah, sí. Ella redactó mi contrato de alquiler, pero no la conocí durante la firma. También sé que está casada con Mack Franklin —dijo Aidan, haciendo memoria. Después reconoció a su marido, que estaba sentado junto a ella—. Y él está justo a su lado.

—Y Megan O'Brien está a su lado, lo que significa que Mick vendrá pronto.

Aidan se echó a reír.

—Estoy empezando a darme cuenta de la magnitud del problema.

—Lo dudo —replicó Liz. Después, se dirigió a la barra. Mack se había levantado de su taburete para que ella pudiera sentarse al lado de Susie.

—Interesante —le murmuró Susie a Liz, con una sonrisa.

Aidan se fijó en que Liz se ruborizaba, pero antes de que pudiera mencionárselo, Mack comenzó a hacerle preguntas sobre su reunión con el equipo de aquella tarde. Como sabía que el exjugador tenía verdadero interés en el deporte y en su pronóstico para la siguiente temporada, se lo contó todo.

Un poco después apareció Mick, que le dio unas palmadas de entusiasmo en la espalda.

—Hoy me has sorprendido —le dijo.

—¿Y eso?

—Al hacer a Henry capitán del equipo hasta el final de curso —dijo Mick.

Aparentemente, los demás se enteraron en aquel momento, y Megan miró a Aidan con aprobación.

—No sé nada de fútbol americano, para consternación de mi marido y mis hijos, pero conozco a Henry. Ese chico nació para ser un líder. Estoy muy contenta de que alguien se haya dado cuenta.

—Cierto —dijo Mick. Entonces, miró a Aidan con los ojos entrecerrados—. Te has dado cuenta, ¿no? No habrá tenido nada que ver con quién es.

—De verdad, yo no sabía quién era Henry cuando lo nombré capitán. El chico demostró tener iniciativa y yo tomé la decisión en un instante. Quería transmitirles a los chicos el mensaje de que sus buenas acciones dentro y fuera del campo tendrán recompensa —explicó Aidan, y se encogió de hombros—. También recibirán un castigo si su comportamiento no es bueno, pero no quería meterme en eso.

Mick asintió.

—Me parece muy bien. Y sé que Kevin y Shanna también te lo agradecen. Kevin me ha llamado hace un rato y me ha contado lo contento que está Henry. ¿Sabes por qué vive con ellos?

Aidan cabeceó.

—Shanna estaba casada con el padre del muchacho. Henry la adoraba, pero cuando su padre y ella se divorciaron, a ella se le prohibió tener cualquier tipo de contacto con el niño. A Shanna se le rompió el corazón, y el chico se quedó solo con un par de abuelos muy estrictos que no sabían qué hacer con él.

Aidan frunció el ceño.

—¿Y su padre?

—Su padre tenía un grave problema con el alcohol. Le destrozó el hígado. Después de que Shanna se viniera a vivir aquí y se emparejara con Kevin, los abuelos de Henry se dieron cuenta de que el niño iba a tener una vida mejor, más normal, con ellos. Shanna y Kevin le permitieron que siguiera manteniendo el contacto con su padre biológico, pero, cuando él murió, lo adoptaron. Desde que está con ellos, el niño ha mejorado muchísimo en todo. Todos estamos muy orgullosos de él, y nos alegramos de que se haya convertido en un O'Brien.

Aquella historia le confirmó a Aidan algo que ya sospechaba: que los O'Brien eran buena gente cuya vida estaba centrada en la familia, sin que tuviera importancia cómo se había formado aquella familia. Una vez más, se preguntó si habrían tenido sitio para él en sus corazones si su madre le hubiera allanado el camino hacía años, diciéndole a Thomas O'Brien que tenía un hijo.

Aidan todavía estaba pensando en su vínculo con Thomas O'Brien, al día siguiente, cuando el entrenador Gentry se acercó a hablar con él, antes del entrenamiento de aquella tarde.

—Te ha hablado Rob del club con el que vas a trabajar el año que viene después de las clases, ¿no?

—Sí, el que colabora con la fundación de conservación de la bahía —respondió Aidan.

—Ese mismo. Sé que tienes entrenamiento esta tarde, pero la reunión del club es después de las clases. Es la última reunión del año. Thomas O'Brien va a hablarles a los alumnos para darles las gracias por su trabajo. Pensé que tal vez quisieras ir a saludar. ¿Hay posibilidad de que vayas allí a las cuatro? Más o menos a esa hora empezaremos a relajarnos, y Thomas ha pedido que lleven algo de picar del hotel. No te lo pierdas.

Aidan sabía que no le serviría de nada posponer lo inevitable. En algún momento tendría que estar en la misma habitación que Thomas O'Brien. Y, al igual que durante la comida en casa de Mick, lo mejor sería que estuvieran rodeados de gente.

—Sí, haré todo lo posible por ir —le prometió al entrenador—. Aunque tal vez solo pueda quedarme un rato. No quiero acortar el entrenamiento y sentar un mal precedente. El equipo tiene que tomarse muy en serio los entrenamientos, aunque todavía falten meses para la temporada.

—Muy bien.

Aunque Aidan no pudo quitarse la reunión de la cabeza durante el resto del día, trató de concentrarse para conseguir que el equipo empezara a hacer una serie de ejercicios. Le pidió a Henry y a otro profesor, que se había ofrecido voluntario para ayudar, que apuntara los resultados mientras él iba rápidamente a la celebración del final de la temporada.

Thomas acababa de terminar su discurso y, aunque la mesa estaba llena de comida y de bebida, los chicos estaban a su alrededor, haciéndole preguntas. Claramente, lo que les hubiera dicho antes de que él llegara les había inspirado mucho. Tenían una expresión seria y le hacían preguntas concienzudas, y parecía que lo consideraban algo parecido a una estrella del mundo de la conservación del medio ambiente.

Aidan se quedó aparte, observando a Thomas y escuchando lo que les decía a los estudiantes. No era condescendiente, sino que se tomaba en serio sus preguntas y respondía cuidadosamente. Al ver a Aidan, envió a los chicos hacia la mesa de la comida y se acercó a él.

—Tengo entendido que te vas a hacer cargo de esta pandilla el próximo otoño —le dijo, estrechándole la mano con firmeza—. Es un grupo increíble. Han hecho un estupendo trabajo este año.

—Aunque acabe de llegar a esta zona, ya entiendo lo importante que es esta causa —dijo Aidan—. Haré todo lo que pueda para animar a los niños a que participen.

—Crear conciencia es siempre el primer paso en algo como esto. La gente es descuidada con los recursos hasta que comprenden las consecuencias de sus actos. Entonces, la mayoría de la gente está más que dispuesta a protegerlos.

Aidan tuvo la sensación de que Thomas estaba empezando a apasionarse, así que sintió alivio por tener a un equipo esperando su regreso.

—Estoy deseando saber más cosas sobre esto y sobre las actividades que usted quiera que llevemos a cabo el próximo otoño, pero ahora tengo a los jugadores en el campo haciendo series de ejercicios. Tengo que volver para continuar con el entrenamiento. Solo quería saludarlo y decirle que puede contar conmigo.

—Muy bien, lo haré –dijo Thomas–. Quizá pudiéramos reunirnos algunas veces en verano para poner en común nuestras ideas.

—Sí, claro –respondió Aidan, aunque aquella perspectiva le causaba temor. De repente, era como si todo se estuviera moviendo demasiado deprisa. Había querido encontrar a su padre, incluso verlo de vez en cuando, pero aquello ya era más intenso de lo que había previsto.

Por supuesto, pensó con un suspiro, tal vez fuera por el enorme secreto que se interponía entre ellos. Él sabía quién era Thomas, pero Thomas pensaba que él era solo el nuevo entrenador de fútbol del instituto y el director de un club de actividades para jóvenes. Cuando la verdad saliera a la luz y aquella dinámica cambiara… ¿quién sabía lo que podía ocurrir?

Cuando Liz abrió la tienda el viernes por la mañana, el Día de los Caídos, no sabía qué esperar. Antes del mediodía tuvo varios clientes habituales del pueblo, que iban a comprar pienso orgánico para sus mascotas. Cordelia estaba entre ellos.

Liz sonrió a su vecina. La anciana llevaba un vestido estampado y unas zapatillas de deporte amarillas.

—Estás muy primaveral hoy —le dijo Liz—. ¿Cómo estás, y cómo está Fluffy?

—Esa gata hace todos los días alguna cosa que me provoca una sonrisa —le dijo Cordelia—. Pero echo de menos a Archie. Sé que yo no iba a poder con él, pero es un perro muy especial. Le puse el nombre de mi difunto marido. ¿Te lo había contado?

—No, no me lo habías dicho —respondió Liz—. ¿Te gustaría que te lo lleve de visita?

A Cordelia se le iluminó la cara.

—¿Me harías ese favor, si no es molestia? Archie y yo siempre tuvimos pastores australianos. Mis nietos lo eligieron por ese motivo, pero ninguno de nosotros pensó en la energía que hace falta para cuidarlos, sobre todo de cachorros. ¿Vas a quedártelo?

—Le estoy buscando una buena familia, pero todavía no la he encontrado.

—Y le estás tomando cariño, ¿no? —dijo Cordelia—. Ya sabía yo que iba a pasar eso. O, por lo menos, lo esperaba, para que pudiera quedarse cerca.

—Por favor, no cuentes con ello, Cordelia. No sé si puedo quedarme con un tercer perro —dijo Liz, lamentándose.

Cordelia se quedó desilusionada.

—Me daría mucha pena que se marchara lejos —dijo ella, con un suspiro. Después, esbozó una sonrisa forzada—. Supongo que importa más que encuentre una buena familia que el hecho de que yo pueda estar con él de vez en cuando.

Al ver la cara de tristeza de Cordelia, Liz decidió en

aquel preciso instante que Archie no se iba a ninguna parte.

—Bueno, vamos a ir poco a poco. A no ser que aparezca el dueño perfecto, se va a quedar conmigo.

Cordelia la miró astutamente.

—Alguien me ha dicho que han visto a Archie con un joven muy guapo, el nuevo entrenador del instituto. Dicen que Archie se quedó prendado con él.

Liz se echó a reír.

—Pues sí, pero Aidan no puede tener perro en este momento.

Cordelia la observó especulativamente.

—El otro día estuve hablando con Nell después de misa. Por ahí dicen que tú también te has quedado prendada del mismo hombre. ¿Hay algo de verdad en eso?

Liz se ruborizó.

—Cordelia Ames, por favor, dime que tú no te vas a poner también a hacer de casamentera. De verdad, ya hay bastantes entrometidos en este pueblo.

Cordelia la miró sin darse por aludida.

—No es fácil saber cuántos empujones hace falta para que la gente termine haciendo lo que han estado queriendo hacer todo el tiempo.

Liz no pudo protestar, porque entraron varios clientes a la tienda. Cerró la boca; discutir con una clienta, fuera cual fuera el tema, no podía ser bueno para el negocio.

Cordelia sonrió.

—Que tengas muy buen fin de semana. Y estaré esperando tu visita con Archie en algún momento después de los días de fiesta, cuando tengas tiempo.

Liz cabeceó cuando Cordelia salió de la tienda. Claramente, la anciana estaba contenta por haber llevado a cabo su misión. Sin embargo, era difícil saber si su verdadera misión había sido concertar una visita de su antigua mascota, asegurarse de que Archie se quedara con ella definitivamente o entrometerse en sus asuntos y darle un empujoncito nada sutil en dirección a Aidan. Fuera cual fuera, Liz temía que iba a tener que estar muy atenta para no caer en la trampa de aquella mujer tan astuta.

Aunque, pensándolo bien, Cordelia ya había conseguido que se quedara al perro y lo llevara a su casa, así que había conseguido dos de tres.

# Capítulo 5

Después de salir a correr, aquel sábado por la mañana, Aidan se duchó y se sentó en el balcón con una taza de café para disfrutar del aire de la mañana. Aquello le pareció un comienzo perfecto para el fin de semana. Main Street y Shore Road estaban llenas de gente que iba de compras y que se paraba literalmente en medio de la calle a charlar, mientras los conductores esperaban con más o menos paciencia.

No había ni un sitio de aparcamiento libre, así que él se alegró de que todos los lugares a los que quería ir estuvieran a una distancia razonable para ir caminando. Veía a mucha gente salir de Pet Style y de las otras tiendas, y todos iban cargados de bolsas; eso era buena señal para el negocio de Liz. El hecho de que, de repente, él estuviera muy interesado en cómo podría afectar el buen o el mal tiempo a las ventas de Pet Style era bastante revelador; demasiado para su comodidad.

A la una en punto se cansó de estar solo y bajó a Sally's a comerse un sándwich. Sin embargo, la cafetería también estaba llena. Sally le hizo una seña para indicarle que había una mesa libre en la parte de atrás y lo llevó hasta allí incluso antes de haber podido quitar los platos.

—Vuelvo a atenderte dentro de unos minutos. ¿Te traigo algo de beber cuando vuelva? —le preguntó, con una expresión de agobio.

—Sí, un té helado, por favor.

—¿Con azúcar?

—No, sin azúcar, si tienes.

—Claro que sí —dijo ella—. Bueno, en cuanto pueda vuelvo. Hace meses que no tenía un día como este, así que no tengo queja.

—Tranquila —respondió Aidan—. Yo no tengo prisa.

Cuando, por fin, pudo volver con él, se dejó caer en el asiento de enfrente.

—Dos minutos de descanso, eso es todo lo que pido.

Él sonrió.

—¿Quieres decir que debo tomarme mi tiempo para pedir la comida y, tal vez, hablar contigo de las especialidades?

—Eres un chico listo —dijo ella, con aprobación—. Te recomiendo que pidas el sándwich de cangrejo con ensalada de col y patatas fritas, antes de que se nos acabe, pero, por favor, ¿podrías pensártelo durante unos minutos?

Él se echó a reír.

—Muy bien.

Ella lo miró un segundo, y le preguntó astutamente:

—¿Has ido a ver a Liz hoy?

—No, ¿por qué? Supongo que está tan ocupada como tú.

—Exacto. Y, como nunca ha experimentado un aluvión de día de fiesta, me imagino que no se llevó la comida. ¿Qué te parecería si le preparo uno de esos sándwiches, también, y se lo llevas cuando te marches? Estoy segura de que te lo agradecería.

Aidan asintió rápidamente; y, seguramente, con demasiado entusiasmo, a juzgar por la cara de satisfacción de Sally.

—Sí, claro. Me parece bien —dijo.

Sally se echó a reír.

—Ya me parecía a mí que ibas a aprovechar la oportunidad, pero tenía que comprobar por mí misma si los rumores eran ciertos.

—¿Y qué rumores son esos? —le preguntó, aunque no hacía falta ser un genio para adivinarlo.

—Oh, por favor —le espetó Sally, mientras se ponía de pie—. Conmigo no te hagas el tonto. Ya tengo muchos años. Bueno, voy a preparar los sándwiches. De paso, podrías llevarte la comida a la tienda de al lado y dejar libre esta mesa, para que yo pueda sentar a más clientes. ¿Qué te parece?

—Muy bien —respondió Aidan—. Te espero en la caja.

Ella le dio una palmadita en el hombro.

—Buen chico. Me gustan los hombres que captan las indirectas.

Tal vez lo que le gustaba en realidad era que un hombre cediera tan fácilmente a llevar a cabo sus taimados planes. Estaba empezando a comprender lo que le había contado Liz sobre los casamenteros bienintencionados del pueblo. Sin embargo, por el momento a él le beneficiaba. Sally acababa de empujarlo en la dirección que él había estado queriendo tomar todo el día, aunque no lo reconociera.


Liz estaba intentando mantener la compostura, valientemente, mientras cobraba compras, respondía preguntas y guiaba a los clientes hacia el género por el que estaban interesados. Siempre había pensado que se le daba bien hacer varias cosas a la vez; con una clase llena de niños, no le quedaba más remedio. Sin embargo, a ellos podía darles un descanso cuando se sentía agobiada. Los clientes, por el contrario, no dejaban de entrar en la tienda y de hacer preguntas, y lo único que podía hacer ella era sonreír y aguantarse.

En realidad, se sentía agradecida, porque había tenido la esperanza de que aquel día fuera exactamente así, aunque no supiera que el éxito pudiera ser tan agotador. Le dolían las mejillas de sonreír sin parar.

Y, para rematar, se moría de hambre. No se le había ocurrido ni siquiera llevar una manzana. Hasta aquel día siempre había tenido tiempo, por lo menos, de hacer un pedido telefónico a Sally e ir a recogerlo de una carrerita. Aunque, en realidad, no iba a tener tiempo de comer nada; apenas lo tenía para establecer contacto visual con sus clientes mientras cobraba y metía las compras en bolsas.

—¿Ha encontrado todo lo que buscaba? —preguntó automáticamente, mientras entregaba dos bolsas al cliente anterior.

—Estaba buscando a la dueña —respondió un hombre.

Ella alzó la cabeza.

—¡Aidan! ¿Qué haces por aquí?

Él subió una bolsa.

—Sally pensó que tendrías hambre y, por el lío que tienes aquí, creo que ha acertado.

—Pues sí —dijo ella, mirando la bolsa con anhelo—. ¿Qué hay dentro?

—Un sándwich de cangrejo y ensalada de col. Y patatas fritas. Llevo aquí unos minutos, pero puede que sigan calientes.

Ella cerró los ojos y se imaginó los pedazos de carne de cangrejo, la ensalada cremosa y las patatas fritas y crujientes. Estuvo a punto de gemir de placer.

—Suena divino —murmuró.

—Doy fe. Me he metido en tu trastienda y le he dado un par de mordiscos al mío, con la esperanza de que la multitud fuera desapareciendo, pero parece que tienes un flujo de clientes muy constante.

—Llevo así todo el día —dijo ella, con cansancio, pero sonrió enseguida—. Es agotador, pero también maravilloso. Mejor de lo que me esperaba.

—¿Qué te parece si yo atiendo la caja mientras tú te vas a la trastienda y comes algo? Te he dejado allí un té helado, dulce y con limón. Sally me ha dicho que es así como te gusta.

—No... no puedo tomarme un descanso.

Él enarcó una ceja.

—¿Te da miedo que me escape con la caja?

—Pues claro que no, pero no conoces el sistema.

—¿Tienen precio todos los artículos?

—Por supuesto.

—¿Y tienen código de barras?

—Pues claro.

—¿Y la caja registradora hace el cálculo de los impuestos?

Liz asintió.

—Entonces, vete. Si tengo algún problema, te aviso.

Ella no se atrevió.

—¿Sabrás cobrar con tarjeta de crédito?

—Cuando estaba en la universidad, trabajaba los días libres y vacaciones en Bloomingdale's para ganar algo de dinero —dijo él, y miró a su alrededor. Aunque la tienda estaba atestada, no era nada comparado con las compras de un día de fiesta en Nueva York—. Creo que puedo arreglármelas con esto.

Sin pensarlo dos veces, Liz le tomó la cara con ambas manos y le dio un beso.

—Eres un ángel venido del cielo –le dijo. Aquel gesto impulsivo fue un choque para su organismo, pero no tuvo tiempo para recrearse con aquella sensación. Tendría que dejarlo para después.

Aidan se echó a reír.

—Algunas personas no estarían de acuerdo con eso –dijo él, y le entregó la bolsa de su comida–. Que lo disfrutes. Te prometo que no voy a regalar la tienda.

Como había varios clientes haciendo cola, ella dejó a Aidan al mando y se fue a la trastienda. Se quitó los zapatos y se sentó con un suspiro de alivio.

Aunque se fijó en que Aidan no había comido apenas nada de su sándwich, ella abrió la bolsa, sacó una patata frita y tomó un buen trago de té helado. Nada de lo que había comido nunca le había sabido tan bueno, por lo menos, hasta que dio el primer mordisco al sándwich.

—Oh, Dios mío –murmuró. Sally no podía haber elegido una comida mejor para ella. Tendría que darle las gracias al día siguiente.

Por mucho que quisiera descansar, comió a toda prisa, se lavó las manos y volvió a la tienda. Aidan estaba atendiendo a los clientes con facilidad y con un encanto que hacía reír a los que estaban esperando pacientemente en la cola.

De camino a la caja para suplir a Aidan, Liz se detuvo a atender a una mujer que le preguntó por las casetas de perro personalizadas. La clienta sacó de su bolso una fotografía de un perro gran danés y una foto de su enorme casa.

—¿Cree que el diseñador podría hacer algo así para mi Petunia? –le preguntó a Liz esperanzadamente.

¿Petunia? Liz estuvo a punto de echarse a reír.

—Sí, seguro que sí. ¿Quiere que le dé a Matthew estas fotos y su número de teléfono y le pregunte si puede llamarla? Puede darle los detalles a él directamente.

—¿Y se llevará usted una comisión si hago eso? —preguntó con preocupación la señora—. Me gusta apoyar a los pequeños negocios siempre que puedo.

—Matthew y yo ya hablaremos de eso —le dijo Liz a la señora, agradeciéndole que fuera tan considerada, y apuntó su nombre y su teléfono—. Y ahora, ¿puedo ayudarla en algo más?

La mujer sonrió.

—No, gracias. Ese joven tan agradable ya me ha cobrado todo, pero me dijo que tenía que hablar con usted sobre la caseta. No sé cómo lo ha hecho, pero salgo de aquí por lo menos con tres cosas que no pensaba comprar. Tiene usted una selección de artículos estupenda. Voy a convertirme en clienta suya. Me temo que mimo demasiado a Petunia. Esa perra es como una hija para mí.

Cuando la mujer se marchó, con cara de satisfacción, Liz miró a Aidan. Él estaba sonriendo a un grupo de mujeres de una manera con la que habría conseguido que ellas compraran lo que fuera. Tal vez era algo más que un ángel. Tal vez era un arma secreta que ella debería utilizar con mucha más frecuencia.

Siempre y cuando, claro, que encontrara el modo de vacunarse contra aquel encanto que parecía algo natural en él. Su marido era muy parecido: seducía a todo aquel que conocía. Aunque ella había aprendido a desconfiar de ese rasgo demasiado tarde, era una lección que no iba a olvidar.

—¿Qué tal la comida? —le preguntó Aidan, cuando, por fin, ella pudo llegar hasta la caja.

—Deliciosa —respondió Liz—. Gracias. Y gracias también por el descanso. Creo que ahora ya puedo seguir yo. Tú deberías ir a la trastienda y terminar de comer antes de que se te quede todo helado.

—He tomado suficiente –dijo él–. ¿Va a venir alguien a ayudarte?

Liz hizo un gesto negativo.

—Hay una chica del instituto que viene algunos días de la semana después de clase, pero su familia se ha ido fuera el fin de semana.

Aidan frunció el ceño.

—No ha sido muy responsable por su parte dejarte plantada justo durante un puente.

Liz se encogió de hombros.

—Yo no me di cuenta de que iba a ser para tanto. Ahora ya lo sé. Tess esperaba tener más horas de trabajo este verano, y ahora puedo decirle con certeza que las va a tener.

—Creo que me voy a quedar un rato, por lo menos hasta que baje un poco la afluencia. Tú puedes responder a las preguntas y yo me quedo aquí en la caja.

—No puedo pedirte eso –replicó ella.

—Tú no me lo has pedido. Además, no tengo ninguna otra cosa urgente que hacer. He disfrutado hablando con la gente –dijo. Lo que no dijo fue que también le había gustado verla a ella en acción. Y su entusiasmo por el género que vendía era evidente. Aquella potente combinación emocionaba a la gente y, al mismo tiempo, hacía que nunca se sintieran presionados.

Ella miró al público que seguía entrando en la tienda y se decidió.

—Si estás seguro de que no te importa, te agradecería que me ayudaras, pero solo hasta que todo se tranquilice.

—De acuerdo. Ahora, vete. Hay alguien más mirando con deseo esa caseta de perro. Creo que puedes vender otra.

Liz se fue rápidamente en aquella dirección, y él se quedó cobrando las compras y charlando con los turistas. Parecía que eran de toda la región. Muchos se alojaban en The Inn at Eagle Point, y hablaban maravillas de la comida. Otros le pedían información sobre otras tiendas y restaurantes.

—Yo soy nuevo en el pueblo, pero he oído hablar muy bien de la marisquería Brady's —les decía él—. Y puedo dar fe de que O'Brien's tiene un menú estupendo y verdaderamente irlandés. Si quieren algo más sencillo, como una hamburguesa o un sándwich de cangrejo, vayan aquí al lado, a Sally. Es un sitio estupendo, muy célebre en todo el pueblo.

Se divirtió al darse cuenta de que estaba empezando a parecer un portavoz de la Cámara de Comercio. No era probable que hiciera aquello más veces, pero iba a tener que moverse mucho más si tenía que dar más recomendaciones.

Al cabo de un rato, mientras cobraba una compra, se dio cuenta de que la compradora lo estaba observando con atención.

—Es usted el nuevo entrenador, ¿no? —le preguntó.

—Sí, me llamo Aidan Mitchell.

—Yo soy Pamela Hobbs. Mi hijo es el *quarterback* del equipo. El año que viene empieza el último curso, así que su padre y yo esperamos mucho de él.

—Yo todavía estoy conociendo a los jugadores —respondió él, con cuidado—. Estamos muy lejos de saber cuál será la alineación del año que viene, pero el entrenador Gentry me habló de su hijo, y estoy deseando verlo en acción. Espero verlo en algún *scrimmage* antes de que termine el curso.

Ella frunció el ceño.

—No estará pensando en hacer cambios en la alineación, ¿no?

Aidan vio el campo de minas.

—Es demasiado pronto como para saberlo.

Parecía que ella estaba a punto de discutírselo, pero, en vez de eso, se tiró del escote para mostrarle aún más el escote y se atusó el pelo caoba. Lo miró a los ojos y le sugirió:

–Tal vez pudiéramos tomar una copa y hablar más de esto.

Él contuvo la sonrisa.

–Lo siento. Como puede ver, estoy muy ocupado.

Ella frunció de nuevo el ceño.

–No trabaja aquí, ¿no?

–Estoy ayudando a una amiga.

–Bueno, pues estoy segura de que a ella no le importará que se ocupe de algo que está relacionado con su trabajo de entrenador.

–Tal vez a ella no, pero a mí, sí. Me he comprometido. Además, las decisiones que tome con respecto al equipo del año que viene estarán basadas en lo que vea en el campo.

La expresión de la mujer se endureció.

–Entonces, me imagino que mi marido querrá charlar con usted el martes por la mañana.

Aidan sonrió con una expresión agradable.

–Muy bien.

Por muy poco que deseara enemistarse con el padre de ningún jugador, la idea de enredarse con una madre que estaba al acecho de manera tan evidente era mucho menos apetecible.

Aunque Pet Style cerraba normalmente a las seis, el último cliente se marchó a las siete. A Liz le dolían los pies y estaba agotada de mantener la sonrisa, sobre todo con un par de clientes que habían sido maleducados y exigentes. Además, también estaba un poco molesta desde que había visto a Pamela Hobbs exhibir su amplio escote ante las narices de Aidan.

—Has hecho una conquista hace un rato —dijo ella, mientras cerraba la puerta, con un tono de desinterés.

Aidan la miró con curiosidad.

—¿Qué quieres decir?

—Me refiero a Pamela Hobbs —respondió Liz—. Seguramente, debería advertirte que, aunque esté casada, tiene la reputación de no prestar mucha atención a ese detalle.

Aidan sonrió lentamente.

—Gracias por la advertencia, pero sé exactamente quién es y lo que quiere, por eso rehusé su invitación para salir de aquí a tomar una copa —le explicó a Liz, y le guiñó el ojo—. Gracias por darme la excusa perfecta.

—Ah. ¿Y te ocurre a menudo? —le preguntó ella—. ¿Las mujeres te tiran los tejos con frecuencia?

—Cuando era jugador profesional, me ocurría todo el tiempo. Como llevo de entrenador menos de una semana, esta es la primera vez que una madre intenta asegurar el puesto de su hijo en el equipo ofreciéndose como incentivo. Y, para que lo sepas, no me habría interesado aunque no estuviera casada. No es mi tipo.

Liz no pudo contenerse, y le preguntó:

—¿Cuál es tu tipo?

—Te lo diré cuando lo sepa, pero, claramente, es alguien más discreto que Pamela Hobbs.

—¿Nunca has tenido una relación seria?

—Define «seria».

—Una que pensaras que podía terminar en boda —dijo ella.

Él negó con la cabeza.

—He tenido un par de relaciones duraderas, pero en la universidad estaba demasiado enfocado a conseguir entrar en la Liga Nacional de Fútbol Americano. Cuando me ficharon, tuve que dedicar todas mis energías a mejorar. No podía permitirme el lujo de mantener una relación seria, porque habría sido una distracción. Las mujeres que conocía se cansaban de esperar.

—Vaya, y parece que eso te causa una gran consternación —dijo ella, irónicamente.

—Lo que me da a entender que no iba en serio con ninguna de ellas. Me entristeció que terminaran las cosas con un par de novias, pero no estaba en el momento de adquirir el compromiso que ellas querían —explicó Aidan, y se encogió de hombros—. Entonces, mi madre se puso enferma y yo tuve una lesión que me impidió seguir jugando. Ya no tenía tiempo para pensar en otras cosas.

—¿Y tu madre? ¿Está mejor ahora?

Él negó con la cabeza. En sus ojos apareció una profunda tristeza.

—Perdió la batalla contra el cáncer el verano pasado.

—Oh, Aidan, lo siento muchísimo.

—Yo, también.

—¿Y tu padre?

Liz tuvo la sensación de que él se quedaba rígido al oír la pregunta. Además, evitó su mirada y se encogió de hombros al responder:

—No lo conocí nunca. Y, antes de que lo preguntes, no, no tengo hermanos.

Liz no se imaginaba cómo era una familia así. Tal vez la suya no fuera perfecta, pero ella tenía dos hermanas y unos padres cariñosos a quienes adoraba. Ninguno de ellos había comprendido su decisión de irse de Charlotte, en Carolina del Norte, donde vivían. Querían que se quedara cerca, donde pudieran apoyarla, pero a ella le había resultado asfixiante todo aquel cariño. Necesitaba empezar de cero.

Aidan la estaba observando fijamente.

—¿En qué estabas pensando? Se te ha puesto una cara muy triste.

—Estaba intentando imaginarme cómo ha debido de ser tu vida solo con tu madre –dijo ella.

Él se echó a reír.

—Si hubieras conocido a mi madre, no estarías tan consternada. Era increíble. Trabajaba mucho, y sabía convertir cada día en una aventura. Adoraba Nueva York, así que, siempre que tenía un rato libre, aprovechábamos todo lo que ofrecía la ciudad. Pasábamos horas en el Museo de Historia Natural, o en el Botánico, o paseando por Central Park, donde ella me señalaba todos los árboles y las flores hasta que yo memorizaba los nombres científicos.

—Parece que le habría encantado Chesapeake Shores y cómo se preocupa la gente de aquí por el medio ambiente. Seguro que Thomas O'Brien y ella habrían sido almas gemelas.

Aidan se quedó sorprendido por el comentario, pero asintió lentamente.

—Tienes toda la razón –le dijo a Liz–. A ella le habría encantado este pueblo.

No era la primera vez que Liz tenía la impresión de que Aidan ocultaba algunas cosas. Parecía que estaba guardándose parte de su pasado. Sin embargo, ella no era de las que se entrometían, y menos, cuando parecía que aquello le ponía muy triste. Entendía muy bien que la gente necesitaba mantener algunas cosas en secreto; ella misma tenía bastantes demonios bajo llave.

—Bueno, no es por cambiar de tema –dijo, en un tono ligero–, pero estoy otra vez muerta de hambre, y tú también debes de estarlo, porque no has tenido tiempo de terminarte la comida. Tengo que ir a casa a sacar a los perros; si quieres, puedo pedir una pizza. Te debo mucho más que eso, por cómo me has ayudado, pero creo que no tengo fuerzas para ponerme a cocinar. Solo quiero darme una ducha y sentarme.

—Me parece muy bien lo de la pizza —dijo Aidan—. ¿Por qué no te adelantas a tu casa a sacar a los perros y yo la recojo? ¿Algo de beber?

—Cerveza, si tú la quieres. En casa solo tengo té y refrescos *light*, pero a mí me vale con eso.

—A mí también. Casi no bebo alcohol, salvo en alguna barbacoa de verano o alguna vez que salgo con mis amigos.

Liz pensó en lo que Shanna le había dicho a Henry sobre la buena alimentación que debía llevar un jugador.

—Eso me recuerda algo... ¿Vas a hablarles de la nutrición y del ejercicio a los jugadores?

—Por supuesto. ¿Por qué?

—Henry mencionó algo sobre que necesitaba estar más fuerte. Y parece que Shanna tiene un poco de miedo a que recurra a los esteroides, aunque Henry dice que ha recibido el mensaje de lo malos que son.

—Mis jugadores no van a necesitar esteroides —dijo Aidan—. Yo me voy a cerciorar de eso. Dile a Shanna que no se preocupe en absoluto. Lo primero que voy a hacer en el entrenamiento del martes es dejar muy claro ese mensaje. Espero poder trabajar con cada jugador individualmente la semana que viene y elaborar un plan de entrenamiento individualizado para cada uno, para este verano. Y solo porque el colegio haya terminado, yo no voy a dejar de seguir su evolución y de asegurarme que siguen por el buen camino.

Liz lo miró con aprobación.

—Yo tenía razón —dijo.

—¿Sobre qué?

—Sobre el tipo de entrenador que vas a ser. Es estupendo que te preocupes tanto. El instituto tiene mucha suerte contigo.

−Bueno, ya veremos si los jugadores están de acuerdo una vez que empiece a ponerme serio con los ejercicios.

−Creo que van a aceptar tus planes encantados. Esos chicos están deseando demostrar lo que valen y empezar a ganar. No es nada contra el entrenador Gentry; es un tipo fantástico, pero no sabía motivarlos ni enseñarles lo necesario para mejorar.

−¿Y tú crees que yo sí?

−Lo sé −respondió ella, con seguridad.

También pensaba que Aidan tenía lo necesario para curar su corazón, si ella no tuviera tanto miedo a que pudiera rompérselo con tanta facilidad.

# Capítulo 6

Aidan estaba en el camino de entrada a casa de Liz cuando ella abrió la puerta. Archie salió corriendo a recibirlo, con un ladrido de entusiasmo. Se detuvo a recoger una pelota de tenis y, después, estuvo a punto de tirar a Aidan al suelo.

–¿Está tan contento por mí o por la pizza? –le preguntó él a Liz.

Ella no se movió de la puerta; se quedó riéndose y dejó que fuera él el que saliera de aquella difícil situación.

–Bueno, yo nunca le había visto tan emocionado por una pizza, y por aquí hay un montón –dijo–. ¡Archie, pórtate bien! Ven aquí.

En vez de obedecer, Archie se sentó en medio del camino, bloqueándole el paso a Aidan, dejó caer la pelota de tenis a sus pies y lo miró con adoración. Aidan se rio sin poder evitarlo.

–Si quieres que juegue contigo, tienes que dejarme entrar y dejar la cena en la mesa –le dijo.

El perro recogió la pelota y volvió a dejarla caer para intentar transmitir su mensaje.

Aidan miró a Liz.

—Creo que estamos en un punto muerto. ¿Puedes tomar la pizza?

Ella salió. Llevaba unos pantalones cortos y una camiseta de tirantes y, al verla, él estuvo a punto de atragantarse. Liz iba descalza y llevaba las uñas pintadas de color rosa claro. Aunque durante todo el día había llevado el pelo cuidadosamente recogido, ahora se había hecho un moño suelto, y varios mechones de pelo húmedo y rubio le caían alrededor de la cara. Parecía que con una ducha rápida se había quitado de encima todo el peso del día.

—Estás... —murmuró él. Le faltaban las palabras.

—¿Limpia? —sugirió Liz.

Él se echó a reír.

—Mucho mejor que eso.

—Necesitaba quitarme esa ropa y ponerme algo cómodo —dijo—. Y la ducha también ha sido de ayuda.

—Antes estabas muy guapa, pero ahora estás mejor. La relajación te favorece.

—¿Y no le favorece a todo el mundo? —preguntó ella, mientras tomaba la pizza—. Tienes cinco minutos para jugar con Archie, o no puedo prometerte que quede nada cuando entres.

Aidan miró a Archie y le dijo:

—¿Entendido, Archie? Cinco minutos, ni un segundo más. No voy a perderme una cena con una mujer guapa solo por entretenerte.

El perro respondió con un ladrido y con la cabeza inclinada, como si lo entendiera perfectamente.

—Te digo que tiene conexión contigo —le dijo Liz—. ¿Seguro que no quieres un perro?

—¿Has visto el apartamento que está encima de tu tienda? Yo casi no puedo darme la vuelta, así que no creo que Archie quepa bajo mis pies.

—Bueno, eso sí que no te lo puedo discutir —dijo ella—.

A mí no me gustaría que Archie tuviera que estar metido en un espacio tan pequeño todo el día. Nos vemos en un par de minutos. ¿Quieres té, o un refresco?

—Té —dijo él—. Pero sin azúcar.

Ella cabeceó.

—Vosotros los del norte no sabéis lo que os perdéis.

Aidan la observó mientras ella subía los escalones del porche, con los ojos clavados en su trasero perfecto. Había muchas posibilidades de que se volviera loco por aquella mujer si no tenía cuidado, y ella había dejado bien claro que no quería salir con nadie en aquel momento. Él no estaba seguro de que fuera cierto, pero no tenía más remedio que creer en su palabra y actuar en consecuencia.

«Solo una amistad sin movimientos repentinos», se advirtió a sí mismo.

Después, se concentró en el perro, que era un territorio mucho más seguro.

Liz puso la pizza y las bebidas en la mesa de la cocina y se acercó a la ventana del salón; desde allí podía ver a Aidan y a Archie en el patio. El perro corría en círculos esperando a que Aidan le lanzara la pelota de tenis una y otra vez. Muchas veces, Archie conseguía cazarla al vuelo.

—Bueno, ya está bien —le dijo Aidan—. Es hora de descansar.

Liz se apartó disimuladamente de la ventana y volvió a la cocina mientras Aidan subía los escalones. Él llamó a la pantalla mosquitera y abrió. Archie entró corriendo hacia la cocina, directo a su bebedero, y comenzó a beber agua a lengüetazos.

—Es una pena que Archie no sea humano —comentó

Liz, mirando a Aidan, que estaba lavándose las manos en el fregadero.

–¿Eh?

–Ha atrapado todos tus pases al vuelo.

–Ah, ¿estabas mirando?

–He echado un vistazo –dijo ella.

Él sonrió con petulancia.

–¡Estabas mirando!

–Bueno, puede que me haya quedado un poco fascinada. Siempre me gusta asegurarme de que los humanos no están maltratando a mis mascotas.

–Supongo que no importaba si Archie me estaba dejando exhausto.

Ella se encogió de hombros.

–Seguro que tú sabes cuidarte solito.

–Vaya, me alegro de saber cuáles son tus prioridades.

Ella lo miró fijamente.

–He intentado dejarlas claras.

Aidan suspiró.

–Mensaje recibido –dijo–. Pero tienes que saber que soy de los que he roto muchas reglas en la vida.

Liz se estremeció por la intensidad de su voz y el brillo de sus ojos. Sí, claramente, podía creérselo.

Aquella noche, el tiempo primaveral cambió. El domingo por la mañana amaneció muy frío y con amenaza de lluvia. Liz pensó que aquello no iba a ser bueno para el negocio, pero, cuando llegó a la cafetería de Sally para tomarse el café, no parecía que Shanna estuviera preocupada. Tampoco lo estaban Heather ni Megan, que llegaron unos minutos después.

–No parece que estéis muy preocupadas por la lluvia que dicen que va a caer a cántaros –comentó Liz.

—Porque la lluvia significa que la gente no va a salir a dar un paseo en barco, ni se va a ir a bañar hoy —dijo Heather—. Y como han venido a pasar el puente, tampoco se van a volver a su casa. ¡Saldrán de compras!

—Pero... después de lo de ayer... ¿cuánta gente puede quedar? —preguntó Liz.

—Espera y verás —le dijo Megan, y señaló la cola que ya estaba esperando para conseguir mesa en Sally's—. ¿Ves lo que quiero decir? ¿Habías visto la cafetería tan llena a esta hora? Todo el mundo está por ahí. Seguro que Ethel se queda sin rompecabezas y juegos antes del mediodía, y tú te vas a quedar sin género al final del día.

Liz se quedó mirándola boquiabierta.

—No lo dirás en serio. Pensaba que todo lo que he pedido me iba a durar hasta el Cuatro de Julio.

—¿Y cómo estaban las estanterías ayer? —le preguntó Shanna.

—Bastante vacías —dijo Liz—. Voy a estar dos horas reponiendo, hasta que abra la tienda.

Sus dos amigas se miraron.

—¿Y te va a ayudar también Aidan? —le preguntó Shanna.

Liz se ruborizó.

—¿Por qué me preguntas eso?

—Porque anoche se quedó hasta que cerraste —respondió Heather—. Y, para que lo sepas, yo no estaba espiando. Connor pasó por tu tienda cuando venía a recogerme para ir a cenar, y me lo contó.

—Y Mick vio que Aidan estaba en tu jardín con Archie al pasar por Dogwood Hill de camino a casa —dijo Megan, y le dio unas palmaditas a Megan en el dorso de la mano—. No te enfades. No es que todos seamos unos cotillas, es que somos observadores, sobre todo si alguien nos cae bien. En este caso, hay dos personas que nos caen bien.

En aquel momento llegó Bree y se sentó con ellas.

–¿Me he perdido algo?

–Liz se ha quedado con los ojos abiertos como platos cuando le hemos mencionado que Aidan le presta mucha atención –respondió Shanna, con una sonrisita.

–Ah, sí, eso –dijo Bree, con los ojos brillantes–. He oído decir que Pamela Hobbs se le insinuó en tu tienda ayer.

Liz frunció el ceño.

–¿Y no te has enterado también de que él la rechazó?

–Chico listo –dijo Megan–. Podría decir que no sé lo que le pasa a Pamela, pero no es cierto. Si yo estuviera casada con Porter Hobbs, quién sabe lo que haría para no darme a la bebida todas las noches. Ese hombre es un idiota y un aburrido.

–¿Por qué no nos dices lo que piensas realmente, mamá? –le preguntó Bree, riéndose.

Megan se quedó asombrada un momento. Después, se echó a reír.

–Dime que estoy equivocada.

–No, no puedo decírtelo –respondió Bree–. Él iba a clase de Abby, no a la mía, pero sé que en el instituto no era mucho mejor que ahora –dijo, y se giró hacia Liz–. Pregúntale a mi hermana cuando la veas. Porter le tiró los tejos unas cuantas veces antes de que Trace y ella empezaran a salir en serio. Pamela fue su segundo plato, y ella siempre lo ha sabido. Pero, de todos modos, le encanta que él tenga un concesionario de coches en Annapolis y que gane tanto dinero.

Heather se apoyó en el respaldo del asiento con una sonrisa.

–Algunas veces me doy cuenta de lo divertido que debió de ser criarse aquí. Yo vivía en un pueblecito bastante pequeño, pero no era como esto.

—No había ningún O'Brien —sugirió Shanna.

Megan se echó a reír.

—Sí, estoy segura de que eso es lo que marca la diferencia. Mi marido y sus hermanos le dieron forma a Chesapeake Shores.

—Y no te olvides de la abuela —dijo Bree, con una expresión pensativa—. Nell es la que los convirtió en los hombres que son hoy, y todavía tiene mucha influencia sobre todos nosotros. Así que me alegro de que ella siga aquí para enseñarles esos valores a la siguiente generación.

—Amén —dijo Megan, y se puso seria.

Bree frunció el ceño.

—Mamá, ¿qué pasa? ¿Acaso la abuela no está bien?

—Que yo sepa, está bien —dijo Megan, aunque esbozó una sonrisa forzada—. Solo me preocupo porque las cosas pueden cambiar cuando ella falte. Después de ese susto que nos dio hace unos pocos años, nunca se me olvida que puedo perderla.

—Creo que a todos nos preocupa eso —dijo Heather—. Por ese motivo debemos atesorar cada minuto.

Liz pensó en la matriarca de los O'Brien y en el papel que había tenido en aquella asombrosa familia. Se había alegrado mucho, al llegar a aquel pueblo, de poder conocerla, aunque solo fuera un poco. Alzó su taza de café.

—Por Nell —dijo, en voz baja.

—Por Nell —repitieron las demás.

—Si nos oyera, no le gustaría nada —dijo Megan—. Diría que parece que ya la estamos velando, cuando todavía tiene mucho que dar y mucho por lo que vivir, sobre todo desde que Dillon y ella volvieron a encontrarse en Irlanda. Creo que ese romance y su matrimonio le han dado mucha vitalidad.

—Tienes razón —dijo Shanna—. Vamos a brindar por eso también.

En aquella ocasión, el brindis fue mucho más optimista y estuvo seguido de un estallido de risas.

—¡Muy bien! —exclamó Megan—. Esto sí que le gustaría. Lo que no le va a gustar nada es que faltemos tantos en la mesa de la comida dominical de hoy.

—Es el único fin de semana del verano que nos permite hacer pellas —le explicó Bree—. ¡Pero no va a dejar de echárnoslo en cara hasta el Cuatro de Julio!

—Puede que hasta El Día del Trabajador —la corrigió Megan, y miró hacia fuera—. Bueno, parece que ha dejado de llover. Voy a aprovechar para ir a la tienda sin calarme.

La reunión se terminó, aunque Shanna y Bree acompañaron a Liz a su tienda mientras Megan y Heather fueron corriendo a las suyas, que estaban torciendo la esquina, en Shore Road.

—¿Te fue bien ayer? —le preguntó Shanna.

—Mejor de lo que nunca hubiera pensado —respondió Liz, pensando en la estupenda caja del día anterior.

—Y supongo que Aidan no tiene nada que ver con ese brillo que tienes en los ojos —bromeó Shanna.

—Por supuesto que no —dijo Liz—. Es por la caja.

Bree se echó a reír.

—Sí, tú sigue diciéndote eso a ti misma.

Eso era lo que pretendía hacer Liz. Aquel no era el momento más propicio para perder de vista su objetivo de convertir Pet Style en un éxito.

Aidan vio a Liz desde su ventana, charlando con Shanna y Bree, antes de que ellas se marcharan a sus tiendas. La noche anterior, él la había convencido para que le prometiera que lo llamaría si necesitaba ayuda aquel día, pero sabía que no iba a hacerlo aunque se le salieran los clientes por la puerta. Él la ponía nerviosa, y no sabía exactamente por qué. Tal vez fuera porque Liz deseaba con todas sus fuerzas ignorar la chispa que había entre ellos.

Para no ceder a su impulso de bajar a saludarla, tomó el *New York Times* del domingo y se dirigió a Panini Bistro, para leer el periódico y tomarse un *capuccino*.

A pesar de la lluvia, Shore Road estaba tan concurrida como Main Street. Panini Bistro estaba abarrotado de turistas que habían tenido la misma idea que él. Estaba a punto de marcharse cuando oyó que lo llamaban desde una mesa del fondo. Vio a Connor y a Kevin O'Brien, que lo saludaban. Kevin había pedido una silla vacía a la mesa de al lado. Aidan se detuvo en la barra para pedir un café y fue a sentarse con ellos.

–Si buscabas paz y tranquilidad, has venido al sitio equivocado –le dijo Kevin, observando la multitud–. Ni siquiera ha llegado el Día de los Caídos y ya estoy deseando que acabe la temporada turística.

Connor se echó a reír.

–No es que mi hermano odie a los turistas; sabe que son buenos para los negocios de nuestras mujeres –dijo–. Pero en cada uno de ellos ve una posible amenaza para la bahía.

Kevin lo miró con el ceño fruncido.

–Y a ti te pasaría lo mismo si vieras toda la basura que dejan.

–Parece que estás tan entregado a la conservación de Chesapeake como tu tío –dijo Aidan, pensando que era la oportunidad perfecta para averiguar algunas cosas más sobre su padre.

–Creo que mi hermano es incluso más fanático –dijo Connor–. Ya sabes cómo son los recién convertidos.

Kevin frunció aún más la frente.

—Qué gracioso eres.

—Bueno, en serio —insistió Aidan—. ¿Fue Thomas el que te convenció para que trabajaras en ello?

—Por supuesto —dijo Kevin—. Para disgusto de mi padre. Thomas y él llevaban mucho tiempo sin hablarse, así que mi padre consideró una traición que me fuera a trabajar con él.

—Ponía cara de pucheros —dijo Connor, con una sonrisa—. Creo que fue mi madre la que se hartó y le dijo que dejara de comportarse como un niño, que todos teníamos derecho a cumplir nuestros sueños.

—Sí. En aquellos momentos, Connor tenía el sueño de salvar a los hombres del mundo de las mujeres malvadas que se divorciaban de ellos. Llevó algunos divorcios muy difíciles, y eso le dejó amargado. No era un gran defensor del matrimonio, precisamente.

Aidan lo miró con curiosidad.

—¿Y qué fue lo que te hizo cambiar de opinión? ¿El conocer a Heather?

—Oh, no —dijo Kevin, antes de que Connor pudiera responder—. Él ya la conocía. Ya tenían al pequeño Mick. Él creía que el amor era suficiente, que el problema era el matrimonio.

—Bueno, hay que reconocer que papá y mamá no fueron el mejor ejemplo —dijo Connor—. Y el tío Thomas, tampoco. Connie es su tercera mujer.

Aidan estuvo a punto de quedarse boquiabierto. Tal vez su madre hubiera sido mucho más inteligente de lo que él creía, si aquel hombre era tan veleidoso.

—Pero ahora parece que los dos están felizmente casados —dijo, cautelosamente.

—Mamá y papá están muy bien —confirmó Kevin—. Y Connie es la mujer perfecta para Thomas. Comparten la misma pasión por la conservación de la bahía. Y una pasión así, si se comparte, puede unir mucho a dos personas.

A Aidan le pareció que aquello daba qué pensar.

—Cambio de tema —dijo Connor—. ¿Cómo va el equipo? ¿Podemos esperar una victoria en el campeonato regional?

Aidan lo miró irónicamente.

—Hemos hecho ejercicio y hemos tenido un par de reuniones de equipo. Me parece que es un poco pronto para empezar a alardear de sus posibilidades para el año que viene.

—¿Podrías decirnos, por favor, que no van a dar pena otra vez? —le rogó Kevin—. Esos chicos ya se han llevado suficientes disgustos. Me asombra que algunos de ellos sigan en el equipo. Hace unos años teníamos a un defensa que era una verdadera promesa, pero cuando sus padres vieron los resultados de la primera temporada, se lo llevaron a un colegio privado que tenía un equipo medianamente bueno. No quisiera perder a más jugadores con un buen potencial, o el círculo vicioso no se va a romper nunca.

—Es cierto que perder siempre puede ser desalentador —convino Aidan—. Yo he pasado por un par de rachas de derrotas en mi carrera, era difícil motivar al equipo para que salieran al campo y trataran de ganar, sobre todo al final de la temporada, si no quedaban esperanzas para la final.

—En tu última temporada tuvisteis un récord de victorias —dijo Connor—. Y tu equipo llegó a la final.

—Sí, es verdad, pero perdimos los tres primeros partidos —le recordó Aidan—. Yo me refiero a superar ese comienzo tan penoso. Eso sirve para forjar un carácter.

—Pues yo creo que el carácter de esos chicos ya ha recibido todo el forjado que pueden aguantar —dijo Kevin.

Pasaron varios minutos hablando sobre equipos que habían superado un comienzo de temporada lleno de derrotas y lo habían superado, y sobre lo que había servido para conseguirlo.

—Tenían fuerza —sugirió Aidan.

—Yo no sé si a estos chicos les queda algo —dijo Kevin.

—¿Has hablado con tu hijo? Henry es el capitán temporalmente, porque él todavía cree que hay posibilidades y fue capaz de transmitírselo a los otros chicos. No estoy diciendo que no vayan a desmoronarse si empezamos con un par de derrotas, pero, en este momento, creo que están empezando a sentirse optimistas. Mi trabajo es asegurarme de que siguen creyendo en sí mismos, aunque vacilen por el camino.

Kevin lo miró fijamente.

—¿Y tú crees en ellos?

—No habría aceptado el trabajo si no pensara que puedo mejorar las cosas.

—Con solo una victoria, las cosas mejorarían —respondió Kevin.

Aidan se echó a reír.

—Cuento con ganar más veces.

Los hermanos se miraron.

—Supongo que debemos tener un poco de fe —dijo Connor.

—O, por lo menos, guardarnos nuestro escepticismo —sugirió Kevin.

Aidan asintió.

—A los chicos les vendría bien saber que la comunidad los apoya.

—Eh, nosotros siempre los hemos apoyado, ganaran o perdieran —dijo Kevin—. Pero sería agradable salir de ese estupendo estadio después de ver una victoria. Creo que la última vez que ganamos todavía jugaba Connor y el antiguo estadio tenía las gradas provisionales.

Connor se puso nostálgico.

—Me encantaba aquel viejo estadio. Me di mi primer beso debajo de esas gradas cuando tenía doce años.

Aidan se quedó fascinado y se dispuso a escuchar la historia.

—No es verdad, eso lo has soñado —dijo Kevin.

—Pregúntaselo a Janie Lofton —respondió Connor con indignación.

Kevin se quedó boquiabierto.

—Janie estaba en mi clase. Ella ya estaba en el instituto cuando tú tenías doce años.

Connor esbozó una amplia sonrisa.

—¡Ya lo sé! Fue la mejor noche de mi vida, por lo menos, hasta que conocí a Heather —dijo. Después, suspiró—. No sé en qué estaba pensando nuestro padre cuando hizo esas gradas de obra. Ya no hay ningún sitio decente donde besarse a escondidas.

Kevin se echó a reír.

—Puede que lo hiciera a propósito. Tiene muchas nietas a las que proteger.

—A mí me parece el estadio de instituto más impresionante que he visto —dijo Aidan—. Vuestro padre ha hecho algo de lo que este pueblo puede sentirse orgulloso. Ahora, yo tengo que preparar al equipo para que esté a la altura de las instalaciones.

—Amén —dijo Kevin.

—Bueno, pues dicho eso, yo tengo que marcharme ya —dijo Connor—. He dejado a Mick con su abuelo, y nunca es buena idea dejar a mi padre que tenga absoluta libertad con su nieto. Mima tanto a los niños que los vuelve caprichosos —añadió, y miró a Kevin—. ¿Y tú? Vas a venir a comer, ¿no? Hoy seremos casi todos hombres y niños, porque las mujeres están trabajando. Eso fastidia mucho a la abuela, pero no es capaz de saltarse la tradición ni aunque falte la mitad de la familia.

—Yo voy un poco más tarde —dijo Kevin—. Al contrario que tú, a mí me encanta dejar que papá mime a mis hijos. Ellos lo dejan agotado y está mucho más suave cuando llego.

Connor se rio.

—Buena observación. Aidan, ¿quieres venir? Hoy va a haber mucho sitio en la mesa.

—¿Por qué no vienes? —le preguntó Kevin.

Aidan hizo un gesto negativo. No quería abusar de su hospitalidad, entre otras cosas, por todo lo que les estaba ocultando.

—Hoy no, muchas gracias. Voy a revisar las anotaciones del entrenador Gentry y a ver algunos vídeos de partidos de la temporada anterior.

—Ah. Bueno, si te deprimes mucho y cambias de opinión, ven.

Cuando se marchó Connor, Aidan se dio cuenta de que Kevin estaba un poco nervioso. Con el fin de darle unos minutos para que se aclarara la cabeza, se levantó y pidió otro *capuccino*.

—¿Te preocupa algo? —le preguntó al regresar a la mesa—. ¿Estás preocupado por Henry si decido no mantenerlo como capitán del equipo?

Kevin cabeceó enseguida.

—No, no. Ese chico es increíble. Algunas veces me parece que nació con una mente de treinta años. O, tal vez, es así por todo lo que ha tenido que vivir antes de venir con nosotros. Se toma las cosas con calma. Nos ha repetido que el puesto no es para siempre, pero está muy contento por poder ser capitán en este momento. Es imposible no querer a un adolescente que piensa así.

—Sí, es admirable y poco común. Entonces, si no es eso, ¿de qué se trata?

—El otro día estuve hablando con Thomas en el trabajo. Me ha dicho que vas a ocuparte del club escolar que ha estado trabajando con nosotros en la conservación de la bahía.

Aidan asintió.

—Sí, he hablado con él sobre eso.

—Le dio la sensación de que tenías algunas reservas.

Aidan frunció el ceño.

—Creo que le dije que estoy impaciente por ayudar y que entiendo lo importante que es esta causa.

—Sí, él me contó que habías dicho lo que tenías que decir, pero, cuando quiso concertar una fecha para hacer planes para el otoño que viene, le pareció que eras un poco evasivo —respondió Kevin.

Aidan suspiró.

—Bueno, seguramente lo fui —admitió—. En este momento estoy concentrado en el fútbol, intentando darle forma al equipo. Solo me quedan dos semanas hasta que termine el curso, y los chicos no van a volver al campo hasta finales de verano. No es mucho tiempo para que estén bien preparados para la siguiente temporada.

—Es comprensible, pero tienes que entender que la conservación de la bahía es una obsesión para mi tío. Quiere trabajar con alguien que esté igual de comprometido que él.

Aidan se irritó un poco.

—Entonces, ¿ha llegado a la conclusión de que yo no lo estoy después de una sola conversación?

—No, no es eso —respondió Kevin rápidamente—. No quiero poner palabras en sus labios. Creo que solo quería oír por mí mismo que estás interesado en trabajar con nosotros. Si no es así, puedes hablar con Rob para que le asigne el club a otro profesor.

Kevin no podía saber que él deseaba hacer exactamente eso, pero se sentía muy molesto con Thomas por sacar esa conclusión, y el orgullo le obligó a mantener el compromiso al que había llegado.

—Puedes decirle a tu tío que, cuando llegue el otoño, yo me dedicaré por entero a mis obligaciones, como voy a hacer con respecto al equipo de fútbol.

Kevin se quedó un poco asombrado al oír su tono de voz.

—Eh, tío, perdóname. Solo quería darte la oportunidad de dejarlo si querías. Nosotros estamos muy contentos de tener tu apoyo. Solo tienes que entender cómo es Thomas.

—Ya he oído hablar mucho de su dedicación y su idealismo —respondió Aidan, intentando disimular su amargura—. Y lo respeto. En cuanto a esas reuniones que quiere mantener, ya habrá tiempo de sobra cuando termine el curso. Lo llamaré para quedar con él. Díselo, por favor.

Kevin lo miró con una expresión de culpabilidad.

—No quería crear una situación incómoda para ti, de verdad. Solo quería dejar las cosas claras y darte la ocasión de rechazar la dirección del club si no estabas interesado en el proyecto.

—Lo entiendo —dijo Aidan—. No hay problema, de verdad.

No parecía que Kevin estuviera convencido, pero estaba claro que pensaba que ya había hecho daño suficiente.

—Bueno, yo también tengo que irme a casa de mi padre. ¿Estás seguro de que no quieres venir? Creo que mi abuela ha hecho un estofado de carne. No te lo pierdas.

–En otra ocasión –le dijo Aidan–. Que disfrutes del resto del día. Yo tengo que hacer el crucigrama del periódico y ver todos esos vídeos.

Y no añadió que verlos ya sería lo suficientemente frustrante sin necesidad de tener que esquivar a Thomas y su incómoda clarividencia. Iba a tener que esforzarse mucho más en disimular sus emociones si quería conocer al hombre sin revelar lo que sabía de la relación que tenía con él.

# Capítulo 7

Aunque no tuvo apenas ni cinco minutos para pensar durante el resto del puente, Liz tuvo que admitir que, siempre que tenía un segundo, Aidan aparecía en sus pensamientos. No lo había visto desde que habían cenado pizza el sábado por la noche. Habían pasado juntos un par de horas, cómodamente, aunque ella había necesitado una fuerza de voluntad muy grande para ignorar la atracción que había entre los dos.

Sin embargo, una cosa era sentirse atraída por él y otra muy distinta hacer algo con respecto a aquella atracción. No estaba preparada para exponerse a algo que podía causarle mucho dolor. Ya había sufrido lo suficiente como para llenar una vida.

Pese a aquellas severas instrucciones que se daba a sí misma, había mirado más de una vez el pedazo de papel que llevaba en el bolsillo, en el que tenía escrito el número de teléfono de Aidan. Había tenido la tentación de llamarlo para pedirle ayuda, pero, en realidad, la tentación tenía más que ver con sus ganas de verlo que con su necesidad de pedir ayuda para la tienda.

Cuando cerró el lunes, después de que la multitud de turistas se hubiera ido a casa, estaba contenta de haber trabajado durante esos dos últimos días por su cuenta. Se había demostrado a sí misma que podía hacerlo. Y el lunes por la noche, al sumar el total de las ventas en su cocina, tuvo una increíble sensación de satisfacción. Iba a conseguirlo. Ya podía decir con sinceridad que abrir Pet Style había sido la decisión más correcta para su futuro y no solo una vía de escape del pasado, como pensaba su familia.

¿Cómo era posible que ellos no se hubieran dado cuenta de que toda su vida la llevaba a algo como aquella empresa? No solo había comenzado a rescatar perros callejeros cuando era niña, sino que se había presentado a trabajar de voluntaria en la clínica veterinaria en cuanto el veterinario de la familia había pensado que ya tenía edad suficiente. También se había ofrecido voluntaria para ayudar los sábados con las adopciones de mascotas en un refugio. Rescatar a animales en peligro era para ella una pasión tan grande como la enseñanza y, aunque matricularse en la facultad de veterinaria no era una opción realista después de la muerte de su marido, sí lo había sido abrir una tienda como aquella.

Cuando sonó el teléfono, una pequeña parte de ella quiso que fuera Aidan, para poder compartir las buenas noticias del éxito del fin de semana con él, pero oyó la voz de su madre al otro lado de la línea.

—¡Hola, mamá! ¿Qué tal el puente?

—La pregunta más importante es cómo ha sido el tuyo. Aunque estoy segura de que no has parado. Me imagino que has estado trabajando de una forma absurda.

Liz dejó que la familiar cantinela continuara, como si aquella actitud de su madre no le hiciera daño.

—No sé por qué crees que esto es buena idea —siguió Doris Benson—. Todos mis conocidos que han trabajado en una tienda dicen que es muchísimo trabajo, y eso, sin tener la presión de que el negocio sea suyo. Te he dejado un par de mensajes en el buzón durante el fin de semana, pero supongo que estabas demasiado exhausta como para devolverme la llamada.

—Pues... a decir verdad, ni siquiera he mirado los mensajes —respondió Liz—. Tienes razón en cuanto a lo del agotamiento. Estar de pie todo el día ha sido mucho más duro de lo que yo pensaba; creía que estar tantos años en clase me habría preparado para esto, pero ni se le acerca.

Mientras lo reconocía, se daba cuenta de que estaba cometiendo un error. Por supuesto, su madre aprovechó la oportunidad.

—Y, si te está resultando tan difícil, ¿estás segura de que es lo que quieres? —le preguntó. Aunque, por fin, su tono de voz fue de preocupación, no de reprimenda—. No hay ningún problema si cambias de opinión. Estoy segura de que podrías recuperar tu antiguo trabajo. Me encontré con la directora del colegio el otro día, y me dijo que estaría encantada de readmitirte cuando quisieras. Ya sabes que todo el mundo te adora en la escuela.

Liz suspiró al oír la exageración. Ella había tenido desencuentros con padres, con otros profesores y con aquella directora en muchas ocasiones. Lo único que adoraba de verdad de su trabajo eran los niños. La mayoría estaban deseando aprender cosas nuevas.

—Mamá, no voy a volver a Charlotte, y no quiero volver a ser maestra. Esta es la vida que quiero, y quiero estar aquí. Este fin de semana ha sido agotador, sí, pero de un buen modo. Ha sido maravilloso ver cómo se hacía realidad el sueño de que la tienda funcionara.

—Pero... cariño, tu familia está aquí. Te echamos de menos. Y ahora no deberías estar sola.

—No estoy sola. He hecho un montón de amigos.

—Eso no sustituye a la familia.

—No, no es lo mismo —reconoció Liz—. ¿Por qué no venís un fin de semana a verme papá y tú? Os vais a enamorar de Chesapeake Shores igual que yo. Y me muero por enseñaros mi casa y la tienda. Tal vez así lo entendáis todo.

—Ya sabes que tu padre detesta viajar.

—Pues ven con LeeAnn y Danielle.

—¿No estarás demasiado ocupada? —le preguntó su madre. Por su tono de voz, parecía que tenía ganas de hacerlo, y Liz se animó a presionarla un poco más.

—Bueno, tendré que trabajar durante el día, sí, pero, mientras, vosotras podéis ir de compras o disfrutar de la bahía. Hay algunos restaurantes estupendos a los que podéis ir. Y nosotras podríamos estar juntas toda la tarde y por la noche. Jugaríamos al Scrabble o al póquer, como hacíamos cuando nos íbamos a la playa de vacaciones.

Su madre suspiró.

—Lo pensaré y hablaré con tus hermanas. Ya sabes que están muy ocupadas con los niños, y no sé si sus maridos querrán quedarse cuidándolos solos ni siquiera dos días.

—Entonces es que no están casadas con los hombres que deben —dijo Liz, sin pensarlo.

—¡Eso es horrible! —respondió su madre—. Sabes perfectamente que no es cierto.

Liz no lo sabía, pero no era probable que ganara aquella discusión. Además, parecía que sus hermanas eran felices en sus matrimonios y, ¿quién era ella para decir lo contrario, cuando su matrimonio supuestamente perfecto había resultado ser semejante farsa?

—Lo siento —dijo—. Por favor, no digas nada.

—Pues claro que no —respondió su madre—. No quiero causar ningún problema.

—Pero espero que podáis venir —dijo Liz—. Prométeme que lo vas a intentar.

—Haré todo lo posible, cariño —dijo su madre—. Cuídate mucho y no trabajes demasiado. Y llámame de vez en cuando. Si no, me preocupo.

Al colgar, Liz se dio cuenta de que su madre no le había preguntado qué tal le había ido con la tienda durante el puente. Además, no creía que se hubiera puesto contenta ni siquiera aunque ella le hubiera dicho cuáles habían sido las ganancias de aquellos días. Algunas veces se preguntaba si su familia estaba esperando a que fracasara para que volviera a casa.

Pues eso no iba a suceder. El éxito de aquel fin de semana había acabado con todas las dudas del invierno. Al ver todo el dinero que iba a meter en su cuenta bancaria al día siguiente, y teniendo en cuenta que la cifra total no incluía las ventas con tarjeta de crédito, supo que estaba justo donde tenía que estar.

Aidan esperaba una visita de Porter Hobbs el martes por la mañana, pero no esperaba que lo acompañara Rob Larkin. En aquel momento, los tres estaban metidos en el pequeño despacho del entrenador de fútbol del instituto.

Rob miró a Aidan de manera elocuente y se sentó.

—Bueno, Porter, di lo que tengas que decir. Tenemos que dejar que el entrenador vuelva al trabajo.

Aquel hombre tan grande, cuya cara le resultaba muy familiar de haberla visto en los anuncios de concesionarios de coches en carteles publicitarios por las carreteras, se puso de pie. Estaba claro que quería pasearse de un lado a otro, pero no había sitio suficiente para eso. Así pues, se inclinó, puso las manos en el escritorio y miró a Aidan con el ceño fruncido, invadiendo su espacio deliberadamente. Aidan no retrocedió ni un centímetro para dejar claro que las tácticas de intimidación de Porter no iban a funcionar.

–Mi mujer me ha dado una noticia muy mala este fin de semana –dijo Porter–. Espero que entendiera mal las cosas.

–¿Qué noticia? –preguntó Aidan, sin inmutarse.

–Dice que está pensando en sustituir a nuestro hijo en el puesto de *quarterback* –respondió Porter–. Eso no puede ser, ¿no? Con todo el dinero que he donado durante estos años para ayudar a este equipo. Si yo no hubiera aportado un buen cheque, todavía seguirían jugando en aquel estadio cochambroso.

Aidan se preguntó qué opinaría Mick O'Brien sobre el cheque. Tenía la impresión de que Mick había pagado la mayor parte de la construcción de su propio bolsillo. Miró a Rob, que se limitó a encogerse de hombros.

Aidan le sostuvo la mirada a Porter.

–Lo que le dije a su mujer, señor Hobbs, es que en este momento estoy evaluando a los jugadores para averiguar cuáles son sus puntos fuertes y cuál es la posición más adecuada para cada uno de ellos. Todavía no he tomado ninguna decisión. Mi objetivo es llevar al campo al mejor equipo posible. Estoy seguro de que usted está tan convencido como yo de que es lo que se debe hacer.

–Yo, sí –dijo Rob–. Creo que es algo con lo que estaría de acuerdo todo el pueblo.

Porter se calmó un poco, pero no se abstuvo de declarar que Taylor estaba destinado a ser *quarterback*.

–Llevo trabajando con el chico desde que pudo agarrar el balón. Puede que no lo sepa, pero yo jugué durante un tiempo cuando estaba en la Universidad de Maryland, así que reconozco a un buen *quarterback* cuando lo veo.

—Estoy seguro de que sí —respondió Aidan—. Y tiene la ventaja de haber trabajado muchos años con Taylor para saber cuánto talento tiene. Si es todo lo que usted dice que es, seguro que yo también sabré verlo. Cuando jugaba en la Liga Nacional, tuve de compañeros a deportistas que participaron en el partido Pro Bowl, así que también reconozco a un buen *quarterback* cuando lo veo.

No se sentía orgulloso de haber alardeado de aquella forma, pero Porter se lo merecía.

Rob se puso de pie. Claramente, se había quedado conforme con la situación.

—Porter, ya te dije que Aidan te iba a tranquilizar. Tiene la mente muy abierta.

—Solo quiero asegurarme de que lo entiende bien —dijo Porter, que no estaba dispuesto a dejarlo así—. Taylor tiene que jugar de *quarterback*. No voy a permitir que uno como ese tal Santos le quite el puesto.

Hasta aquel momento, Aidan había sentido cierta comprensión hacia el hecho de que un padre quisiera proteger a su hijo, pero el tono desdeñoso con el que habló del chico y pronunció su apellido hispano le irritaron. Rob debió de notar que la situación iba a empeorar, porque le puso la mano en el hombro a Porter y lo llevó rápidamente hacia la puerta.

—Gracias por recibirnos —le dijo el director a Aidan.

—No, de nada —respondió Aidan, apretando los puños.

Cinco minutos después, el director había vuelto a su despacho.

—Lo siento —dijo Rob—. Tenía que dejar que viniera a decir su discurso. Es un bocazas y tiene muy idealizada su contribución al programa de fútbol del instituto. No merece la pena permitir que vaya por todo el pueblo creando problemas. Solo quiero que sepas que, tomes la decisión que tomes, te apoyaré.

—Entendido —dijo Aidan. No envidiaba la situación en la que estaba Rob—. A propósito, ¿has visto a Héctor Santos en el campo?

Rob asintió.

—Tiene talento, de eso no hay duda. ¿Vas a decidirte por él?

—Es demasiado pronto para saberlo después de un par de entrenamientos. Pero, si es lo mejor para el equipo, no lo dudaré.

—Haz lo que tengas que hacer. Yo me encargo de Porter —dijo Rob, sonriendo—. Y Mick O'Brien también, si se entera de que Porter va por ahí fanfarroneando con su contribución al estadio. Puede que su dinero cubriera la construcción del bar, pero el resto se levantó con el dinero de los O'Brien.

—Me lo estaba preguntando —dijo Aidan—. No me habría gustado nada ofender a vuestro principal benefactor cuando el equipo ni siquiera ha salido todavía al campo.

—No te preocupes por eso. Creo que por el momento está neutralizado —respondió Rob—. Has llevado la conversación con un tacto increíble.

Aidan no estaba completamente convencido.

—¿Hay más gente en Chesapeake Shores que pudiera reaccionar como él por el hecho de que Héctor sea hispano?

—Me sorprendería que así fuera. Nunca he visto a nadie con prejuicios en esta comunidad. Aunque Mick O'Brien no toleraría esa actitud, aunque no ocupe ningún puesto oficial en el pueblo. Es evidente que no puede controlar lo que piensa la gente, ni sus actos, pero creo que la gente lo respeta, y tienden a seguir su ejemplo.

Aidan asintió.

—Hablaré con él la próxima vez que lo vea. Quiero

saber lo que opina sobre el revuelo que puedo provocar si hago cambios.

—Me parece una idea inteligente —dijo Rob—. ¿Y cómo se llevan los demás jugadores con Héctor?

Aidan sonrió.

—La primera vez que salimos al campo, noté que había un poco de tensión, pero, después, él hizo un par de pases largos en espiral perfectos. Podían haber sido *touchdowns* fácilmente. Incluso Taylor Hobbs se acercó a felicitarlo. Y Henry lo ha tomado bajo su protección y ha estado ayudándole con el inglés. Incluso se ofreció a darle clases durante el verano para que Héctor pueda sacar buenas notas.

Rob se quedó complacido.

—Henry no deja de asombrarme. Es bondadoso y muy maduro.

—Lo nombre capitán del equipo el primer día por un impulso —respondió Aidan—, pero nada de lo que ha ocurrido desde entonces ha hecho que me arrepienta.

—Si tu instinto es tan acertado siempre, este va a ser un buen año.

—Bueno, no nos adelantemos a los acontecimientos —le aconsejó Aidan. Quería que el pueblo se emocionara con el equipo, pero no tanto como para llevarse una gran decepción después.

Como Shanna siempre tenía una cafetera preparada en la librería para sus clientes, Liz pasaba por allí de vez en cuando y compraba un café para llevar, sobre todo, cuando no podía esperar en Sally's. El café de Shanna era más suave, pero tenía cafeína suficiente como para que ella siguiera en marcha una o dos horas.

El martes por la tarde, cuando pasó por allí, Henry

estaba en el sofá de la librería con un chico de piel y pelo oscuros y ojos marrones y grandes. Henry alzó la vista, se ajustó las gafas y sonrió.

—Hola, señora March. ¿Viene a ver a mi madre?

—Bueno, en realidad, venía por el café. ¿Queda algo?

—Supongo que sí —respondió el muchacho, encogiéndose de hombros—. Yo solo estoy cuidando la librería porque ella ha tenido que ir corriendo a ayudar a la abuela Megan a colgar unas fotografías en la galería.

—¿Qué tal el entrenamiento de hoy? —preguntó Liz, mientras se acercaba a la cafetera a servirse una taza de café.

—Genial —dijo Henry, con entusiasmo. Después, añadió—: Perdón. Le presento a Héctor Santos. Héctor, la señora March es la dueña de la tienda de artículos para mascotas de al lado.

El chico la saludó con timidez. Tenía un fuerte acento al hablar.

—Héctor, tú también estás en el equipo de fútbol americano, ¿verdad?

—Sí, señora.

—Va a ser un *quarterback* de los buenos —dijo Henry, y Héctor se ruborizó.

—No, no —dijo el chico—. El *quarterback* es Taylor.

—Pero no por mucho más tiempo —dijo Henry—. Ya verá cómo son los pases de Héctor, señora March. Es increíble cómo esquiva, parece un profesional. Taylor no sabe hacer eso.

Liz se echó a reír suavemente por su entusiasmo.

—¿Seguro que no eres su agente? Lo vendes muy bien.

Henry se tomó en serio su comentario y se quedó pensativo.

—A lo mejor debería dedicarme a eso —dijo, con solemnidad—. Nunca voy a ser tan bueno como para jugar profesionalmente, pero reconozco el talento como el señor Mitchell.

—Pues piénsatelo —le dijo Liz. Después, miró a Héctor—. ¿Tienes mascota?

Él negó con la cabeza.

—Me gustaría tener perro, pero mis padres han dicho que no.

Liz percibió el anhelo en su voz.

—Bueno, pues ven con Henry un día a mi casa. Yo tengo tres perros y un gato. A todos ellos les gusta que les presten atención.

A Héctor se le iluminó la cara.

—¿De verdad? ¿Podemos ir?

—Cuando yo esté en casa, sí —le dijo ella. Después, metió un dólar en la jarra que había junto a la cafetera e hizo un brindis con el vaso de plástico—. Henry, dale las gracias a tu madre de mi parte. Y estudiad mucho, chicos.

Cuando llegó a la puerta, oyó a Héctor hablando con emoción, a medias en inglés y a medias en español, sobre la oportunidad de ir a jugar con los perros. Y tuvo el presentimiento de que iba a recibir visita antes de que terminara la semana.


Después de pasar tantos días metida en la tienda, Liz necesitaba desesperadamente hacer ejercicio. También necesitaba hacer algo para liberarse de toda la cafeína que había consumido aquel día para que no se le cerraran los ojos hasta la hora de salir.

Como los perros también habían estado encerrados demasiado tiempo, se los llevó a los tres al parque canino. En cuanto los soltó, los perros empezaron a correr y a ladrar de alegría. Por suerte, tenían muy buen comportamiento y se llevaban bien con los demás perros que estaban allí, así que ella tuvo la ocasión de charlar con los otros dueños.

—Oh, oh —dijo Kitty Fawcett, riéndose—. ¡Allá va Archie!

Aquella advertencia no llegó a tiempo para el hombre que estaba abriendo la puerta justo en aquel momento para salir, y Archie se escapó.

Liz suspiró.

—¿Puedes vigilarme un momento a los otros dos un minuto mientras voy por Archie? —le pidió a Kitty.

—Claro —le dijo Kitty, y añadió, riéndose—: Pero quiero volver a casa antes de que oscurezca.

Como todavía quedaba una hora para el anochecer, Liz hizo un mohín al oír su broma. Después, salió corriendo.

Fue a toda velocidad por Dogwood Hill llamando a Archie a gritos y, al salir de entre los árboles, vio a su traicionero y veloz perro tranquilamente sentado a los pies de Aidan.

Aidan le lanzó una sonrisa que le aceleró el pulso más aún. Los sermones que se había echado a sí misma durante aquel fin de semana no debían de haber surtido ningún efecto.

—Me imaginaba que tú ibas a aparecer enseguida —comentó él, señalando a Archie, que lo estaba mirando con arrobo y moviendo la cola—. ¿Es este perro de algún conocido tuyo?

Liz tuvo que inclinarse hacia delante para recuperar el aliento, pero, aun así, consiguió lanzarle una mirada poco amigable a Aidan.

—Qué gracioso. Es culpa tuya, ¿sabes?

—¿Y cómo es eso? Yo no estaba cerca del parque canino. Supongo que es allí donde estaba Archie, porque no lleva la correa arrastrando —dijo él, mirando a su alrededor—. Además, tampoco veo gansos.

—No, pero parece que tiene un sexto sentido para encontrarte. Ha venido directamente hacia ti.

—¿Y no deberías darme las gracias? —le preguntó Aidan—. Si no fuera por mí, ahora estaría junto a la bahía, a punto de darse un baño.

—Tienes razón. Debería ser más agradecida por estos pequeños favores —dijo Liz, mientras le ponía la correa a Archie. El perro la miró con lo que solo podía interpretarse como disgusto, y ella tomó una decisión impulsiva: le entregó la correa a Aidan.

—Toma. Todo tuyo.

Entonces, se dio la vuelta y, con una sonrisita, echó a andar.

Después de un momento de silencio y asombro, Aidan y Archie la alcanzaron.

—¿Qué quieres decir? —preguntó Aidan—. Ya sabes que no puedo tener perro.

—Ya tienes perro —repuso ella—. Por mucho que viva conmigo, te ha adoptado a ti. Ya te pasaré la cuenta por su alojamiento y manutención.

A Aidan se le puso cara de pánico.

—Liz, sé razonable. Tengo un apartamento minúsculo de una sola habitación. Es casi un estudio, si lo piensas bien.

—Y yo tengo una casa de dos habitaciones con otros dos perros y un gato. ¿Qué es lo que quieres decir?

—No es justo que él tenga que estar allí encerrado todo el día mientras estoy en el instituto.

—Pues Archie está muy bien en mi casa todo el día, mientras yo estoy en la tienda. Además, el instituto acaba dentro de dos semanas —respondió ella, con una sonrisa resplandeciente—. Entonces tendrás mucho tiempo para llevártelo por ahí. Si quieres, puedo cuidártelo yo hasta que termine el curso. ¿Alguna objeción más?

Aidan frunció el ceño.

—Creía que no querías darles los animales a personas que no creías que fueran buenos dueños.

—Cierto —dijo ella, mientras llegaban al parque canino—. Pero es que me parece que tú vas a ser un dueño excelente. Solo tienes que hacerte a la idea.

Liz recogió a sus otros dos perros e intentó ignorar la mirada de diversión que le lanzó Kitty a Aidan y a Archie, que lo seguía dócilmente. Aidan todavía estaba discutiendo con ella cuando llegaron a su casa. Sin embargo, en aquella ocasión ella había decidido que no iba a escuchar. Aunque Aidan no se diera cuenta, Archie y él eran el uno para el otro.

Cuando entraron, soltó a los tres perros. Los suyos fueron a la cocina a beber agua, pero Archie se quedó junto a Aidan como si se diera cuenta de que estaba a punto de producirse un cambio importante para su futuro.

—Creo que deberías venir temprano el sábado por la mañana.

Aidan frunció el ceño.

—¿Por qué? ¿No vas a trabajar?

—Por supuesto que sí, pero si llegas antes de las siete, tendremos tiempo para llevar a Archie a visitar a Cordelia. Creo que deberías conocerla.

—¿Quién es Cordelia?

—Ya te hablé de ella. Era la dueña de Archie. Lo echa de menos. Quiero que sepa que ha encontrado un buen hogar y, lo mejor de todo, que está aquí en el pueblo, para que ella pueda seguir viéndolo de vez en cuando. Te va a encantar conocerla, estoy segura.

Pareció que Aidan iba a poner alguna objeción, pero, al final, suspiró.

—No vas a cambiar de opinión, ¿verdad?

Ella miró al perro, que no había apartado los ojos de Aidan ni un segundo.

—¿Cómo voy a cambiar de opinión? Está claro que esto tenía que suceder.

—Tiene que quedarse aquí hasta que acabe el instituto —dijo Aidan.

—De acuerdo —respondió ella, conteniendo la sonrisa—. Pero ni un segundo más.

—Ya veremos —murmuró Aidan. Sin embargo, incluso mientras hablaba le estaba acariciando la cabeza a Archie—. Tengo que irme —dijo, de repente, y se giró hacia la puerta.

—Que duermas bien —dijo ella. Tuvo que sujetar a Archie por el collar, porque el perro gimió y quiso seguirlo.

Cuando Aidan se marchó, ella acarició al perro.

—No te preocupes. Muy pronto te vas a ir a casa con él. Yo me encargo.

Al hacer aquella promesa, empezó a reírse suavemente sin poder evitarlo. Aunque no hubiera personas implicadas, ella misma se había convertido en una emparejadora profesional. En el aire de Chesapeake Shores debía de haber algo que hacía que todos quisieran ver felices a sus conocidos... de un modo u otro.

# Capítulo 8

—Te juro que no sé cómo lo hizo —le dijo Aidan a Connor al día siguiente, cuando se lo encontró en Sally's. Había ido a la cafetería más temprano de lo normal con la esperanza de no encontrarse a Liz, porque lo que había ocurrido la noche anterior había sido más desconcertante de lo normal para él. Mientras esperaba a que le sirvieran el café, puso al corriente a su amigo.

—Había salido a correr, a ocuparme de mis propios asuntos y, antes de que me diera cuenta, Archie salió de la nada y se acercó a mí saltando, y con Liz persiguiéndolo. Ella llegó a la conclusión de que el perro tiene que estar conmigo. Y ahora, está empeñada en que lo meta en mi diminuto apartamento en cuanto termine el instituto.

Connor se rio.

—¿Es la primera vez en la vida que conoces a una mujer que esté empeñada en salirse con la suya?

—No, claro que no —respondió Aidan—, pero, normalmente, son ellas las que quieren venirse a vivir conmigo, no que vaya su perro.

Connor lo miró con incredulidad.

—¿Y te resultó más fácil decirles que no a ellas que a un perro?

—Estamos hablando de mujeres. Nunca es fácil.

—Bueno, entonces, aclárame una cosa. ¿Es el perro, o Liz, lo que te está complicando la vida? —insistió Connor.

—La combinación de ambas cosas, tío. Liz, y ese perro mirándome como si entendiera todo lo que ella dice.

Connor se echó a reír con ganas y miró su teléfono móvil.

—Vaya, solo es uno de junio. Pensaba que aguantarías por lo menos hasta el Cuatro de Julio. Le debo veinte pavos a Kevin.

—¿Has hecho una apuesta sobre Liz y yo con tu hermano? —le preguntó Aidan, sin dar crédito.

—No solo con Kevin. Con mi padre también —dijo Connor—. De hecho, él fue el primero que captó las vibraciones que hay entre vosotros dos. Yo tuve que fiarme. Normalmente él siempre tiene razón en este tipo de cosas. No tengo ni idea de cómo es posible que un hombre que no tuvo ni idea de lo que necesitaba mi madre reconozca el amor...

—¿Amor? ¿Qué amor? —preguntó Aidan, con pánico—. Liz es una mujer muy guapa, muy resuelta, encantadora y generosa, pero el hecho de que yo me dé cuenta de eso no significa que me vaya a enamorar de ella.

—Bueno, está bien, puede que solo sea lujuria. Llámalo como quieras, pero mi padre se ha dado cuenta. Puede que sea porque mi madre y él se divorciaron y él tuvo que volver a ganársela. Sea como sea, él siempre da en el clavo con estas cosas. Hizo todo lo que pudo para que Heather y yo acabáramos juntos. Y vio lo que estaba pasando con Kevin y Shanna antes de que ninguno de ellos estuviera listo para reconocerlo. Demonios, mi padre tiene un gran historial de aciertos —explicó Connor.

Después, miró a Aidan con lástima.

—Casi lo siento por ti.

Aidan parpadeó.

—¿Por qué dices eso?

—Porque cuando Mick O'Brien piensa que dos personas son una para la otra, no ceja hasta que consigue que ellas lo vean también —le explicó Connor, con un brillo de diversión en la mirada.

—Dios Santo —murmuró Aidan—. ¿Y vuestras mujeres? ¿Ellas también están en la apuesta?

—No apostaron, pero ellas pensaban que ibas a caer incluso antes. De hecho, cuentan con ello. Todas están deseando que Liz se case y sea feliz.

De nuevo, Aidan se alarmó.

—¿Que se case? ¿Conmigo?

Aquello iba de mal en peor. Liz todavía no quería ni siquiera salir con él, y él solo iba un paso o dos por delante de ella. ¿El matrimonio? Aquello estaba tan lejos, que casi no lo veía ni con prismáticos.

Suspiró.

—Esto no está bien —dijo, mientras tomaba su vaso de café para llevar y se giraba hacia la salida. Se detuvo y miró con curiosidad a Connor—. ¿Y por qué se han concentrado en mí?

—Bueno, a decir verdad, tú no estabas aquí todavía cuando ellas se pusieron a pensar en esto seriamente, pero, en cuanto llegaste al pueblo y vieron un par de chispas entre vosotros, todo les quedó muy claro.

—¿Y no puedes decirles que no se metan? —le pidió Aidan quejumbrosamente—. Por lo menos, a Heather.

—Mi mujer tiene las hormonas alteradas estos días —dijo Connor—. Intento no discutir con ella por nada. Y lo mismo le ocurre a Kevin con Shanna. Lo siento, amigo mío. Vas a tener que defender tu espacio tú solo, si eso es lo que quieres hacer.

Aidan volvió a suspirar.

—Vivir en este pueblo va a ser todo un reto, ¿verdad?

—Solo si luchas contra lo inevitable —le dijo Connor, sin tratar de disimular lo mucho que se estaba divirtiendo—. Bueno, ya sé que eres el entrenador de fútbol americano, pero ¿te apetecería venir a jugar al baloncesto esta noche? Tal vez te venga bien para liberarte de la frustración. Ya conoces a casi todo el mundo. Después de jugar, nos vamos por ahí a tomar un par de cervezas y a contarnos historias sobre lo deportistas que éramos.

Aidan se relajó un poco. El deporte era mucho más familiar para él que el tema de las mujeres en general y de Liz en particular.

—¿Erais?

—Yo jugué al béisbol en la universidad —respondió Connor—. No era malo, pero tampoco tan bueno como para llegar a profesional. Mack, bueno, ya lo sabes, jugó al fútbol profesionalmente hasta que tuvo que retirarse por la lesión. Y toda la familia juega al fútbol en Acción de Gracias. Antes era un partido solo para hombres, pero mi prima Susie entró a jugar una vez para ligarse a Mack y, desde entonces, las cosas no han vuelto a ser igual. Hemos tenido que dejar de hacer placajes y trampas.

—¡Qué terrible! —exclamó Aidan irónicamente.

—No lo sabes bien —respondió Connor, que lo lamentaba de verdad—. Pero Mack está loco por su mujer, y no va a decirle que no puede jugar. Hace unos años tuvo una dura batalla contra el cáncer. Ahora está curada, pero nadie quiere negarle nada. Todos hemos tenido éxitos en la familia, pero Susie es nuestra verdadera heroína. Es una mujer fuerte.

Aidan detectó un matiz de admiración en el tono de voz de Connor, e intentó imaginarse lo increíble que debía de ser aquella mujer para haberse ganado aquella admiración. Por lo que tenía entendido, Connor había sido un duro abogado especializado en divorcios en Baltimore, y estaba intentando suavizarse con un bufete para casos generales en Chesapeake Shores.

—Bueno, tengo el baloncesto un poco olvidado, pero creo que podré jugar —le dijo a Connor, mientras caminaban por Main Street en dirección al despacho de Connor—. Me encantaría jugar. ¿A qué hora, y dónde?

—Hay canchas al aire libre en el parque, al final de Dogwood Hill. Están después de pasar el parque canino. Seguro que las encuentras sin problemas o, si lo prefieres, puedo pasar a recogerte.

Connor sabía perfectamente que él conocía la ubicación del dichoso parque canino.

—No te preocupes, ya las encontraré yo.

Y así, tan repentinamente, tenía la posibilidad de integrarse en un grupo de amigos de verdad. Aunque había disfrutado de sus primeras semanas en el pueblo, echaba de menos la amistad con sus compañeros de equipo. Echaba de menos salir con Frankie, aunque hablaba con él casi a diario, porque su amigo lo llamaba para ver si ya estaba a punto de volver a Nueva York, que era donde, según él, debía estar.

Sin embargo, por mucho que deseara reunirse con Connor y con sus familiares para jugar al baloncesto, se sentía culpable. No podía dejar de preguntarse si serían tan amistosos cuando supieran que él también era de la familia y se lo había ocultado. Cuanto más tiempo guardara el secreto, menos posibilidades tenía de que lo perdonaran. Y, por mucho que le sorprendiera, se dio cuenta de que eso había empezado a importarle.

Liz estaba sentada en el porche de la preciosa casa de Susie Franklin, situada en Beach Lane, relajándose al final de la jornada. Las noches que los hombres quedaban para jugar al baloncesto, las mujeres de la familia O'Brien se reunían en casa de Susie para hablar de un libro. Para frustración de Shanna, casi nunca pasaban más de quince minutos antes de que cambiaran de tema y, aquella noche, comenzaron a hablar de Aidan Mitchell y de su relación con Liz.

–Bueno, Liz, tú que conoces un poco más a Aidan, ¿qué te parece? –le preguntó Susie, como si nunca hubieran tenido aquella conversación. Tenía un brillo de picardía en la mirada, como si esperara que, en aquella ocasión, les diera una respuesta distinta.

–Han vuelto a verlos varias veces juntos –dijo Bree.

–Y hemos hablado de esto hasta el hartazgo –les recordó Liz, aunque inútilmente.

–Me pregunto si Aidan alquiló mi antiguo apartamento a propósito, porque tu tienda está justo debajo –especuló Shanna, sonriendo.

–Yo también me lo he preguntado –dijo Susie–. Y no olvidemos que yo también he vivido allí, así que sé que tiene una vista increíble de la pradera y se ve perfectamente a cualquiera que se acerque andando.

–¡Ya está bien! –exclamó Liz, riéndose–. ¿Cuántas veces tengo que deciros que entre Aidan y yo no hay nada?

–Hasta que parezca convincente –respondió Bree–. Hasta el momento no lo ha parecido, porque él está ahí contigo siempre que nos damos la vuelta.

Liz frunció el ceño. Tenía que meter en cintura a sus amigas antes de que inventaran una relación que estaba destinada al fracaso incluso antes de empezar.

–Aidan y yo solo somos amigos. Mi objetivo es que se quede con Archie, y justo anoche encontré la manera de conseguirlo.

Bree la miró de forma triunfante.

—¿Ves lo que quiero decir? Anoche estaban juntos. Admite la verdad, Liz: hay algo.

—No voy a admitir nada. Lo convencí para que se quedara con el perro, nada más.

—¿Y tuviste que secuestrarlo y torturarlo hasta que accedió? —preguntó Shanna, y sonrió—. Eso podría ser divertido. Usar esposas, plumas y nata montada.

Liz puso los ojos en blanco al oír aquel comentario, pero no pudo evitar que se le pasaran por la cabeza algunas imágenes subidas de tono. Seguramente, iban a quedarse allí durante toda la noche.

—Pues claro que no —dijo—. Solo tuve que hacerle ver algunas cosas obvias.

—¿Qué cosas? —inquirió Shanna.

—Archie ya lo adora. Es más suyo que mío, aunque yo le haya estado dando de comer y cuidándolo.

—Bueno, yo no entiendo por qué dices que no hay ninguna posibilidad de que suceda algo entre Aidan y tú —dijo Heather—. ¿Tienes algo en contra de los hombres guapos y sexis? Si yo no estuviera casada con Connor, me lo plantearía, de veras.

Shanna, que estaba embarazada del cuarto hijo que iba a tener con Kevin, se dio unas palmaditas en el vientre. Todo el mundo sabía que, en aquella ocasión, querían tener una niña. Ya tenían a Davey, el hijo de un matrimonio anterior de Kevin, a Henry y a Johnny, el hijo que habían tenido juntos dos años antes. Ella se había negado a conocer el sexo del bebé con antelación.

—Bueno —dijo Shanna, mirando a su alrededor con una expresión de culpabilidad, como si temiera que la oyesen—. Yo no debería mirar a otros hombres estos días, pero, cada vez que Aidan entra en la librería, he de admitir que admiro las vistas. Kevin me pilló el otro día, me llevó a la trastienda y me besó hasta que me dejó embobada. Dijo que quería estar seguro de que, si yo estaba pensando en el sexo, él era a quien tenía en mente.

—Y seguro que tú le dijiste que no había duda de eso —protestó Bree, con una consternación exagerada—. Después de todo, estás embarazada de mi hermano.

—Lo cual significa que tengo las hormonas desatadas —le recordó Shanna—. Es un efecto secundario del embarazo que no había previsto. Liz, tienes que salir con Aidan para contárnoslo. Así podremos vivirlo en segunda persona.

—Y, como yo tengo vómitos y mareos matutinos, también me vendría bien la distracción —dijo Heather.

Después de echarle una rápida mirada a Susie para ver cómo estaba reaccionando ante aquella conversación sobre los embarazos, Liz frunció el ceño y miró a Shanna y a Heather.

—No voy a salir con Aidan para satisfacer vuestra curiosidad. Sería una locura —les dijo.

Por no hablar de que sería peligroso para su salud mental. Se olvidaría fácilmente de sus nobles decisiones e intentaría comprobar si él era tan habilidoso con aquellas manos fuertes y preciosas como lo era con sus encantadoras palabras.

—Entonces, sal con él para satisfacer la tuya —le sugirió Bree—. Sé que quieres hacerlo. He visto cómo os miráis cuando os encontráis en Sally's.

—Lo cual parece que sucede todas las mañanas, últimamente —comentó Heather—. Es mucha coincidencia, ¿no?

—Pues sí —dijo Susie. Después, le apretó la mano a Liz—. Sabes que solo queremos que seas feliz y te quedes en Chesapeake Shores para siempre, ¿verdad?

—¿Qué tengo que hacer para convenceros de que voy a quedarme y de que soy feliz? —preguntó Liz con exasperación—. Que vosotras os hayáis casado con el hombre de vuestros sueños no significa que yo necesite a un hombre en mi vida. Yo ya he estado suficiente tiempo casada.

Bree frunció el ceño.

–Espera, espera. ¿Por qué hablas en ese tono? Es la primera vez que insinúas que tu matrimonio no fue perfecto.

Liz se maldijo a sí misma.

–Te lo estás imaginando. Solo quería decir que no voy a emparejarme con nadie por ahora. Es posible que nunca esté preparada para hacerlo.

–Ya estamos –dijo Bree–. Las mujeres felizmente casadas no renuncian a los hombres cuando se quedan viudas. Sufren, claro, pero, al final, le abren el corazón a otra persona.

–¿Y quién dice eso? Hay muchas mujeres que piensan que ningún hombre puede estar a la altura del que han perdido.

–¿Y tú eres una de ellas? –preguntó Bree con escepticismo–. Pues no me ha parecido eso.

Susie frunció el ceño.

–Sí, yo también he oído algo raro. Liz, está claro que no tienes por qué contarnos lo que no quieras contar, pero somos tus amigas. Si necesitas hablar de algo, te escucharemos. Sin juicios ni consejos.

Liz enarcó una ceja con incredulidad.

–Como si pudierais.

–Sí podemos limitarnos a escuchar –insistió Heather–. Tenemos práctica.

–Vamos, ¿a quién queréis engañar? –preguntó Shanna, poniéndose del lado de Liz–. Los O'Brien nos han contagiado. No podemos estar calladas ni aunque queramos.

–Pero lo intentaremos –dijo Bree, mirando a Liz con preocupación–. No lo olvides, ¿de acuerdo?

Por un instante, Liz tuvo la tentación de revelar el secreto que había estado guardando desde la noche que había perdido a su marido, pero no pudo. Sabía que empezarían a mirarla de un modo distinto. Aquella noche, y todo lo que había provocado el accidente, había cambiado también la forma en que ella se veía a sí misma.

De hecho, temía que el dolor que le causaban los recuerdos de aquella noche no iba a disminuir por mucho tiempo que pasara. No solo por la muerte de su marido, sino por la horrible revelación que había tenido lugar antes del accidente. ¿Cómo iba a pensar en continuar con su vida cuando había fracasado tan horriblemente como esposa la primera vez?


Aidan no se quedó muy sorprendido al constatar que los hombres O'Brien y sus amigos eran muy competitivos. Ocuparon la cancha de baloncesto como si fueran los Miami Heat y LeBron James contra San Antonio en la final de la NBA. Aunque ninguno de ellos tuviera el mismo nivel de juego, por supuesto.

Sin embargo, y pese a la intensidad del partido, encontraban momentos para bromear y provocarse los unos a los otros como solo lo hacían los viejos amigos y la familia. Conocían los puntos débiles de cada uno y los explotaban. Solo fue cuestión de tiempo que se fijaran en él.

Tal vez, el hecho de que no dejara de mirar hacia el parque canino hubiera influido en eso. Connor fue el primero en comentarlo.

—¿Algo interesante en el parque canino, Aidan? —le preguntó—. Parece que estás distraído.

—Sí, a mí también me lo ha parecido —dijo Mack—. No tendrá nada que ver con Liz, ¿verdad? ¿Tienes la esperanza de verla? ¿O es por el perro que estás a punto de adoptar? Aunque sería una pena que eso te pareciera más interesante que una mujer guapa.

—No estoy buscando ni a Liz ni a Archie —dijo Aidan—. Lo único que pasa es que este partido es tan lento, que tengo mucho tiempo para dejar vagar la mente.

Kevin lo miró con incredulidad.

—Tíos, ¿habéis oído eso? Acaba de acusarnos de ser lentos y aburridos en la cancha.

—Sí, yo también lo he oído —dijo Connor.

Aidan sonrió mientras botaba la pelota.

—La verdad duele, ¿eh? —preguntó, mientras esquivaba a Connor, que trató de bloquearlo en su camino hacia la canasta—. Como la derrota. Aunque yo no sabría decírtelo, porque mi equipo va ganando.

Will Lincoln, el psiquiatra que estaba casado con Jess O'Brien, la dueña del hotel, se estremeció al oír aquel comentario.

—¿Aceptas el consejo de un profesional de la salud mental? —le preguntó a Aidan—. No debes provocar a un león dormido. Aunque tengamos a estos chicos contra las cuerdas porque están distraídos hablando de bobadas, te garantizo que pueden reaccionar con intensidad rápidamente.

—Pues sí —dijo Kevin. Se hizo con la pelota en un rebote y lanzó una canasta que les puso a solo seis puntos del equipo de Aidan.

A Aidan no le importaba que sus comentarios les costaran el partido, siempre y cuando los distrajera de su vida amorosa.

Durante diez minutos, los dos equipos se mantuvieron en silencio salvo por los jadeos y los chirridos de la goma de la suela de sus zapatillas contra la cancha. La batalla se intensificó. Justo cuando sonó la alarma del final del partido, Aidan le robó la pelota a Connor, corrió al otro lado de la cancha y acertó una canasta.

—Y así —dijo, con una sonrisa de triunfo— es como se hace.

Kevin y Connor se miraron.

—Seguro que le podemos quitar esa cara de listo —dijo Connor.

Kevin sonrió.

—¿Mencionando que Liz acaba de llegar al parque canino con unos pantalones cortos y una camiseta de tirantes ajustada?

Al recordar cómo estaba Liz la otra noche, con la misma ropa que había descrito Kevin, Aidan miró rápidamente hacia el parque canino, sin darse cuenta. Sin embargo, ella no estaba allí.

—Mentiroso —le dijo a Kevin.

Kevin y Connor chocaron las palmas de las manos y sonrieron de satisfacción.

—Sabía que ibas a mirar —le dijo Kevin a Aidan.

—¿Y por qué? —preguntó Connor.

—Porque está enamorado —dijo Jake, el marido de Bree.

—Eh —dijo Aidan, protestando—. Tú estás en mi equipo. ¿No se supone que estás de mi parte?

Jake se echó a reír.

—No, en esto, no. Es demasiado divertido ver cómo te retuerces. Todos nosotros hemos pasado por el altar y vivimos felices. Queremos que los demás compartan nuestra alegría.

Aidan cabeceó.

—Lo que queréis decir es que mal de muchos, consuelo de tontos —replicó él—. Estáis celosos porque yo puedo salir con cualquier mujer que me resulte atractiva.

Will se estremeció por segunda vez aquella noche.

—Por favor, dime que no acabas de sugerir que estamos tristes porque estamos casados. Si llega a oídos de nuestras mujeres que has dicho eso, te expulsarán del pueblo.

En aquel preciso instante, Aidan no lo vio como una amenaza.


Después de salir de casa de Susie, Liz no podía olvidar los recuerdos que le había despertado la conversación. Al marcharse de Carolina del Norte, había decidido dejar su matrimonio en el pasado, y la mayor parte de los días lo conseguía. Apenas se acordaba de Josh March y, cuando lo hacía, rápidamente encontraba la forma de olvidarlo de nuevo.

Aquel empeño por mantener el control de aquellos pensamientos era el motivo por el que había empezado a correr. Iba escuchando música a todo volumen con los cascos mientras corría e intentaba respirar, así que los recuerdos no podían abrirse camino, ni los buenos ni los malos.

Como no era muy tarde cuando llegó a casa, se puso los pantalones cortos y las zapatillas de correr, tomó su iPod y puso una lista de canciones animadas con letra alegre. Ignoró las miradas de súplica de los perros y salió sola.

Instintivamente, evitó Dogwood Hill y se dirigió hacia la bahía, desde donde salía una carretera que la llevaría hasta The Inn at Eagle Point. Desde allí volvería al pueblo y a Shore Road que, seguramente, estaría llena en aquella noche de finales de primavera.

Con la música puesta y concentrada en la respiración, se llevó un buen susto cuando alguien se puso delante de ella y le cortó el paso. Era Aidan.

Se sacó los auriculares de los oídos y lo miró con cara de pocos amigos.

—¡Me has dado un susto de muerte!
—Llevo llamándote un buen rato —le dijo él.
Ella le mostró el iPod.
—Lo siento. Iba escuchando música.

—Es un poco tarde para salir a correr, ¿no? Aunque esto sea Chesapeake Shores, no deberías salir sola a estas horas.

Ella lo miró con incredulidad.

—No son ni las diez.

Él se tocó el reloj de muñeca con un dedo.

—Mira otra vez la hora. Son las doce.

Liz se quedó asombrada.

—No puede ser. Cuando llegué a casa era mucho más temprano.

—Pero... te cambiaste de ropa y saliste a correr. ¿Hasta dónde has ido, exactamente?

—Hasta el hotel –dijo ella, y suspiró–. Sí, supongo que he ido más lejos de lo que pensaba. O que he corrido más lentamente. Estoy un poco desentrenada.

—¿Y por qué has decidido salir a correr a estas horas?

—Me sirve para despejarme la cabeza.

—¿De qué?

—De esto, de aquello...

—Ah, la mujer tiene secretos.

—¿Acaso no los tenemos todos?

—Sí, supongo que sí –respondió él, con una vaga incomodidad. Hizo un gesto hacia la calle, y dijo–: Todavía no han cerrado Panini Bistro. ¿Te apetece que tomemos algo antes de volver a casa? No creo que haya muchos O'Brien a estas horas.

—Bueno, no me importaría beberme una botella de agua –dijo Liz.

—Pues vamos –dijo él. La tomó del codo y la guio hacia el bar–. Tú siéntate en una de las mesas de la terraza, yo voy por las bebidas.

Liz asintió.

—De acuerdo.

Se sentó con alivio. De repente, notó todos los músculos del cuerpo, debido a que la carrera la había llevado más lejos de lo normal. Por lo menos, la había servido para olvidarse de Josh. Sin embargo, parecía que Aidan había vuelto a ocupar el primer puesto en su cabeza otra vez. ¿Por qué no se rendía ante la evidencia y se abandonaba al sexo apasionado? Eso sí que le serviría para aclararse la cabeza, por lo menos temporalmente.

Pero ese era precisamente el motivo por el que no podía hacerlo. El sexo era fácil, era divertido. Sin embargo, después de las relaciones sexuales, las emociones podían enredarse y complicarlo todo.

Cuando Aidan volvió a la mesa con dos botellas de agua, ella lo observó y se dio cuenta de que iba vestido más informalmente de lo normal. De hecho, parecía que había sacado la camiseta directamente de la secadora.

—¿Te has vestido con prisas? —le preguntó ella.

Él hizo un mohín.

—Eso parece, pero no. He ido a jugar al baloncesto con los O'Brien esta noche. Esta camiseta está muy sudada. De hecho, si yo fuera tú, me mantendría alejada de mí.

Liz se echó a reír.

—Siempre me ha parecido que los hombres eran sexis cuando estaban sudorosos.

Él la miró con incredulidad.

—¿En serio?

—Debe de ser por las feromonas que emiten.

Aidan se echó a reír.

—Bueno, pues para mi madre, eso era un pecado mortal, sobre todo si yo esperaba estar en compañía de damas.

—Entonces, ¿en qué me convierte eso a mí?

—En una dama, sin duda —respondió él, rápidamente—. Pero te vi corriendo cuando volvía a casa, y no quería perderte de vista. Pensé que esto era una excepción.

—Bueno, y ¿qué tal el partido?

—Estupendo. Ha ganado mi equipo. ¿Y tú? ¿Qué tal has pasado la noche?

—Yo he estado con las mujeres O'Brien. Ellas no son tan competitivas, a no ser que lo midas por su grado de entrometimiento.

Él la miró comprensivamente.

—Debe de ser algo genético.

—¿A ti también te ha pasado?

—Pues sí.

—¿Y qué les has dicho?

—Que se fueran a paseo.

—¿Y te ha funcionado?

—Pues no, claro que no. ¿Y a ti?

—No, tampoco —dijo ella.

—¿Y qué crees que puede ocurrir ahora?

Ella sonrió al oír su tono de voz esperanzado.

—Solo recuerda que nosotros somos los que tenemos las riendas de nuestro futuro. Ellos, no.

Aidan asintió. Después, se quedó mirando a la bahía pensativamente. Cuando, por fin, se volvió hacia ella de nuevo, le preguntó en voz baja:

—¿Estás segura de eso?

—Es necesario.

—De acuerdo. Venga, vamos. Te acompaño a casa.

Liz se levantó.

—No es necesario. Estamos muy cerca.

—Es otra lección que me dio mi madre. En este caso, me la aprendí bien.

Ella sonrió.

—Bueno, entonces, ¿quién soy yo para discutir?

Además, con Aidan a su lado, y lo que él le había dicho sobre la posibilidad de que no tuvieran las riendas de nada, no había ninguna posibilidad de que pudiera pensar en Josh.

# Capítulo 9

El viernes por la tarde, Aidan seguía pensando en su encuentro casual con Liz, aunque tratara de concentrarse en el equipo. Los chicos estaban haciendo series de ejercicios para prepararse para jugar un último partido antes de que el curso terminara la semana siguiente.

Entre sus pensamientos y lo que estaba ocurriendo en el campo, no se dio cuenta de que Mick O'Brien estaba allí hasta que terminó el entrenamiento. En cuanto Aidan se despidió de los chicos, Mick fue a saludarlo.

–No soy ningún experto, pero me parece que ya se ve una gran mejoría –comentó.

–Todavía están aprendiendo –respondió Aidan, y sonrió–. Pero yo también creo que están avanzando. ¿Qué te trae por aquí?

–Henry me ha estado pidiendo que viniera a ver a ese chico, Santos –dijo Mick–. ¿Tú también estás tan entusiasmado con él como mi nieto?

–Qué curioso que menciones a Héctor –le dijo Aidan. Se alegró de tener, por fin, una oportunidad para averiguar cuál podía ser la reacción de la comunidad ante un posible cambio de *quarterback*–. Quería hablar contigo sobre la posición de *quarterback*. Me vendrían bien algunos consejos.

Mick se echó a reír.

—Porter ha intentado intimidarte, ¿a que sí?

—Pues sí —dijo Aidan—. Pero me pregunto hasta qué punto su actitud se debe a que quiere proteger a su hijo, algo que entiendo completamente, y hasta qué punto se debe a unos prejuicios que pueden ser compartidos por toda la comunidad.

—Porter cree que su hijo tiene talento —respondió Mick, lentamente—. Y yo también veo el potencial.

—Sí, Taylor comprende lo más importante —dijo Aidan, para ser justo—. Pero... ¿Héctor? Es especial.

—Mi nieto opina lo mismo. Hace poco ha decidido que quiere ser representante deportivo y que Héctor es su primer gran hallazgo.

Aidan se echó a reír.

—Si puede encontrarme a más jugadores con el mismo talento, se lo agradecería mucho.

—Entonces, ¿realmente Héctor es tan prometedor?

Aidan asintió.

—Pues no tienes mucha elección —dijo Mick—. Te han contratado para hacer que el equipo sea lo mejor posible. No saques al campo a un chico si no crees que pueda hacer el trabajo. O, por lo menos, si piensas que hay otro que puede hacerlo mejor.

—Pero no quisiera que la comunidad reaccionara negativamente y eso acabara perjudicando a Héctor.

Mick se quedó pensativo.

—Creo que eso se puede evitar —dijo, cautelosamente—. ¿Qué has pensado para Taylor?

—Sinceramente, tiene unas buenas manos y la velocidad necesaria para recibir los pases del *quarterback*, así que yo lo pondría en la posición del *receiver*, si está dispuesto a hacer el cambio.

—¿Se lleva bien con Héctor?

Aidan asintió.

—No creo que Taylor dé ningún problema. Los he visto entrenar juntos y todo ha ido sorprendentemente bien, teniendo en cuenta que son rivales por la misma posición.

—Pues entonces, déjame a Porter a mí —dijo Mick—. Creo que lo que más desea es que su hijo tenga tiempo de juego y sea una estrella. Si Taylor puede conseguir eso en otra posición, creo que puedo convencer a Porter de que el cambio no es malo. Para hacer un equipo se necesitan veintidós hombres en la defensa y la ofensiva, y no importa en qué posición destaquen, siempre y cuando se haga una combinación vencedora.

Aidan lo miró con agradecimiento.

—Totalmente de acuerdo.

Justo en aquel momento, Henry y Héctor se acercaron corriendo a ellos.

—¡Abuelo! —gritó Henry—. ¿Has visto el entrenamiento?

—Sí, lo he visto —dijo Mick. Le dio a su nieto una palmada de afecto en la espalda y le tendió la mano a Héctor—. Me han hablado muy bien de ti, hijo.

—Henry es amigo mío —dijo Héctor, con timidez—. Está bien... predispuesto, si se dice así.

—Ah. ¿Y tu entrenador también está predispuesto? —preguntó Mick, con una sonrisa.

Héctor miró a Aidan con los ojos muy abiertos.

—¿Le ha hablado de mí?

—Sí —dijo Aidan—. Y lo que haya dicho Henry es cierto, Héctor. Tienes mucho talento.

—Muchas gracias —dijo Héctor—. Hago lo que puedo.

—Sí, es cierto —convino Aidan.

—Bueno, chicos, ¿os apetece tomar unas hamburguesas y unas patatas fritas en Sally's? —les preguntó Mick a los chicos. Después, miró a Aidan—. ¿Alguna objeción?

—Por mi parte, no —respondió Aidan—. Yo también iría si pudiera.

—¿Y por qué no vienes? —le preguntó Mick con una expresión de picardía—. Así podrías ir a decirle hola a una amiga.

Teniendo en cuenta lo que sabía sobre las intenciones de Mick, Aidan se dio prisa en rehusar la invitación. Además, la noche anterior había decidido darle a Liz el espacio que, según ella, necesitaba. Él también pensaba que mantenerse apartados era lo más inteligente que podían hacer, porque cuanta menos información tuvieran aquellos casamenteros para trabajar, mejor estarían ellos dos. Además, él no estaba seguro de cuánto tiempo iba a quedarse en Chesapeake Shores, así que, ¿para qué iba a empezar algo que tal vez no tuviera continuación?

Por supuesto, era mucho más fácil decirle que no a Mick en aquel momento sabiendo que iba a ver a Liz a primera hora de la mañana siguiente, porque le había prometido ir a visitar a Cordelia con ella.

Liz estaba dormida, teniendo un maravilloso sueño, aquel sábado por la mañana, cuando alguien la despertó llamando sonoramente a la puerta. Archie ladró de entusiasmo, y eso solo podía significar una cosa. Que Aidan, el hombre que ocupaba el centro de su sueño, era quien llamaba a la puerta.

Murmurando entre dientes, se puso una bata y fue a abrir la puerta. Aidan la miró con asombro.

—¿Te he despertado? —le preguntó, mientras Archie saltaba a su alrededor.

—¿Cómo lo has sabido? —preguntó ella.

Aidan intentó contener la sonrisa, pero no pudo.

—Creía que teníamos una cita esta mañana.

–¿Una cita? Yo creía que habíamos decidido que no íbamos a salir juntos. Tú tienes tus motivos. Yo tengo los míos. Bla, bla, bla…

–Sí, bueno, me he expresado mal. Creía que íbamos a llevar a Archie a ver a su antigua dueña. Me dijiste que viniera antes de las siete.

Liz soltó un gruñido. Se le había olvidado por completo que le había pedido que fueran a visitar a Cordelia.

–Dame diez minutos –dijo, al instante.

–Tómate veinte. Yo hago el café.

–Si tuviera café decente en casa, ¿crees que tomaría el de Sally's tan a menudo?

–Está bien. Entonces, voy a buscarlo a Sally's. ¿Te apetecen unos huevos revueltos? ¿Una tostada? Sinceramente, me muero de hambre, y no me importaría desayunar antes de irnos.

Liz observó la expresión alegre de Aidan y suspiró.

–Entonces, mejor será que me esperes solo diez minutos y vayamos juntos a Sally's.

Él sonrió.

–Muy bien. ¿Y Archie?

Por fin, Liz tuvo una razón para sonreír.

–Puede quedarse arriba a investigar en su nueva casa mientras nosotros desayunamos. Últimamente ha mejorado mucho y ya no se come los muebles.

Aidan se quedó mirándola fijamente.

–¿Y se supone que eso es un consuelo?

Ella le lanzó una sonrisa resplandeciente.

–Sí. Todavía tiene otras costumbres que vas a tener que quitarle. Espero que tengas mucho sitio en la balda superior del armario para poner los zapatos.

Aidan exhaló un suspiro mientras ella se iba hacia el baño.

Unos minutos después, tenían a Archie y su camita

en el coche. Aidan aparcó detrás de las tiendas de Main Street y, cuando subieron al apartamento, Liz se dio cuenta de que era mucho más pequeño de lo que se había imaginado. Archie se tendió obedientemente en su camita, aunque miró a Aidan como si lo estuviera traicionando por irse sin él.

—Ahora mismo volvemos —le prometió Liz—. Sé bueno. No ladres.

Archie soltó un ladrido, pero no con demasiada energía.

Cuando bajaron a Sally's, Liz se maldijo por no haber previsto que iban a encontrarse a unas cuantas mujeres O'Brien en la cafetería.

—Aquí estás —dijo Bree—. Te hemos guardado un sitio —añadió, y sonrió a Aidan—. No sabíamos que tú también venías, pero podemos hacerte sitio a ti también.

Liz se dio cuenta de que Aidan hubiera preferido marcharse, pero se sentó junto a Heather en el asiento, tal y como le indicó Bree, mientras ella ocupaba la silla que le sacaban al final de la mesa. Inmediatamente, Aidan tomó una carta y se escondió tras ella, lo cual dio la oportunidad a las mujeres para hacerle gestos de aprobación, pulgares arriba, a Liz.

Aquella mañana iba de mal en peor, pensó Liz. Nunca iban a dejar de recordarle aquello. Sus amigas no hacían caso de sus explicaciones, y ni siquiera ella misma se las creía demasiado. Al fin y al cabo, estaba tan embobada con Aidan como pensaban todas ellas.

Cuando jugaron al baloncesto, Connor O'Brien le había dicho a Aidan que le prestaría su bote siempre que quisiera salir a la bahía a pescar un poco.

Así pues, después de un incómodo desayuno con interrogatorio incluido y de una visita a Cordelia, que se quedó encantada de saber quién iba a ser el dueño de su amado Archie, Aidan llamó a Connor para asegurarse de que no tenía pensado usar el bote. Le apetecía mucho pasar un rato a solas en el mar, donde no pudiera encontrarle ningún entrometido.

Cuando llegó al terreno de Mick, Aidan salió al embarcadero soleado y tomó el pequeño bote de remos. Tenía motor, pero, como había decidido hacer ejercicio, empezó a remar.

Siguió remando durante una media hora, hasta que le dolieron los músculos de los hombros, y volvió al embarcadero, consciente de que aquello había sido una prueba patética de su inexperiencia en el agua.

Cuando estaba amarrando el bote, alzó la vista y vio a Thomas O'Brien sentado en un banco al final del embarcadero. Su hijo Sean estaba sentado a su lado, con una caña en las manos y los pies metidos en el agua. Él se enredó con el cabo que estaba utilizando para amarrar el bote y, al verlo, Thomas se acercó y lo tomó, antes de que se cayera al agua. Amarró el bote y le preguntó a Aidan:

—¿Qué tal la pesca?

—No sabría decirle. Solo quería comprobar si era capaz de alejarme un poco de la costa y volver. ¿Ha venido a llevarse el bote? Connor me dijo que no tenía pensado utilizarlo hoy por la mañana.

—No, Sean está contento aquí —dijo Thomas—. Yo también. No hay nada mejor que quedarse en la bahía un día como este. Es un buen recordatorio de por qué me paso tantas horas encerrado en mi despacho de Annapolis o haciendo visitas a los políticos más poderosos para intentar que aprueben leyes más duras.

Mientras Aidan pensaba algo que poder decir, se dio cuenta con agobio de que Thomas lo estaba observando atentamente.

Tal vez no fuera más que curiosidad, pero Aidan se puso nervioso. ¿Y si Thomas veía algún rasgo que le resultara familiar? No creía que los otros O'Brien hubieran notado ningún parecido, pero Aidan no estaba seguro al cien por cien de que no lo hubiera.

—Ya que me he encontrado con usted, ¿le parece un buen momento para que hablemos un poco más de su fundación? —le preguntó, para tratar de desviar su atención. Además, no le perjudicaría demostrar su interés por la conservación de la bahía.

En realidad, desde que había llegado al pueblo y había empezado a oír tantas alabanzas sobre Thomas, sentía mucha curiosidad por la misión que había elegido por encima de ejercer su paternidad hacía veintiocho años. Parecía que, en el caso de Sean, que parecía un niño de unos siete años, sí se sentía cómodo con sus responsabilidades.

—Hacemos todo lo posible por proteger el estuario —le explicó Thomas—. Es una tarea interminable. Siempre hay alguien que quiere suavizar las leyes y permitir más vertidos industriales o de residuos de las granjas. Si no somos estrictos con las vedas de pesca y de caza de cangrejos, el número de animales disminuiría de forma preocupante. Si no permanecemos vigilantes, perderemos la batalla y el estuario sería destruido. Eso sería una verdadera pena.

Aidan percibió la pasión de su voz y siguió su mirada hacia el agua brillante. Justo en aquel momento, un águila sobrevoló sus cabezas.

—Sí, lo sería —dijo Aidan, mientras observaba el majestuoso vuelo del ave—. ¿Cómo se interesó por la conservación de la bahía?

—He vivido siempre aquí. Pesqué por primera vez aquí, y cacé cangrejos e incluso recogí ostras algunas veces. Entonces, empecé a leer artículos sobre la disminución de los recursos para los pescadores y los mariscadores, que se agudizaba cada año. Me reuní con algunos y escuché su versión. Vi por mí mismo que el ecosistema estaba cambiando, y no para mejor. No podía quedarme cruzado de brazos sin hacer nada, no solo por mi generación, sino también por las siguientes.

—Parece una meta que requiere mucho esfuerzo —dijo Aidan.

Las palabras de Thomas no le servían de alivio para el resentimiento que había sentido acumulado durante aquellos años, pero tenía que reconocer que estaba empezando a entender un poco las cosas.

—Si de verdad estás interesado, puedo prestarte algunos libros —dijo Thomas, y sonrió—. Intento convertir a todo aquel al que conozco en un defensor del medio ambiente. Seguro que nadie puede ser más difícil de convencer que mi hermano, y también he conseguido que él se implique.

—¿No estaba de acuerdo?

—No, si interfería en sus planes de construcción del pueblo —le dijo Thomas—. Tuve que llevarle a juicio.

Aidan se quedó boquiabierto.

—¿Demandó a Mick? Había oído decir que hubo un tiempo en que no se llevaban bien, pero nadie mencionó por qué.

—Bueno, ya lo hemos superado —dijo Thomas, y se echó a reír—. Casi todo. Él dice que me entiende. Este pueblo respeta más la ley de Chesapeake Bay que cualquier otro pueblo de la costa de la bahía.

Aidan empezó a entender lo profundas que eran las convicciones de Thomas. Y no pudo evitar sentir admiración, aunque eso confirmara que, en el pasado, su madre y él no eran competencia para su idealismo y su dedicación. Intentó imaginar cómo sería sentir por una causa una pasión tan grande como para que la gente, en comparación, no tuviera importancia.

Y, sin embargo, parecía que Thomas estaba felizmente casado y que se había convertido en un hombre muy familiar. ¿Cómo había sucedido eso? ¿Por qué Connie, su mujer, había conseguido lo que su madre no había podido lograr? Sintió una amargura muy familiar, que nunca desaparecía del todo desde que había llegado a aquel pueblo. Era complicado que el director del instituto le hubiera pedido que trabajara con el club de alumnos que había organizado un grupo de apoyo para la fundación de Thomas.

Se recordó a sí mismo que solo tenía un año de contrato. No era eterno. Por el momento, tenía que aprovechar aquella oportunidad de conocer a su padre en su terreno.

–Sí, supongo que tengo que ponerme rápidamente al día para trabajar con los chicos del instituto –dijo, por fin–. Seguramente, saben mucho más que yo en este momento.

Thomas lo miró con una expresión de satisfacción y, tal vez, con algo de alivio.

–Son unos jóvenes estupendos. Ha sido maravilloso verlos dedicarse a una causa tan importante para el pueblo y para toda la región. Supongo que eso significa, además, que tú y yo trabajaremos codo con codo, porque asisto a todas las reuniones y actividades que puedo.

Aidan tuvo que contener un suspiro. Oírle decir eso a Thomas le puso aún más nervioso. Se había imaginado que se cruzaría con su padre solo en contadas ocasiones, porque estaría demasiado ocupado como para pasar demasiado tiempo con el club del instituto. Tenía la extraña idea de que iba a poder entender qué clase de hombre era con un contacto limitado, lo justo para completar los huecos sin forjar una verdadera relación.

Sin embargo, tal vez implicarse en la causa de su padre fuera positivo. Ya estaba convencido de que era una buena causa y, si alguna vez cambiaba de opinión y quería tener una relación con su padre, aquella era una estupenda forma de empezar.

—Seguramente necesitaré esos libros que me ha recomendado y, tal vez, un cursillo para saber qué es lo que debemos hacer para ser efectivos y útiles –le dijo a Thomas.

—Cuando quieras –respondió Thomas, alegremente–. Como has podido comprobar, nunca me canso de hablar de este tema.

—Muy bien. Entonces, lo llamaré –dijo Aidan. Después, saludó a su hermanastro, un concepto que no podía ni siquiera empezar a asimilar en aquel momento–. Espero que pesques algo.

Sean sonrió.

—Siempre pesco. Mi madre cuenta con que yo lleve la comida.

—Podrías venir a comer –le sugirió Thomas–. Y así te doy un par de libros.

—Gracias. En otro momento. Tengo planes para esta noche.

En realidad, no sabía qué planes tenía, pero cualquier cosa era mejor que fingir que aquel hombre no había tenido la capacidad de hacer que su vida hubiera sido muy distinta a la que había tenido.

Aunque no había sido una mala vida. Su madre era una mujer increíble. Había trabajado mucho, y siempre habían estado bien. Sin embargo, después de pasar unas pocas semanas en aquel pueblo, se había dado cuenta de que si hubiera vivido su infancia como un O'Brien, habría sido muy diferente.


Liz estaba en la puerta de su tienda cuando vio a Aidan caminando en aquella dirección. Se le aceleró un poco el pulso. Parecía que su corazón no recibía el mensaje de que solo era un amigo.

A medida que Aidan se acercaba, ella se dio cuenta de que tenía una expresión sombría.

—¿Va todo bien? —le preguntó.

Él alzó la vista y se sorprendió al verla.

—Eh, no me había fijado en que estabas ahí.

—He abierto la puerta de la tienda para que entre el aire fresco. ¿Dónde has estado?

—Después de que saliéramos de casa de Cordelia, fui a remar en el bote de Connor.

—¿Has pescado algo?

Él se rio.

—Ni siquiera lo he intentado. Con evitar que la barca se moviera en círculos ya tenía bastante.

—¿Y por eso traes esa cara tan seria? ¿Por haber hecho algo en lo que no eres un maestro?

—Créeme, hay muchas cosas en las que no soy ningún maestro. Y no sé a qué cara te refieres, porque ir a remar un poco ha sido muy agradable. Ha sido una experiencia nueva, y yo siempre estoy abierto a las nuevas experiencias —dijo, y la miró con elocuencia—. Así pues, ¿te apetecería que cenemos juntos esta noche? Así podríamos elaborar una estrategia anti emparejamiento. Y he oído hablar maravillas de Brady's.

—Es excelente, sí —dijo ella.

—¿Eso es un sí?

A Liz no se le ocurría ningún motivo para decir que no, aparte del pánico que le producía la idea de pasar una velada con él, en un ambiente tan romántico como el de Brady's. Como intentaba no negarse a hacer cosas solo porque le dieran miedo, asintió.

—Claro, me encantaría ir. Pero antes tendría que pasar por casa y cambiarme.

—Cierras a las seis, ¿no? ¿Te parece bien que te recoja a las siete? Yo hago la reserva.

—Buena idea. Estamos en temporada alta, así que puede que esté lleno.

Él la miró con intensidad. Ella no supo interpretar aquella mirada, pero, de todos modos, se le encogieron los dedos de los pies.

—Gracias, Liz. Nos vemos a las siete.

Y, tal y como había hecho algunas veces más, se marchó sin que ella pudiera entender qué era lo que ocurría. Aquel hombre era un misterio y, tal y como podría atestiguar cualquiera de los miembros de su club de lectura, no había nada que a ella le gustara tanto como el misterio. Pero, en aquella ocasión, tenía el presentimiento de que ni siquiera con sus dotes detectivescas iba a adivinar el final.

Mick estaba sentado en el porche fumando su pipa, algo que tenía prohibido hacer en casa. Desde allí, vio a su hermano y a su sobrino acercarse caminando desde el embarcadero.

—¿Habéis pescado algo? —le preguntó a Sean.

—Dos rockfish muy grandes —dijo el niño, orgullosamente—. Y he recogido el sedal yo mismo —añadió. Miró a su padre, y se corrigió—: Bueno, casi todo el sedal. ¿Quieres verlos?

—Pues claro —dijo Mick, mientras el niño tiraba del cubo lleno de agua de mar hacia él. El agua salpicó el suelo del porche, y Sean abrió mucho los ojos con consternación.

—Lo siento —dijo—. Yo lo limpio.

—No te preocupes, no pasa nada. Entra a la cocina y pídele a la tía Megan que te dé un poco de agua limpia para aclararlo.

—Sí —dijo Sean, y entró en casa.

—Connie está educando muy bien a este niño —dijo Mick.

Tomas frunció el ceño, tal y como había previsto Mick.

—Perdona, pero yo también tengo buenos modales —protestó Thomas—. Nuestra madre se ocupó de ello.

Mick se echó a reír.

—Pues sí, eso es verdad.

Thomas se sentó en una de las mecedoras, junto a Mick, y respiró profundamente.

—El tabaco de pipa me recuerda a papá.

Mick asintió.

—Sí, a mí también. Es el único motivo por el que fumo en pipa. Los recuerdos que me trae.

Estuvieron allí sentados un rato, en un agradable silencio. Era sorprendente, porque su relación era difícil algunas veces.

—Me ha parecido ver antes a Aidan subiendo del embarcadero —comentó Mick, después de unos minutos.

Thomas suspiró.

—Sí, era él. Había salido a remar un poco con el bote de Connor.

—Vaya, ¿y por qué pones esa cara? ¿Ha tirado algo de basura a la bahía? ¿Ha derramado aceite el motor?

Thomas frunció el ceño una vez más.

—No, ninguna de las dos cosas. Es que me resulta difícil de descifrar. Lo vi aquí, durante la comida, y lo he visto otra vez más desde entonces. Parece que se lleva bien con todo el mundo, pero cuando yo he hablado con él, es muy estirado.

—Eso son imaginaciones tuyas —dijo Mick.

—Sí, al principio yo también lo pensé, pero me ha pasado más veces. Se supone que tiene que sustituir al entrenador Gentry en el club para la conservación de la bahía, pero, cuando hablé con él sobre ello en el instituto, y aquí, hace un rato, me pareció que no le entusiasmaba la idea. Incluso se lo comenté a Kevin. Él me dijo que habló con Aidan y que Aidan le dijo que sí se sentía comprometido con el trabajo. Hoy también me ha dicho lo que tenía que decir, pero sus palabras no tenían ninguna pasión. No sé si me entiendes.

Mick lo miró con cara de diversión.

—Thomas, no hay nadie en este mundo tan comprometido con la causa como mi hijo y tú.

Thomas se rio. Estaba más relajado.

—Bueno, en eso tienes razón.

—Deja de preocuparte. Dale tiempo a que se adapte. Si, finalmente, Aidan no está todo lo implicado que tú deseas, puedes pedir un nuevo director. O puedes hablar con él, averiguar cuáles son sus reservas. Tal vez solo sea que está completamente concentrado en formar el equipo. Después de todo, para eso se le contrató.

—Sí, es lo que le dijo a Kevin. Lo único que pasa es que tengo la sensación de que hay algo que me estoy perdiendo.

—¿Qué?

—No lo sé exactamente —dijo Thomas—. Me recuerda a alguien, pero no sé a quién.

—Ahora sí que te estás imaginando cosas raras —dijo Mick—. Ese chico nunca había estado en Chesapeake Shores. He visto su currículum. Se crio en Nueva York, estudió allí y jugó al fútbol allí. De hecho, seguramente por ese motivo te resulta familiar, porque lo has visto en la televisión en algún partido al levantar la vista de alguno de tus libros.

Thomas ignoró la pulla y asintió.

—Sí, seguramente es eso.

Sean volvió en aquel momento con un cubo y una fregona. Mick echó el agua jabonosa por el porche para quitar el salitre y, después, tomó la fregona.

—Yo me encargo de esto. Tú llévale los peces a tu madre para que los prepare para comer.

Sean hizo un mohín.

—Papá y yo tenemos que limpiarlos antes.

Thomas no parecía más entusiasmado que su hijo con aquella tarea.

—Pues sí, tenemos que limpiarlos.

Mick le dio una palmada en el hombro a su hermano y sonrió a Sean.

—Pues adelante, hijo. Limpiar el pescado te ayudará a convertirte en un hombre.

Thomas le lanzó una mirada malhumorada.

—¿Cuándo limpiaste tú un pez por última vez?

—He limpiado muchos durante mi vida —dijo Mick, y se encogió de hombros—. Jeff y tú siempre fuisteis muy remilgados.

—¿Remilgados? —preguntó Thomas, con indignación, mientras su hijo se echaba a reír.

—Sí, remilgados —repitió Mick, y miró a su sobrino—. Y que no te diga lo contrario.

—Vamos, Sean —dijo Thomas—. Salgamos de aquí antes de que tu tío estropee por completo la imagen idealizada que tienes de mí.

Sean pestañeó.

—¿Eh?

—Te lo explico de camino a casa —dijo Thomas, mirando a Mick con la frente arrugada.

Cuando se alejaron por la pradera, Mick se echó a reír. No había nada que le gustara tanto como irritar a su hermano de vez en cuando. Era mucho mejor que cualquiera de las aficiones que le recomendaba su mujer.

# Capítulo 10

Aunque aquella cena con Aidan no era una cita, parecía que sí lo era, pensó Liz, mientras sacaba prendas de ropa del armario y las descartaba. Brady's no era un restaurante muy elegante, pero sí requería ir vestida con algo un poco más arreglado que lo que había en su armario: todo eran pantalones de pinzas y blusas adecuadas para ir a dar clase, y que también se ponía para estar en la tienda porque eran muy cómodos.

En realidad, no solo quería ponerse algo para ir más arreglada, sino algo que fuera más femenino. Y aquel deseo la asustaba, porque parecía que demostraba que sí iba a una cita, después de todo. De lo contrario, no le importaría tanto su aspecto.

–Oh, vamos, elige algo de una vez –refunfuñó.

Su mano acarició un vestido veraniego que conjuntaba muy bien con un jersey ligero. Era perfecto para una noche que prometía ser algo fresca. Y ¿qué importaba que el vestido tuviera un escote un poco revelador? Era de color azul fuerte y tenía un estampado de margaritas, y resultaba alegre y femenino, perfecto para una ocasión como aquella. De hecho, se lo había comprado por un impulso en las rebajas del verano anterior por si acaso alguna vez volvía a tener alguna velada especial en sus planes. Todavía tenía la etiqueta puesta, lo cual hablaba de hasta qué punto había permitido que su vida social se convirtiera en algo muy aburrido.

Por fin quedó satisfecha. Se vistió en pocos minutos y se puso unas gotas de perfume.

Cuando Aidan llamó a la puerta, Archie se volvió loco, como de costumbre, y echó a correr entre su habitación y la puerta, y vuelta a la habitación, como si quisiera meterle prisa.

—Por favor, cálmate —le dijo ella, riéndose—. Si no, me voy a tropezar contigo y voy a acabar en el suelo.

Todavía se estaba riendo cuando abrió la puerta. Aidan abrió unos ojos como platos al verla, y no apartó la vista de ella mientras le acariciaba la cabeza a Archie.

—Estás increíble —le dijo.

Liz sonrió. Aquella era la reacción que ella deseaba, aunque no quisiera admitirlo.

—Gracias.

—¿Nos vamos? ¿Estás lista?

«En realidad, no», pensó ella. Se asustó al notar cómo se le aceleraba el pulso de la emoción.

—Sí, estoy lista —dijo, no obstante.

Aunque Brady's estaba muy cerca y habrían podido ir caminando, Aidan se empeñó en que fueran en su coche.

—Llevas de pie todo el día —dijo él, mientras observaba las sandalias de tacón que Liz había decidido ponerse en el último momento—. Y ese calzado no es para dar un paseo, precisamente.

—No, la verdad es que no —reconoció ella. Eran bonitas y muy femeninas, pero no prácticas.

Cuando llegaron al restaurante, el vestíbulo estaba lleno de gente que esperaba a que quedara una mesa libre, tal y como ella había pensado. Aidan se deslizó entre los grupos para informar al *maître* de su reserva y, después, volvió junto a ella.

—Me han dicho que nos sentarán dentro de diez minutos. ¿Quieres esperar aquí, o en el bar?

—Aquí está bien –respondió ella.

—Bueno, y ¿qué tal ha ido hoy la tienda? ¿Has notado bajada de ventas desde el puente?

—Tal vez un poco, pero ha habido mucha gente de todos modos. Ha venido más gente del pueblo, creo. Me estoy dando cuenta de que evitan encontrarse con las avalanchas de turistas. Algunos me dijeron que prefieren los fines de semana tranquilos. Y yo lo entiendo. Entonces es cuando Chesapeake Shores está en sus mejores momentos.

Él sonrió.

—Te encanta vivir aquí, ¿eh?

Liz asintió.

—Cada vez me gusta más. ¿Y a ti? ¿Te arrepientes de no haberte comprometido a quedarte más tiempo?

Aidan hizo un gesto negativo.

—No. Creo que un año era el plazo perfecto. Pero, de todos modos, sí estoy empezando a sentirme como en casa. Puede que haya encontrado mi zona de confort ahora que ya estoy trabajando con el equipo.

Liz estaba a punto de preguntarle qué tal iba eso cuando Porter y Pamela Hobbs salieron del comedor y se dirigieron hacia ellos. Aidan se puso tenso al verlos.

—Mitchell –dijo Porter, con tirantez.

—Señor Hobbs –respondió Aidan–. Señora Hobbs. ¿Qué tal su cena?

—Demasiado hecha –dijo Pamela, con acritud–. No les recomiendo el lomo. Tuve que devolverlo dos veces a la cocina.

Liz tuvo que disimular la sonrisa. No era de extrañar

que la carne estuviera demasiado hecha si el camarero había tenido que llevarla dos veces a la cocina. Lo raro era que no le hubiera tirado la chuleta a la cara. Aquel restaurante era famoso porque sus camareros siempre cumplían los deseos de sus clientes, por muy exigentes o absurdos que fueran.

—Lo tendré en cuenta —le dijo Liz.

Porter miró a Aidan con mala cara.

—El otro día estuve hablando con Mick O'Brien.

—¿De veras? —le preguntó Aidan.

—Ya me di cuenta de que había ido a hacer acusaciones sobre mí —dijo Porter, con desdén.

—Pues no, no lo hice —dijo Aidan—. Fue Mick quien pasó a ver el entrenamiento. Vio a los chicos en acción y me preguntó qué formación va a tener el equipo. Y yo se lo dije.

—Sé lo que le dijo —respondió Porter con irritación—. Que va a poner a ese Santos en el lugar de mi hijo. Ya le advertí sobre eso.

Liz se dio cuenta de que Aidan no iba a ceder. No parecía que la actitud agresiva de Porter le amedrentara mucho.

—Y yo le dije a Mick lo mismo que le dije a usted, que me han contratado para hacer lo mejor para el equipo. Taylor y yo hemos hablado sobre el cambio de posición. En un puesto diferente, él puede hacer una verdadera contribución al equipo, y está deseando intentarlo. Debería usted venir a verlo. Héctor y él tienen una gran conexión en el campo, seguramente porque Taylor ya ha jugado antes de *quarterback*. Entiende las rutas, y sabe prever por dónde va a lanzar Héctor los pases. No solo tiene el instinto necesario para recibir los pases a la perfección, sino las manos perfectas, también.

No pareció que aquella explicación satisficiera a Porter.

—El chico tiene que ser *quarterback*.

—Entonces —dijo Aidan, en un tono razonable—, ¿usted prefiere que sea un *quarterback* mediocre que no va a llamar la atención de un solo ojeador, o un *receiver* de los buenos que puede ser seleccionado por los mejores programas de fútbol americano del país?

Por fin, Porter pareció interesado, incluso impresionado por lo que le decía Aidan.

—¿Piensa que puede suceder eso? —inquirió Porter, con un brillo en los ojos.

—Porter, cariño, no dejes que te engatuse para que cambies de opinión —intervino Pamela—. Sabemos lo que es mejor para nuestro hijo. Todo el mundo sabe que es el *quarterback* el que gana dinero y se hace famoso.

—Le he hecho una pregunta —dijo Porter, lanzándole a su mujer una mirada que la silenció.

—Venga a verlos jugar —dijo Aidan—. Así podrá averiguarlo por sí mismo.

—Iré el lunes por la tarde —dijo Porter—. Y mejor será que me impresione lo que voy a ver.

—Creo que así será —respondió Aidan.

—Yo voy contigo —dijo Pamela, que no estaba tan convencida como su marido—. Quiero comprobar por mí misma si es para tanto lo de Santos. Será mejor que no se trate de un intento liberal y estúpido de favorecer a ese chico porque es hispano y hay que darle una oportunidad que no se ha ganado.

Liz se dio cuenta de que Aidan se ponía aún más tenso, y de que su diplomacia había alcanzado el límite. Ella se había mantenido callada hasta el momento, pero no podía dejar que aquel malintencionado comentario de Pamela quedara sin respuesta.

—Yo conozco un poco a Héctor —le dijo a la pareja—. Es un joven muy agradable. Es humilde y listo, y está deseando ayudar al equipo. Igual que Taylor. Deberían estar orgullosos de eso.

Pamela frunció el ceño.

—Por supuesto que estamos orgullosos de Taylor. Queremos lo mejor para él.

—Todos los padres quieren lo mejor para sus hijos –dijo Aidan–. Mi trabajo es ir más allá de eso y saber qué es lo mejor para el equipo. Al final, eso es lo que permitirá que todos los chicos brillen.

—En esto estoy de acuerdo –convino Porter, aunque de mala gana–. Allí estaremos el lunes por la tarde –repitió Porter, casi como si fuera una advertencia–. Vamos, Pamela.

En aquel momento, se acercó el *maître* para acompañar a Liz y a Aidan a su mesa. Cuando se hubieron sentado, ella lo miró a los ojos.

—Vaya, qué gracia –comentó, y tomó un sorbo de agua. Se le había quedado la garganta seca por culpa de la tensión–. ¿Así llevas estas dos semanas? ¿Soportando presión por parte de todo el mundo?

—Para ser sincero, el único problemático ha sido Porter. Espero que cuando vea a los dos chicos jugando se conforme.

Liz se quedó mirándolo fijamente.

—¿Te arrepientes de haberte metido a entrenador? El hecho de tener que vérmelas con Porter sería suficiente para que yo me retirara.

Aidan se echó a reír.

—Tú no conociste a mi madre. Me da la impresión de que la que me ha caído con Porter es una especie de venganza del karma. Ella estuvo a punto de volver loco a mi entrenador del instituto. Veía los partidos de los Giants y los Jets todos los domingos. De hecho, estudiaba las jugadas. Pensaba que sabía todo lo que había que saber sobre este deporte y sobre mis posibilidades. Me sorprende que no se empeñara en sentarse en el banquillo y nombrarse a sí misma ayudante del entrenador. Cada vez que tenga que enfrentarme a Porter, me acordaré de eso.

Aidan sonrió, y añadió:

—Por suerte, cuando me fui a la universidad, conseguí convencerla de que se contuviera.

Liz se quedó asombrada.

—¿Lo dices en serio? ¿Tanto duró aquello? Debías de sentirte humillado.

—No, la verdad es que no. Algunas veces me sentía avergonzado, sobre todo cuando mis compañeros me tomaban el pelo, pero entendía lo que estaba haciendo mi madre. Ningún niño tuvo nunca mejor defensora que Anna Mitchell. Supongo que quería llenar el vacío del lugar de mi padre. Además, algunos padres de otros chicos tenían un comportamiento mucho más humillante.

—¿Fue difícil no tener a tu padre en tu vida?

La expresión de Aidan se volvió extraña, pero ella no supo descifrarla. Tenía tristeza, sí, pero había algo más... tal vez, amargura. Como, normalmente, él se mostraba tan contento sobre cómo había sido su educación, a Liz le sorprendió.

—De niño tenía muchas preguntas sobre por qué mi padre no estaba con nosotros —dijo él, por fin—. Pero lo que hacía mi madre casi siempre era recordarme que éramos muy afortunados por tenernos el uno al otro.

—¿Nunca te dijo nada de tu padre? ¿Ni siquiera cuando hacías preguntas?

—Tenía una respuesta estándar. Siempre me decía que mi padre era un hombre increíble, pero que no estaba listo para ser padre. Yo sacaba mis conclusiones de su forma de hablar de él. No parecía que ella lo odiara por eso, así que, ¿cómo iba a odiarlo yo? Además, veía que se ponía muy triste al pensar que no era suficiente para mí.

—Así que ya de niño eras tan intuitivo y bondadoso —dijo Liz.

—Quería mucho a mi madre. No quería que fuera infeliz. No me malinterpretes; yo no era ningún santo. De vez en cuando despotricaba y la acusaba de tratar de mantenerme apartado de mi padre. Incluso la amenacé con intentar encontrarlo por mi cuenta. Pero, la mayor parte del tiempo, me guardaba las preguntas y el resentimiento.

—Eso es muy noble por tu parte. ¿Nunca quisiste conseguir un historial genético, o un nombre?

—Claro. A medida que me iba haciendo mayor, pensé en investigar y conseguir respuestas, pero me daba cuenta de que eso sería muy irrespetuoso hacia ella. Además, ¿qué importaba? ¿Para qué quería conocer a alguien a quien no le importábamos lo suficiente como para querer formar parte de nuestra vida?

Liz no podía creer completamente que él hubiera aceptado la situación con tanta madurez. Por mucho que quisiera a su madre, la curiosidad de un adolescente sobre quién era su padre no se satisfacía con la lógica.

Aidan la estaba observando atentamente con una sonrisa.

—Piensas que le he restado importancia a lo mucho que me importó todo esto, ¿verdad?

—¿Y no es así?

—Bueno, he estado resentido y amargado algunas veces, no puedo negarlo, pero a mi madre no se lo demostraba. Y, de adulto, cuando estaba a punto de exigirle respuestas, ella enfermó de cáncer. Entonces, ser su apoyo fue mi único objetivo. Y, después, ya fue demasiado tarde —dijo él, con tristeza—. No me dijo nada en su lecho de muerte, si es que te lo estás preguntando.

—Entonces, ¿no sabes nada de tu padre?

En vez de responder, él la miró con desconcierto.

—¿Por qué te preocupa tanto esto? Es una historia antigua. La historia de mi vida.

Liz se quedó un poco asombrada por su tono desabrido.

—Bueno, es que estaba intentando ponerme en tu piel para saber lo que se siente al no tener respuesta para todas estas preguntas.

Él la miró a la cara.

—Yo sé quién soy, Liz. Sé qué clase de hombre soy, y fue Anna Mitchell la que me convirtió en ese hombre, no un tipo que donó su esperma.

Aquella respuesta tan acalorada hizo que Liz se quedara azorada. ¿En qué estaba pensando para entrometerse en un tema tan privado y sugerir que él no había hecho bien las cosas?

—Lo siento —dijo, con sinceridad—. No quería molestarte. Yo crecí con toda la familia. Tenía amigos cuyos padres se divorciaron, pero, por lo menos, sus dos progenitores siguieron en escena, más o menos. Me resulta difícil imaginar cómo es crecer sin uno de los dos padres. Supongo que estaba proyectando sobre ti lo que he pensado que hubiera sido mi reacción.

Aidan miró hacia la bahía y tomó un sorbo de agua. Después, volvió a mirarla.

—Yo creí lo que me dijo mi madre: que era un buen hombre. Y, durante casi toda mi vida, fue suficiente para mí. Tuvo que serlo.

Liz no se lo creyó, porque se le ensombrecía la mirada al hablar de todo aquello, pero estaba claro que era una historia que no quería compartir con ella. Además, ¿acaso no estaba harta de los hombres que guardaban secretos? Aquello era otro recordatorio de que lo más inteligente que podía hacer con Aidan era mantenerlo a distancia.

Cuando les llevaron la cena, la conversación se volvió más informal y, por fin, Aidan se relajó. Mientras hablaban de su padre, se había puesto nervioso y se había sentido incómodo. Por supuesto que siempre había tenido millones de preguntas, y todavía las tenía, pero por fin estaba en situación de conseguir algunas respuestas. Sin embargo, aún no podía compartir aquella información con nadie, ni siquiera con aquella mujer que estaba realmente preocupada por él.

Miró a Liz. Ella tenía las mejillas sonrosadas, seguramente, porque se había tomado una copa de vino. Se le habían soltado algunos mechones de pelo rubio de la coleta, y tenía un aspecto relajado y más accesible del que posiblemente hubiera querido.

–¿Te apetece tomar postre o café? –le preguntó él. No quería que terminara la velada, a pesar de los primeros momentos de incomodidad.

Ella leyó la carta, pero la dejó sobre la mesa con un suspiro de consternación.

–No, yo no.

Él sonrió.

–¿No te apetece compartir un *coulant* de chocolate conmigo?

A ella se le iluminó la mirada.

–¿Me prometes que te vas a comer la mayor parte? –le pidió Liz.

–Te lo prometo –respondió él, con solemnidad, y llamó al camarero. Después de pedirle el pastelillo y dos cafés descafeinados, se apoyó en el respaldo de la silla y la observó.

Aquella noche, Liz era un cúmulo de contradicciones. El escote del vestido le enviaba un mensaje que contradecía todo lo que había dicho sobre lo que buscaba en su vida. O, más bien, lo que no quería. Y, aunque lo mantenía a distancia, su actitud y sus preguntas lo invitaban a iniciar una relación más personal. Aidan no sabía cómo interpretar todo aquello. No veía con claridad que estuvieran avanzando en la dirección que esperaban los O'Brien.

Sin embargo y, por mucho que ambos intentaran ignorarlo, saltaban chispas entre ellos.

Cuando el camarero les sirvió el pastelillo caliente, con el interior de chocolate oscuro, acompañado por un helado que se derretía, él observó a Liz, que hundió la cucharilla en la crema y se la llevó a la boca. Cerró los ojos y emitió un gemido de placer.

El deseo se apoderó de Aidan. Pedir aquel postre con aquella mujer había sido un error. Le estaba haciendo pensar cosas que no tenían nada que ver con la comida, y eso era algo que no le había sucedido nunca. Normalmente, se conformaba con ver cómo su acompañante disfrutaba de un lujo que no se concedía a menudo.

Liz había tomado varios bocados cuando se dio cuenta de que él no había comido nada.

—Eh, me has prometido que te lo ibas a comer casi todo.

—Es más divertido verte a ti saborearlo —respondió él, con sinceridad. Sin embargo, tomó su cucharilla y lo probó. El chocolate tenía un sabor intenso, y Aidan comprobó por qué Liz se había quedado extasiada.

—No está mal.

Ella se echó a reír.

—Te reto a que no tomes otro poco. Es adictivo, reconócelo.

Aidan dejó la cuchara en la mesa, pero Liz le pasó la suya por debajo de la nariz. Solo el aroma consiguió que se le hiciera la boca agua. Le quitó la cucharilla de la mano.

—De acuerdo, tú ganas. Es adictivo.

Ella se recostó en el respaldo de la silla, mirándolo con satisfacción.

—¿Cómo voy a gastar todas estas calorías? —se preguntó.

—Tú no necesitas preocuparte por eso —dijo él, pero ¿qué te parece si caminamos por la pasarela de la parte trasera? Parece que es lo suficientemente larga como para que hagamos un poco de ejercicio.

—Me parece perfecto —dijo ella.

—Pues voy a llamar al camarero.

Aidan pagó la cuenta y le tendió la mano. Liz vaciló un instante, pero le dio la suya y lo siguió al exterior. Se detuvo para quitarse las sandalias y empezaron a andar.

—Es precioso —susurró ella, y se detuvo delante de la barandilla.

Había luna llena, y su luz dejaba un rastro de plata que recorría la bahía. Aidan, sin embargo, no podía dejar de mirar a Liz. Estaba radiante bajo la luz de la luna, y sus labios de color rosa claro eran una tentación mayor que los postres que había en la carta del restaurante, lo cual era decir mucho.

Sin poder resistirse, le acarició la mejilla, se inclinó hacia delante y la besó. Al principio estaba inseguro de su reacción, así que el beso fue un roce tímido y suave. Sin embargo, rápidamente cambió y se convirtió en algo exigente y cálido, tan delicioso como el pastelillo de chocolate. Parecía que el aire estaba cargado de electricidad. Ni siquiera después de haber corrido ocho kilómetros aquella mañana le había latido el corazón con tanta fuerza.

Se apartó de ella con reticencia, y la miró a los ojos.

—¿Estás bien? —le preguntó.

—Un poco asombrada —admitió Liz—. No se suponía que iba a ser así.

Él sonrió.

—Ah, señorita Liz, ¿así que ha estado usted imaginándose cómo iba a ser nuestro primer beso? ¿Y cómo se suponía que iba a ser?

—No, claro que no —respondió ella, aturullándose—. Me refiero a que se suponía que esto no tenía que pasar —añadió, y frunció el ceño—. No podemos volver a hacerlo, Aidan.

—Pues a mí me parece que sí —dijo él; estaba convencido de que acababan de derribar todas las defensas que habían erigido el uno contra el otro.

Ella retrocedió un paso, negando con la cabeza.

—No. Lo digo en serio, Aidan. Esto no puede pasar.

De repente, él se dio cuenta de que ella hablaba en serio.

—¿Por qué no? Estás soltera, ¿no? De hecho, tengo entendido que eres viuda.

—Eso no significa que sea un blanco fácil —respondió ella, con un enfado inesperado.

Aidan se quedó perplejo con su reacción.

—No, claro que no —dijo, y la miró con preocupación. Temía haber cruzado una línea cuya existencia no conocía—. Liz, ¿qué sucede? Si de verdad solo quieres que seamos amigos, dilo.

—¿Es que no lo he dicho más de una vez? —preguntó ella, con verdadera frustración.

—Me gustaría saber por qué, si quieres explicármelo.

—¿Y no puedes aceptar que es así?

—Pues... por supuesto que sí —le dijo él—. Pero ese beso me ha dado a entender otra cosa. Creo que sería una pena no darnos unos cuantos más como este, y averiguar adónde nos llevan.

—No estoy de acuerdo.

—¿Es porque he firmado un contrato de solo un año? ¿Piensas que no soy capaz de comprometerme?

—Tal vez, un poco —dijo ella—. Pero es algo más que eso.

—Por favor, explícamelo. A lo mejor puedo solucionar tus dudas —dijo él. De repente, se le pasó algo por la cabeza—. ¿Es por la prensa del corazón? Aunque me convirtieran en un *playboy* al principio de mi carrera de deportista profesional, eso estaba tan lejos de la realidad que es hilarante.

—Yo no sigo las noticias del corazón. Pero es lo mejor, Aidan. Vamos a dejarlo así.

Él contuvo un suspiro. Notaba que ella tenía un temor real, pero no sabía descifrarlo. Sin embargo, si aquella era su decisión, tenía que respetarla.

—Bueno, pues, entonces... —dijo, en voz baja—. Si no quieres que sigamos con esto...

—No, no quiero que sigamos —dijo Liz, con la voz temblorosa. No lo miraba a la cara, y eso sugería que tal vez estuviera mintiéndole. Y, tal vez, que estuviera mintiéndose a ella misma, también.

Aidan se atrevió a acariciarle de nuevo la mejilla.

—Liz, cariño, no te quedes tan triste. Nada de penas, ¿de acuerdo? Vamos a seguir siendo amigos.

Ella siguió mirando a todas partes, salvo a él, con los ojos empañados. Aidan se dio cuenta de que estaba a punto de llorar.

—Gracias por tu comprensión —dijo.

—De nada —respondió él.

Pero la verdad era que no comprendía nada. Y tenía el presentimiento de que no iba a olvidarse de aquel beso con tanta facilidad como había afirmado.

# Capítulo 11

Al día siguiente, Liz no fue a Sally's, pese a que el desayuno de los domingos por la mañana era su favorito. Sally hacía gofres con sirope de arce de verdad, y los servía con beicon crujiente. Además, solía haber gente conocida, no tanta como en un día entre semana, pero sí suficiente como para tener compañía.

Lo que más necesitaba era el consuelo de aquellos gofres y de sus amigas. Sin embargo, no quería encontrarse con Aidan después del increíble beso de la noche anterior.

Liz siguió evitando la cafetería durante toda la semana y el fin de semana siguiente, aunque Shanna, Bree y Heather la llamaban con insistencia. Sus amigas se daban cuenta de que había algo detrás de aquel cambio en sus hábitos, y no se creían las excusas que daba para justificar su ausencia. No obstante, Liz estaba empeñada en no dar explicaciones. Satisfacer la curiosidad de los demás no estaba entre sus prioridades. Su prioridad era recuperar el equilibrio.

En su nueva vida, todo le iba bien, y la atracción que sentía por Aidan la distraía de su objetivo de convertirse en una mujer independiente. Y, por muy fantástico que hubiera sido el beso, dos personas que querían guardar sus secretos no podían tener un futuro en común, porque la sinceridad y la confianza debían ser la base de cualquier relación.

Así que, en vez de seguir con las costumbres que había empezado a amar tanto, se tomaba un cuenco de cereales en la cocina, sacaba a los perros a dar un paseo, con la esperanza de que el ejercicio le borrara de la mente el recuerdo de aquel momento romántico con Aidan en la pasarela de Brady's, bajo la luz de la luna. Por desgracia, parecía que iba a hacer falta algo más que un paseo diario para conseguirlo. Aquel beso había sido tan mágico como pensaba Aidan, sin duda.

En el segundo domingo de su exilio, estaba a punto de llegar a casa cuando Archie empezó a tirar de la correa, se escapó y salió corriendo hacia la puerta. Ella entendió el motivo al ver a Aidan sentado en el porche delantero. A ella se le aceleró el corazón de la alegría, tanta como estaba demostrando Archie. Por un instante, cerró los ojos y rezó para saber qué hacer.

—Buenos días —le dijo Aidan, en voz baja. Después, le ofreció un vaso de café de Sally—. No has ido a desayunar, y no es la primera vez que faltas. Como tus ausencias han empezado desde el día siguiente a que nos besáramos, me da la sensación de que me estás evitando.

—¿Y por qué iba a hacer yo eso? —preguntó ella, como si nunca se le hubiera pasado tal cosa por la cabeza—. Es que he cambiado mis hábitos. Ahora me gusta llevar a los perros a dar un paseo. Necesitan hacer ejercicio, después de pasarse en casa todo el día.

Y, con intención de distraerlo de su misión, fuera cual fuera, le preguntó:

—Eh, ¿no acababa el curso esta semana?

—Sí, el martes es el último día.

—Entonces, tendrás a Archie el miércoles —dijo ella,

sin dejar sitio para ninguna objeción–. Tendré sus cosas preparadas a las ocho, para que puedas recogerlo.

Aidan la miró a los ojos.

–No he venido para hablar de Archie.

Ella sintió pánico. Tenía la esperanza de que él hubiera entendido, por fin, que ella no estaba interesada. O, para ser más exactos, que no iba a hacer nada con respecto al interés que pudiera sentir.

Ojalá no se hubieran besado, pensó, al tiempo que recordaba todos los exquisitos detalles: la suavidad de los labios de Aidan, la mezcla de sus respiraciones, el calor que sintió en la sangre. Menos mal que no era como la mayoría de los hombres, pensó con ironía, porque ellos pensaban con las hormonas, y un beso como aquel les habría privado del sentido común. Por suerte, ella era menos susceptible. Bueno, no al beso, sino al impulso de seguir con más.

Tomó el café de manos de Aidan, pero lo miró con el ceño fruncido.

–Creía que no íbamos a seguir con esto, sea lo que sea. Creía que lo había dejado claro la otra noche. ¿Ya te has olvidado de la conversación y de tu promesa?

–Te he traído un café, Liz. Los amigos hacen estas cosas, sobre todo cuando piensan que han podido molestar o herir a otro amigo y que ese amigo puede estar evitándolos por ello.

Después de unos momentos, Liz suspiró. En realidad, él tenía razón. Era un hombre muy intuitivo y, en otras circunstancias, aquel era un rasgo que ella valoraba mucho.

–¿Quieres que me vaya? –le preguntó Aidan.

–No. No quiero que te vayas, después de que me has traído el café –dijo ella.

En realidad, se lo agradecía. Llevaba sin tomar cafeína varios días. El café de Shanna era muy flojo, y no podía compararse al de Sally's.

Liz se sentó junto a él con reticencia. Los tres perros se tendieron en el suelo, al sol, aunque Archie se colocó lo más cerca posible de Aidan. Liz lo entendía; pese a su decisión, quería arrojarse a sus brazos. Tenía la sensación de que su cuerpo le resultaría muy reconfortante, y estaba desesperada por sentirse reconfortada.

Siguieron allí, en silencio, durante un rato, tomando café. Parecía que Aidan no iba a presionarla para que le diera respuestas, y Liz se lo agradecía mucho.

—¿Quieres hablar de ello? —le preguntó él, por fin.

Liz se puso rígida al instante. Vaya, parecía que sí iba a seguir entrometiéndose.

—¿Hablar de qué?

—De lo que pasó. Fuera lo que fuera, te ha llevado a decidir que te vas a mantener a distancia de los hombres en general, o de mí, en particular.

—¿De verdad necesitas diseccionar el tema? Creía que la mayoría de los hombres detestaban este tipo de conversaciones.

—Yo no soy como la mayoría de los hombres y, pese a que tú quieras poner barreras entre nosotros, me importas.

Ella lo miró con curiosidad.

—¿Es que nadie te había rechazado hasta ahora?

Aquella pregunta divirtió a Aidan.

—Más veces de las que te imaginas. Yo puedo soportar el rechazo, Liz. No se trata de eso.

—Entonces, ¿de qué se trata?

—Te hice llorar.

—No lloré.

—Pero casi. Tenías los ojos llenos de lágrimas, aunque decías que no íbamos a pasar más tiempo juntos.

—Son imaginaciones tuyas —replicó ella, en tono de desesperación.

—No, no lo creo.

—¿Por qué no puedes creer lo que te digo y dejarlo ya?
—Porque ese beso fue increíble. Esa química no se encuentra todos los días. La sentí la primera vez que te vi, y me da pena no saber adónde podría llevarnos. Créeme, yo también tengo mis dudas al respecto; para empezar, me ha sucedido en un momento de lo más inoportuno. Tengo muchas cosas que demostrarle a este pueblo. Sin embargo, no puedo evitar pensar que merece la pena arriesgarse por ciertas cosas.

Ella lo miró con fijeza.

—No sabes lo que dices, Aidan. Hay muchos riesgos que no merece la pena correr.

Él frunció el ceño.

—¿Qué te ocurrió, Liz? Tú no eres una persona negativa. En realidad, eres la persona más optimista que he conocido.

Ella se dio cuenta de que él iba a insistir hasta que consiguiera una respuesta que le dejara satisfecho, por mucho daño que a ella le hiciera tener que revelar cosas que quería dejar enterradas.

—Que me rompieron el corazón, eso es lo que me pasó —le espetó, sin poder evitarlo—. Me lo destrozaron. Vine a este pueblo a curarme, no a arriesgarme a que me lo vuelvan a romper. No voy a permitir que suceda, Aidan. ¿Lo entiendes ahora? ¡No voy a permitirlo!

Y, con eso, se levantó y entró en casa seguida por los perros. Cerró la puerta de golpe, con la esperanza de que él captara el mensaje que estaba queriendo transmitirle desde el principio: que se mantuviera alejado.


Aidan se quedó allí sentado. Estaba demasiado perplejo como para moverse. Su primer impulso fue ir a buscarla e intentar llegar al fondo de la cuestión. Eso era lo que haría un amigo de verdad. Un amigo de verdad no dejaría a alguien sumido en aquel dolor.

Por desgracia, él era una de las causas de aquel dolor, porque había intentado obligarla a revelar algo que, claramente, había mantenido en secreto en Chesapeake Shores. Él sabía que, si ella le hubiera contado su secreto a alguna de sus amigas, ellas lo habrían avisado; tal vez no le hubieran dado los detalles, pero sí le habrían dicho que la tratara con delicadeza. Sin embargo, todo el pueblo pensaba lo mismo que él: que era una mujer fuerte y alegre que estaba feliz al cien por cien con su vida.

Decidió ir en busca de alguien mejor capacitado que él para ayudar a Liz en medio de aquella crisis. Shanna ya estaba en la librería. Aunque todavía estaba cerrada, él dio unos golpecitos en la puerta.

Ella se acercó, con el ceño fruncido, y abrió.

—¿Va todo bien?

—Pues... no —dijo él—. ¿Tienes un minuto antes de abrir?

—Me queda una hora. He venido temprano para recolocar algunos libros que los clientes dejaron por ahí ayer. ¿Te apetece un café?

—Gracias.

Ella le sirvió una taza y le señaló una butaca de la zona de estar para los clientes. Ella sacó una silla de respaldo recto de una mesita que había junto a la máquina de café y se sentó.

—¿No debería quedarme yo con esa silla? —le preguntó Aidan, con preocupación—. No parece muy cómoda.

Ella sonrió.

—Y no lo es, pero puedo levantarme de ella. Si me siento en la butaca, me quedaré ahí hasta que venga la grúa. Deberías tenerlo en cuenta cuando estés con una mujer embarazada. Las sillas rectas son nuestras amigas.

Él se echó a reír.

—Eso no está en mi futuro más inmediato.

—Ya te llegará —dijo ella, con seguridad—. Guarda el consejo para cuando lo necesites. Bueno, ¿y qué te trae por aquí?

—Es por Liz.

—Me lo imaginaba. Te preocupa que te esté evitando.

—Bueno, sé que me está evitando. Y ahora también sé, más o menos, por qué.

—¿Te has acercado demasiado? —le preguntó suavemente Shanna—. Todas nos hemos dado cuenta de que es un poco reticente a la idea de empezar una nueva relación.

—¿Y ha dicho por qué?

—No —dijo Shanna, y frunció el ceño—. ¿Te lo ha contado a ti?

—No, la historia entera no. Pero sí me ha contado lo suficiente como para saber que le ocurrió algo malo.

Shanna se quedó preocupada.

—¿Y cómo has conseguido que te cuente tanto? A nosotras siempre nos ha dicho que su pasado fue de color de rosa.

—No me sorprende. Eso es lo que quiere que piense todo el mundo —dijo él, con un suspiro—. Pero yo la presioné demasiado, y se desmoronó. Creo que no quería contarme nada, pero se le escapó. Después entró corriendo en su casa y cerró de un portazo.

—¿Y tú te marchaste? —preguntó Shanna, con incredulidad.

—Sé que parece una cobardía, pero de verdad pienso que yo no soy la persona que puede ayudarla en este momento. Pensé que Bree o tú podríais ir a verla. Tal vez necesite hablar.

Shanna se puso de pie.

—Voy para allá. Seguramente vendrá dentro de poco a abrir la tienda, pero es mejor que la pille en casa. Voy a llamar a Kevin para pedirle que venga y me sustituya hasta que pueda volver. Aunque no sé qué hacer con Pet Style. Va a ponerme como excusa que tiene que abrir para no hablar conmigo.

—¿Tienes una llave? —le preguntó Aidan.

Ella asintió.

—Sí, me dio una para las emergencias.

—Yo la ayudé el Día de los Caídos, y sé cómo funciona su sistema. Puedo sustituirla. Pero avísame cuando vengáis de camino para que me quite de en medio, por si no quiere verme.

Shanna lo miró con aprobación.

—Te doy las gracias. Eres un hombre muy considerado. No has salido corriendo cuando ella se ha derrumbado, y has tenido el sentido común de venir a buscarme.

Aidan se encogió de hombros.

—Me importa Liz, Shanna. Ella no quiere, pero me importa, aunque esto no vaya a llegar a nada más.

—Dame tu móvil —le dijo Shanna—. Te llamo en cuanto salgamos de su casa, o para avisarte si no quiere venir a la tienda y prefiere que su empleada la sustituya hoy.

Aidan le anotó su número.

—Gracias, Shanna.

—No me des las gracias. Soy su amiga, como la mayoría de las mujeres de por aquí. Queremos apoyarla —dijo ella, y le entregó las llaves de Pet Style—. Yo le voy a decir que tú también.

Él se quedó delante de la puerta de la tienda de Liz y vio marcharse a Shanna a toda prisa en el coche. Sabía que Liz iba a estar en buenas manos, y que el apoyo de su amiga iba a ser mucho mejor que el que le hubiera proporcionado él mismo.

Alguien llamó al timbre una y otra vez, y los perros se pusieron como locos. Liz se puso una almohada sobre la cabeza, pero no consiguió amortiguar el ruido.

–Oh, por el amor de Dios –murmuró, al final.

Se levantó de la cama y fue a la puerta. Al abrir de par en par, se encontró con Shanna y Bree en el umbral. Frunció el ceño.

–¿Para qué habéis venido?

–¿Y por qué no íbamos a venir, si hay una crisis? –preguntó Bree.

–¿Qué crisis? –repuso Liz, aunque ya sabía a qué se refería su amiga. Aidan había ido a buscar ayuda, lo cual era muy considerado por su parte, pero totalmente innecesario. Su crisis había terminado.

–Aidan me dijo que te había disgustado. Pensó que te vendría bien tener a una amiga a tu lado –le dijo Shanna–. Y, al ver tus ojos hinchados y enrojecidos, me parece que lo mínimo que te vendría bien es que te ayudáramos a maquillarte.

A Liz se le escapó una carcajada. Era la primera vez desde que había visto a Aidan en su porche que tenía ganas de reír.

–Gracias por dejarme bien claro que estoy hecha un desastre.

Shanna sonrió.

–Siempre dispuesta a ayudar.

–Bueno, habla con nosotras –le ordenó Bree–. ¿Qué ha hecho esa alimaña para disgustarte?

–Aidan no es una alimaña –dijo Liz, saliendo rápidamente en su defensa.

Bree la miró con petulancia.

—No me refería a Aidan, pero es muy revelador que te hayas dado tanta prisa en defenderlo.

—Esto tiene algo que ver con algo que te hizo salir corriendo de Carolina del Norte —le dijo Shanna, mirándola con preocupación—. No te marchaste de allí solo porque tu marido muriera en un accidente, ¿no?

Liz cerró los ojos. No quería hablar de aquello.

—No, no fue solo por eso.

—Cariño, ¿no quieres hablar de ello? —le preguntó Bree—. Tal vez te resulte más fácil superarlo si te lo sacas de dentro. Y ¿quién mejor para contárselo que dos amigas que se preocupan por ti?

—¿Qué os ha contado Aidan?

—Nada —dijo Shanna—. Solo que estabas disgustada y que necesitabas una amiga.

—Así que hemos venido las dos —dijo Bree, alegremente—. Si necesitas una amiga en este pueblo, tienes dos. Algunas veces, incluso más, pero hemos preferido no agobiarte trayendo a todos los que se preocupan por ti.

«Gracias a Dios», pensó Liz.

—¿De verdad Aidan no os ha dicho nada?

—No, de verdad —dijo Shanna—. Lo que tú le hayas dicho se lo ha guardado.

Por mucho que ella quisiera odiarlo por haberla obligado a desenterrar viejos recuerdos, se sintió impresionada, sin poder evitarlo, por su discreción, y por haber tomado la decisión de enviarle a sus amigas en su lugar.

—Mira, si te preocupa que le contemos a las demás lo que tú nos digas, te prometo que no lo vamos a hacer —dijo Bree—. Todas te queremos y queremos ayudarte, no empeorar las cosas. Tú eres la que decides quién se entera de las cosas, y cuándo.

—Os agradezco mucho lo que estáis intentando hacer,

pero no quiero hablar de esto con nadie –les dijo Liz–. He trabajado mucho para dejar atrás ese momento de mi vida, y hablar de ello solo me serviría para refrescarlo.

–También puede que te ayude a quitarte un peso de los hombros y a tomar una perspectiva nueva –le dijo Shanna, suavemente–. No queremos fisgar. Y, si tú dices que no es eso lo que necesitas, lo respetaremos.

–Pero tienes que saber que estamos aquí cuando nos necesites –añadió Bree–. No estás sola.

A Liz se le llenaron los ojos de lágrimas otra vez.

–Gracias –susurró.

Shanna y Bree la abrazaron a la vez, y a ella se le cayeron las lágrimas por las mejillas.

–Te juro que, si tu marido no estuviera muerto ya, iría a matarlo con mis propias manos –dijo Bree.

–¿Cómo sabes que lo que ocurrió fue culpa suya? –preguntó Liz, con sorpresa–. Puede que la culpa fuera mía.

–No me lo creo –dijo Bree–. Sabemos quién eres, Liz March. Una buena persona. Lo que ocurrió fue culpa suya.

Liz miró a sus amigas con admiración.

–¿Cómo es posible que tenga tanta suerte?

–Has venido al sitio adecuado para iniciar tu nueva vida –le dijo Shanna–. Yo sé muy bien lo que significa eso. Chesapeake Shores también fue una nueva oportunidad para mí cuando estaba desesperada.

Liz supo que Shanna tenía toda la razón. Chesapeake Shores, y los O'Brien, estaban llenos de fuerza curativa y de compasión.

Aidan pensó que estaba atendiendo la tienda razonablemente bien, pese a estar muy preocupado por lo que estuviera ocurriendo en casa de Liz.

Cuando Shanna asomó la cabeza por la puerta, por fin, él frunció el ceño.

—Creía que me ibas a avisar cuando salierais de casa para que pudiera largarme. Tengo que irme si va a venir Liz.

—En realidad, ella ha pedido específicamente que te quedes. Quiere darte las gracias.

—¿Por qué? ¿Por darle un disgusto?

—No, por eso no —dijo Shanna, sonriendo—. Ya te contará ella lo que piensa. Cuando Bree y yo nos marchamos, se iba a dar una ducha y a arreglarse para venir. Llegará enseguida.

—¿Cómo ha ido la cosa? ¿Habéis llegado al fondo de la cuestión?

—Aunque hubiéramos llegado, yo no te contaría sus asuntos privados, como tú no me contaste nada a mí cuando me pediste que fuera a verla. Creo que ahora se siente mejor, y eso es lo que importa.

No era todo lo que importaba, pero sí era lo que Shanna estaba dispuesta a decirle. Ella se despidió y se marchó a su tienda. Bree apareció dos segundos después.

—Tienes una buena intuición, Aidan. No te rindas con Liz.

Él la miró con el ceño fruncido.

—Ella no quiere que forme parte de su vida, o solo como amigo. Me lo ha dejado bien claro.

—Y yo te digo que no te rindas —insistió Bree, y le guiñó un ojo—. Yo soy muy sabia en estas cosas, hazme caso.

Aidan no creía que pudiera hacerle caso, pero, bueno, sí podía ver cómo continuaban las cosas. Ya estaba involucrado y, le gustara o no, aquel beso lo había decidido todo.

Se paseó nerviosamente por detrás del mostrador. Por desgracia, la mañana era muy tranquila y no había muchos clientes para distraerlo mientras llegaba Liz.

Cuando, por fin, ella entró por la puerta, él la observó atentamente. Todavía tenía las señales de las lágrimas en los ojos pero, por lo demás, estaba mucho más calmada.

Ella se acercó al mostrador y le dijo:

—Lo siento.

Aidan frunció el ceño.

—¿Por qué me pides disculpas? Soy yo el que te recordó, sin saberlo, un mal momento de tu vida. Yo debería pedir perdón.

Ella sonrió apagadamente.

—Bueno, ahí está el quid de la cuestión: lo hiciste sin saberlo. No podías saber que ibas a provocar una reacción así al sugerir que entre nosotros puede haber algo especial.

—Sí, es cierto que tu reacción fue inesperada para mí —dijo él, y sonrió también—. ¿Ya te sientes mejor?

—Siento menos hostilidad, al menos —dijo ella—. En realidad, estoy en deuda contigo por haberme mandado a Shanna a casa. Ella vino con Bree. Su apoyo era justo lo que necesitaba.

—¿Has hablado con ellas?

—Si me estás preguntando si les he abierto mi alma, no. De verdad, quiero dejar el pasado atrás. No veo ningún motivo para sacarlo a la luz y diseccionarlo.

Aidan la miró con pesar.

—Yo no soy ningún experto, pero me da la impresión de que el pasado está aquí, entre nosotros. No te permite avanzar.

Liz se quedó asombrada un instante, pero, después, asintió lentamente.

—No lo había visto así, pero seguramente tienes razón. Estoy permitiendo que afecte a mis decisiones. Eso no es justo para ti.

Aidan negó con la cabeza.

—No, eso no es justo para ti. Sé un par de cosas sobre lo que significa permitir que el pasado te obsesione, Liz.

—Bueno, ¿y qué me sugieres? ¿Quieres que me pase años yendo al psiquiatra para llegar al fondo? ¿Que se lo cuente todo a todo el mundo hasta que no tenga el poder de hacerme daño?

—No sé cuál es la respuesta, solo sé que mantenerlo encapsulado no te está sirviendo de mucho, al menos, si te impide tener la vida que te mereces.

—¿Te refieres a una relación contigo? —preguntó ella, con algo de tirantez.

—No, me refiero a una relación con alguien. ¿Cómo vas a tener una amistad verdadera con los demás, o algo más profundo, si le ocultas algo tan importante de ti misma?

Y, al decir aquellas palabras, Aidan se dio cuenta de que también podía referirse a sí mismo. Aquello le afectó mucho, y salió del mostrador.

—Me alegro de que te encuentres mejor —le dijo a Liz—. Ha habido algunas ventas, pero ha estado muy tranquilo. Si tienes alguna pregunta, ya sabes dónde estoy.

Ella lo miró con desconcierto mientras él iba hacia la puerta.

—Aidan, ¿estamos bien el uno con el otro?

—¿Te refieres a si nos entendemos?

—Sí.

—Seguramente, más de lo que tú piensas —dijo él—. Cuídate, Liz.

En aquella ocasión, fue él quien se marchó con una avalancha de emociones que lo angustiaban, y dejó a Liz con una expresión confusa en el semblante.

# Capítulo 12

Aidan no estaba del todo contento por el final del curso escolar. Aunque había concertado algunas reuniones con el equipo para aquel verano y había dado unas pautas a los chicos sobre el entrenamiento y la nutrición, tenía la sensación de que muchas cosas quedaban pospuestas hasta el final del verano. Sospechaba que todos los entrenadores de instituto que tuvieran que enfrentarse al reto de preparar a sus chicos para la nueva temporada se sentían del mismo modo.

Fue una gran ayuda que, al final, Porter Hobbs aceptara el cambio que él había recomendado para Taylor. Había ido al entrenamiento y había visto como Héctor y su hijo conectaban y llevaban a cabo la clase de jugadas que podían llevarlos a jugar al campeonato regional si el resto del equipo estaba a su mismo nivel. Claro que, en aquel momento, todavía tenían mucho camino por recorrer.

El último día de entrenamiento, Hobbs había felicitado a Aidan por percibir cuál era el verdadero potencial de Taylor. Aidan sabía que Taylor estaba verdaderamente emocionado con el cambio, y se había hecho amigo de Héctor y de Henry. Aidan no estaba seguro de lo que pensaba su padre de aquella amistad, pero los tres chicos se habían convertido en los líderes del equipo.

El martes por la tarde, Aidan estaba en su despacho escribiendo el informe final del año cuando se abrió la puerta y los tres muchachos asomaron la cabeza.

—Entrenador, ¿tiene un minuto? —le preguntó Taylor.

—Por supuesto —dijo él. Se dio cuenta de que los tres estaban vacilantes, y les preguntó—: ¿Qué os pasa?

—Hemos estado hablando todos los del equipo —dijo Henry—. Nos gustaría seguir entrenando en verano. Sé que son sus vacaciones, pero nosotros tenemos mucho trabajo que hacer, y las reuniones del equipo no serán suficientes. ¿Le importaría hacer un horario de entrenamientos y trabajar con nosotros?

—Solo un par de días a la semana —sugirió Taylor, y sonrió—. Después de todo, son las vacaciones de verano, y también queremos divertirnos.

Héctor habló también, con cara de preocupación.

—Solo si no hay ningún problema —dijo el muchacho.

Aidan, que se había temido alguna mala noticia, se quedó tan asombrado por la iniciativa que demostraban, que los miró son asombro.

—¿Quién ha tenido la idea?

—Yo —dijo Taylor, con azoramiento—. Tenía que habérseme ocurrido el año pasado.

—Bueno, acababas de entrar en el equipo —le dijo Aidan—. Seguramente todavía estabas intentando conocerte el vestuario.

Taylor se echó a reír.

—¡Qué va! Mi padre me ha traído muchas veces al vestuario y al estadio desde que lo construyeron. Creo que era una indirecta.

—Sí, es probable —dijo Aidan, imaginándose de cuántas formas habría presionado Hobbs a su hijo–. ¿Y todo el equipo está de acuerdo en esto?

Henry asintió.

–Queremos ganar la próxima temporada, y estamos empezando a creer que podemos conseguirlo.

–Bien –dijo Aidan–. Porque yo también lo creo. Voy a hablar con Rob para ver si es posible. No sé si se permiten entrenamientos oficiales del equipo en vacaciones, ni si están permitidas las actividades escolares. Haré todo lo posible para organizar algo que respete las normas.

Los chicos chocaron las palmas de las manos en el aire.

–Bueno, pase lo que pase –les dijo Aidan–, estoy muy impresionado con vuestro entusiasmo. Para ser ganadores, este es el compromiso que hace falta. Quiero que se lo digáis a vuestros compañeros. Me pondré en contacto con vosotros dentro de uno o dos días, en cuanto sepa lo que podemos hacer.

–Gracias, señor Mitchell –dijo Taylor, y los tres chicos se fueron.

Él se apoyó en el respaldo de la silla con una sonrisa. Si el entusiasmo y el compromiso eran los únicos requisitos, aquel equipo iba a llegar lejos. Y, lo mejor de todo, había visto muestras del talento necesario para recorrer aquel camino.

Liz pensó mucho en lo que le había dicho Aidan. Era cierto que sería incapaz de avanzar en la vida si permitía que el pasado controlara sus emociones. Quería hablar más con él sobre aquello, y sobre por qué sabía tanto de aquellos asuntos. ¿Era porque él también estaba ocultando algo? ¿Algo que tenía que ver con una relación anterior con los O'Brien? Aidan decía que no tenía ninguna, pero a ella, en más de una ocasión, su lenguaje corporal y su reticencia cuando se pronunciaba aquel apellido le habían dado a entender otra cosa.

El miércoles por la mañana, Archie estaba recién bañado y todos sus juguetes estaban en una cesta grande. Todos los perros comprendían que aquel era un momento importante. Estaban sentados, observándolo todo, mientras ella esperaba a que Aidan llegara a recoger a Archie.

A las ocho y media, cuando ella ya pensaba que él se había olvidado, lo vio aparecer por la calle. Archie, por supuesto, salió corriendo hacia él, moviendo la cola. Lo acompañó con entusiasmo hasta el porche y se sentó a su lado cuando Aidan se acomodó junto a ella.

—¿Estás preparado para convertirte en dueño de un perro? —le preguntó Liz, sonriendo.

—¿Tengo otra elección?

Ella frunció el ceño.

—Sí, claro. Si de verdad no quieres, Archie puede quedarse aquí —dijo. Después, se giró hacia el perro—. Pero míralo.

Archie estaba observando a Aidan con adoración.

—¿De verdad puedes darle la espalda a alguien así?

Aidan le acarició la cabeza a Archie.

—No, claro que no, pero creo que subestimas la conexión que tiene contigo.

—Claro que me quiere —dijo ella, riéndose—. Yo lo he cuidado y le he dado de comer. Pero tú eres la persona con la que ha forjado un vínculo. Creo que sabe que tú le vas a llevar a correr y que le vas a dar comida de la mesa, cosa que no debería comer.

Aidan se echó a reír.

—Eso es exactamente lo que tenía pensado.

Al observarla, se puso serio.

–Hoy tienes mejor cara. Y no es solo porque vayas a perder a un huésped, ¿no?

Liz no sabía si estaba preparada para mantener aquella conversación, pero asintió.

–He estado pensando mucho en lo que me dijiste el otro día. Todavía no sé qué voy a hacer al respecto, pero reconozco que me dijiste un par de cosas muy ciertas. Me he quedado atascada en el pasado.

Ella lo miró fijamente a los ojos, y decidió presionarlo a él por una vez.

–¿Has pensado en seguir tu propio consejo?

Él se quedó sorprendido por la pregunta, pero, rápidamente, disimuló su reacción.

–No sé a qué te refieres.

–Claro que sí. Yo no sé cuáles son tus secretos, y no tienes por qué contármelos, pero sí sé que a ti te tienen tan paralizado como a mí.

–¿Y cómo has llegado a esa conclusión? –le preguntó él, en un tono desdeñoso–. Creía que Will Lincoln era el único psiquiatra del pueblo.

–Así es. Pero yo tengo la intuición femenina y, a veces, eso es muy útil también. Capté tu expresión durante el discursito que me echaste el domingo. De repente, te diste cuenta de que tú también soportas una carga sobre los hombros. Tú también tienes secretos. Y, cuando te diste cuenta de que estabas siendo un hipócrita, te alejaste de mí rápidamente. ¿O puedes decirme con sinceridad que no es cierto?

Él suspiró.

–No, no puedo –confesó.

–¿Y quieres contármelo?

–No.

–Pues, entonces, me parece que los dos tenemos que pensar en ciertas cosas y tomar ciertas decisiones. Es agradable saber que no soy la única que no es un libro abierto.

Él la miró unos segundos con seriedad y, después, se rio.

—Me pregunto si no estaríamos mucho mejor saliendo con gente que no sea capaz de entendernos tan bien.

Liz también se rio.

—Eso no sería divertido. A mí me gusta la gente que me mantiene alerta.

—Pero solo hasta cierto punto.

En aquella ocasión, fue ella la que se puso seria y suspiró.

—Sí, solo hasta cierto punto.

De repente, Liz pensó que aquella costumbre suya de intentar resolver acertijos iba a causarle muchas complicaciones. Sin embargo, desde que había conocido a Aidan, le parecía que podía merecer la pena.


Aidan estuvo casi todo aquel día pensando en la desconcertante conversación que había tenido con Liz y, al final de la jornada, necesitaba hacer ejercicio para relajarse. Ya que no tenía muchas perspectivas de mantener unas apasionadas relaciones sexuales con nadie, decidió averiguar si los chicos iban a jugar al baloncesto.

—Vamos a dar un paseo, Archie —dijo, y sonrió cuando el perro fue a buscar su correa y se la llevó, moviendo la cola.

Al llegar a Main Street con Archie, Aidan vio a Shanna y a Bree con cara de triunfo. Era obvio que se alegraban de que Liz hubiera conseguido que él adoptara a Archie. Susie fue la siguiente que lo vio. Estaba en la puerta de su oficina, y sonreía.

—¿Un nuevo miembro de la familia? —le preguntó.

Aidan asintió.

—Sabes que no puedes tener animales de compañía por contrato, ¿no? —inquirió Susie con solemnidad.

Aidan se quedó helado.

—¿Lo dices en serio?

Ella asintió.

—Sí, claro.

—¿Y no se te ha ocurrido decírmelo antes? Tú también sabías que Liz estaba intentando encasquetarme a Archie.

—Pensaba que habías leído el contrato —dijo Susie—. Me parece que es lo primero que debería hacer un hombre que de verdad no quiere tener perro.

—Bueno, obviamente, no he leído la letra pequeña —refunfuñó él—. ¿Vas a ser tú quien le diga a Liz que no puedo tener a Archie? Peor aún, ¿vas a ser tú quien le diga a Archie que no tiene un nuevo hogar?

Susie puso cara de culpabilidad, pero solo unos segundos. Después, se rio.

—¡Te la he colado!

Aidan frunció el ceño.

—¿Qué quieres decir?

—No hay ninguna cláusula al respecto de las mascotas en el contrato y, aunque la hubiera, mi tío y mi padre no te exigirían nunca que la cumplieras. Solo quería comprobar por mí misma que Liz tenía razón y que de verdad te has encariñado con el perro.

Aidan sintió tanto alivio que se quedó asombrado. Parecía que era cierto que quería al perro. Y, por mucho que hubiera protestado para no quedárselo, quería que Archie se quedara con él.

—Así que me has engañado. Se te da bien sonsacar información.

A ella le agradó el comentario.

—Casi se me había olvidado lo divertido que es —le

dijo–. Voy a tener que practicar para ponerme al día con esa habilidad mía.

–Bueno, y ¿has terminado de irritarme por nada? –le preguntó con ligereza.

Ella lo miró con la cabeza ladeada, pensativamente, y respondió:

–Sí. Creo que con esto vale por ahora. Pero no bajes la guardia. Eres un blanco tan fácil, que puede que intente otra cosa diferente contigo.

Teniendo en cuenta lo que él sabía sobre su salud, no fue capaz de enfadarse. Era agradable conocer aquella faceta bromista suya. Sospechaba que, aunque ninguno de los miembros de la familia querría ser objeto de sus bromas, la mayoría opinaría lo mismo que él.

Tiró suavemente de la correa de Archie.

–Vamos, chico. Tenemos que ir a algunos sitios.

Se despidió de Susie, y ambos siguieron su camino.

En la oficina de Connor, él tuvo que soportar más bromas en cuanto su amigo vio a Archie atado a uno de los postes de la casa que había reconvertido en bufete de abogados.

–Vaya, así que los rumores son ciertos. Liz ha ganado, y ahora tienes perro.

–Eso parece.

–Pues no estás tan consternado como la primera vez que te arrinconó –comentó Connor.

–Archie y yo hemos llegado a un acuerdo. No vamos a hacer nada que pueda amargarnos la vida el uno al otro. Creo que va a salir bien. De hecho, puede que sea mucho menos complicado que las relaciones con los seres humanos.

Connor se puso serio.

–¿Eso significa que te vas a rendir con Liz? Conozco a mucha gente que se va a poner triste por eso.

—No lo he dado por perdido. Solo estamos en suspenso —le dijo Aidan. Rápidamente, lo matizó—: De mutuo acuerdo, así que diles a las mujeres de tu familia que no se disgusten.

Connor no quedó conforme.

—¿De mutuo acuerdo? ¿Seguro?

—Completamente seguro —insistió Aidan—. Eso es lo que queremos los dos. Bueno, Liz más que yo, para ser sincero.

Connor lo miró sin mucha convicción.

—Bueno, si tú lo dices... Entonces, como veo que no has venido a que te dé mis expertos consejos sobre mujeres y te explique que no siempre dicen lo que en realidad quieren, ¿qué te trae por aquí?

—El baloncesto —le dijo Aidan—. ¿Vais a reuniros para jugar pronto?

—Vaya, veo que estás desesperado por hacer ejercicio para liberarte de la frustración.

—Exacto.

—De ese tipo de frustración que a menudo causan los problemas con las mujeres —continuó Connor.

—Yo no he dicho eso —protestó Aidan.

—No es necesario. Soy un hombre y he pasado por lo mismo que tú. Jugué mucho al baloncesto. Bueno, seguro que puedo hacer algunas llamadas para organizar un partido esta noche. ¿Te parece bien a las siete?

—Muy bien —dijo Aidan—. Te lo agradezco.

Miró hacia fuera y se dio cuenta de que Archie estaba tirando de la correa e intentando llegar a la ventana para verlo.

—Tengo que irme —dijo, señalando a la ventana—. Archie está impaciente.

—Nos vemos esta noche —respondió Connor, con una sonrisa—. Prepárate para sudar.

Aidan se echó a reír.

—Como si tu equipo fuera un verdadero reto.

Connor cabeceó.

—¿Es que no aprendiste nada la otra vez? Esos comentarios tan tontos solo sirven para fortalecernos más.

—Pero no lo suficiente como para ganarnos. Solo espero que esta vez podáis hacerlo todo un poco más interesante.

—No te preocupes, les voy a decir todo esto a los demás. Cuando el orgullo de los O'Brien está en juego, las cosas se ponen feas.

—Pues haz lo que necesites hacer —replicó Aidan, sin dejarse amedrentar.

Después, se despidió de Connor, salió a la calle, desató a Archie y volvió a casa. Su primer día sin clases le había resultado interesante, y aquella noche iba a saber cuál era el precio que tendría que pagar por sus desacertados comentarios. Pero no importaba, siempre y cuando le sirviera para no pensar en Liz.


Liz estaba mirando los catálogos para hacer un nuevo inventario y reponer todo lo que ya había vendido, cuando Susie Franklin entró en la tienda.

—¿Dónde estabas antes?

Liz la miró sin comprender lo que le decía.

—Llevo aquí toda la mañana. ¿Por qué? ¿Me he perdido algo?

Susie sonrió.

—Le he gastado una broma a Aidan y se la ha tragado.

—¿Qué broma?

—Le dije que no podía tener animales por contrato en el apartamento. No hay tal cláusula, por supuesto, pero tenías que haberle visto la cara. No me importa lo que diga sobre que no quiere tener al perro. Adora a Archie.

Liz se echó a reír.

—Pues claro que sí. Supe que eran el uno para el otro en cuanto los vi juntos.

—Y es mucho menos complicado que quedarte con Aidan tú misma.

Liz frunció el ceño.

—No sé a qué te refieres.

—Claro que lo sabes, pero no te voy a presionar. No he venido a eso. Creo que los chicos van a jugar al baloncesto esta noche para que Aidan pueda quitarse el estrés de encima —dijo, como si aquello le pareciera muy divertido—. No sé por qué estará tan estresado, ¿y tú? Si el instituto ha acabado ya, y no tiene clases...

—¿Quieres llegar a algún sitio con todos tus comentarios? —le preguntó Liz.

—No, solo era por charlar —respondió Susie, con los ojos muy brillantes, conteniendo la risa—. Bueno, pues como van a jugar al baloncesto, nosotras podemos hacer la reunión literaria en mi casa.

—Pero... ¿alguien ha leído algún libro últimamente? —inquirió Liz. Le divertía que siguieran considerando que aquellas reuniones eran del club literario.

Susie se encogió de hombros.

—Seguramente, no, pero tenemos intención de hacerlo. Shanna siempre está leyendo algo. Ella nos puede dar una versión resumida del libro y, así, podemos hablar de otras cosas.

Liz se echó a reír.

—Seguro que le parecerá muy bien.

—Bueno, no, lo detesta, pero hay que ser realista. En verano, sobre todo, nadie tiene ni un segundo para leer. ¿Te apuntas?

—Sí, me apunto. Pero solo si me prometes que el tema de conversación no vamos a ser Aidan y yo.

—No puedo prometerte nada —dijo Susie—. Vosotros dos sois fascinantes, pero haré lo que pueda.

—¿A qué hora?

—A las siete. Voy a preparar una buena ensalada y macedonia. Esa es mi contribución a la alimentación sana. Vosotras podéis traer cosas más golosas.

—De acuerdo. Yo llevo el helado del postre —dijo Liz.

Últimamente, el helado se había vuelto uno de sus grandes apoyos. La forma de Aidan de controlar el estrés era mucho más saludable. Era una pena que sus amigas no tuvieran la misma idea.

Aquella tarde, Liz y las mujeres O'Brien se reunieron en el porche de Susie, que tenía unas maravillosas vistas de la bahía. Soplaba una brisa fresca y agradable.

—De verdad, no sé para qué sales de casa con un paisaje como este —le dijo Liz a Susie, y le dio un sorbito a su vaso de té dulce.

Susie alzó la vista y lo miró todo como si fuera nuevo para ella.

—Es increíble, ¿verdad? Por desgracia, hay muchos días en que ni me fijo. Cuando yo estaba tan enferma, Mack estaba construyendo esta casa, y lo único que hacía yo era rezar para que me quedara tiempo suficiente para poder venir a vivir con él. El día en que cruzó el umbral conmigo en brazos fue el más feliz de mi vida. Yo tenía tanto miedo de que el tratamiento no sirviera de nada que me pasaba todo el tiempo que podía aquí fuera, en esta silla, empapándome de todo.

Miró de nuevo a su alrededor, con los ojos llenos de lágrimas.

—Y, ahora, es como si lo diera por sentado. ¿No te parece horrible?

—Así es la vida, cariño —comentó Bree. Acercó su silla a la de Susie y le apretó la mano—. Nadie se queda en el pasado. Miramos al futuro. Eso significa que, algunas veces, se nos olvidan todas las promesas que hicimos cuando la situación era mucho más difícil.

Susie suspiró.

—Pero no debería ser así. Yo tengo mucho… Recuperé la salud. Tengo esta maravillosa casa. Tengo a mi lado al hombre de mis sueños. Y, sin embargo, quiero más.

Al instante, Heather y Shanna se miraron con culpabilidad. Susie se dio cuenta.

—¡Ya está bien! Estar embarazada debe de ser maravilloso, y yo me alegro muchísimo por vosotras dos —les dijo Susie. Sin embargo, tenía una mirada triste.

Liz entendía aquel sueño como nadie más podía hacerlo. Ella se había hecho maestra porque adoraba a los niños. Adoraba sus mentes curiosas, su inteligencia y su imaginación. Estaba completamente segura de que Josh y ella estaban listos para dar ese paso. El hecho de enterarse de que no era así, la noche del accidente, la había dejado destrozada.

Al contrario que Susie, ella no tenía ningún impedimento físico para quedarse embarazada, pero, como no veía un momento en que quisiera volver a estar con un hombre, creía que tampoco iba a tener hijos. Así que, hasta cierto punto, entendía el anhelo de Susie por algo que parecía fuera de su alcance.

—Mack y tú vais a adoptar un niño, ¿no? —le preguntó.

Susie asintió.

—Sí, pero es un proceso mucho más largo de lo que yo pensaba. Supongo que me había hecho demasiadas ilusiones. Creía que, después de cumplimentar los formularios y de hacer las entrevistas, el bebé aparecería a las pocas semanas. Pero no es así.

—No te rindas —le dijo Jess.

La dueña del hotel se había tomado una noche libre para estar con ellas. Aquello era muy poco frecuente porque el verano era la temporada alta y Jess no se concedía demasiados descansos.

—Claro que no me voy a rendir —respondió Susie—. Pero me cuesta no desanimarme —añadió y, con un esfuerzo, sonrió—. Bueno, ya está bien. Seguro que Mack está harto de oírme. Yo también lo estoy, en realidad. No quiero ahuyentaros a todas vosotras también.

—No lo conseguirías por mucho que lo intentaras —dijo Heather—. Vas a tener que soportarnos siempre, sobre todo con lo bien que cocinas y con las vistas que tienes. Propongo que saquemos ya el helado.

Liz se puso de pie.

—He traído de tres sabores —dijo, y Shanna se movió con una agilidad sorprendente para estar embarazada de ocho meses. Heather la siguió con la misma rapidez.

Cinco minutos después, la encimera de granito de la isla de Susie estaba llena de sirope de caramelo, trocitos de cacahuete, nata montada y terrinas de helado. Se habían repartido helados dobles a todo el mundo, y se oían risas y bromas por toda la cocina.

Cuando salieron de nuevo al porche, todas se sentaron y suspiraron de satisfacción.

—¿No deberíamos hablar de libros? —preguntó Shanna, entre bocados—. Cuando llegue a casa, tengo que decirle a Kevin que lo de nuestro club literario es verdad, y decirlo con una cara seria.

—Bueno, pues habla —le dijo Heather.

Shanna negó con la cabeza.

—No puedo. Tengo la boca llena de helado. ¿Otra?

—Yo leí un libro sobre el pastor australiano la semana pasada —dijo Liz, sin pensarlo.

Sus amigas estallaron en carcajadas.

–¿Sobre el pastor australiano? –preguntó Susie–. ¿No sobre el bóxer, ni el cocker, ni los terriers?

Liz frunció el ceño.

–¿Qué quieres decir? –le preguntó a su amiga, con irritación, aunque sabía perfectamente lo que estaban pensando todas ellas.

–Nos resulta interesante tu fascinación con esa raza, nada más –respondió Bree, con los ojos brillantes de diversión.

–Personalmente, creo que estaba buscando una excusa para ver a Aidan y poder darle información que pensaba que podía necesitar –dijo Susie–. Ya sabéis, como han decidido que no van a verse para ninguna otra cosa…

–¿Y por qué no vais a veros para ninguna otra cosa? –preguntó Shanna–. No lo entiendo.

Liz las miró y suspiró.

–De acuerdo, soy patética –reconoció–. Aidan nunca ha tenido perro, y pensé que el libro podía ser útil, pero no lo encargué por ese motivo. Era una excusa para poder verlo.

–¿Y para qué necesitas una excusa si él también quiere verte a ti? –preguntó Bree.

–Porque acordamos no vernos –dijo Liz.

Todas se echaron a reír de nuevo.

–Qué tontos –dijo Shanna.

–Y qué ilusos –añadió Jess–. Teniendo en cuenta lo que yo tardé en darme cuenta de que estaba enamorada de Will, estoy familiarizada con la situación.

–Como todas –dijo Laila O'Brien–. Yo todavía estaba luchando contra mis sentimientos por Will durante aquel viaje a Dublín.

–Muchas gracias por el apoyo –dijo Liz, irónicamente.

Bree le dio unas palmaditas en la mano.

–No te preocupes, cariño. En realidad, no nos estamos riendo solamente de ti. Como bien han dicho Laila y Jess, todas hemos pasado por esa etapa de negación.

A pesar del intento de su amiga por consolarla, Liz no se sintió mejor. A ellas, la vida les iba muy bien. Sin embargo, en aquel momento, ella no veía que su propia vida pudiera tener ese resultado. Al menos, no una vida en la que Aidan estuviera incluido.

# Capítulo 13

El partido de baloncesto no le sirvió a Aidan para descargar el estrés. Después de jugar, estaba tan nervioso como antes. Había sudado y había encestado algunas canastas muy buenas, pero no tenía ninguna concentración. Esperaba que nadie lo hubiera notado, pero estaba con los O'Brien. Tal vez no fueran muy sensibles, pero sí eran muy intuitivos, sobre todo cuando resultaba obvio que algo le distraía de un partido que todos estaban deseando jugar.

Aunque, seguramente, él se había hecho más amigo de Connor que de ninguno, debieron de encargar la tarea de sonsacarle lo que pensaba a Kevin. Mientras los demás hombres se dispersaban al terminar de jugar, él se quedó atrás, esperándolo.

Aidan lo observó con recelo. No le envidiaba la tarea. Era la segunda vez que lo ponían en aquella situación tan incómoda. La última vez había sido Thomas el que le había enviado a interrogarle acerca del interés que sentía por el proyecto de conservación del medio ambiente.

Decidió tomar la iniciativa para acabar cuanto antes con las preguntas. Miró a Kevin y le dijo:

—¿Qué ocurre? ¿Quieres decirme algo?

Kevin se quedó asombrado.

–Bueno, yo... me preguntaba... Todos nos estábamos preguntando si... hay algún problema del que quieras hablar. Tal vez... ¿algún problema con Liz?

–No, ningún problema –respondió Aidan secamente.

Kevin se quedó perplejo.

–Bueno, dicen que ya no vais a salir más.

–No estábamos saliendo, para empezar.

–Pues eso no es lo que yo tengo entendido –replicó Kevin–. Y aunque los rumores del pueblo puedan resultar molestos, normalmente aciertan.

–Esta vez, no. Liz y yo somos amigos, punto. De mutuo acuerdo.

–Un acuerdo mutuo no empuja a un hombre a una cancha de baloncesto a que le ganen por goleada –replicó Kevin–. Pero un acuerdo unilateral... es una cosa muy distinta.

Aidan lo miró sin dar crédito. Había pasado en un vestuario los años suficientes como para saber que los hombres no traspasaban ciertos límites. Nunca habían diseccionado su vida amorosa con tanta fascinación ni con tanta preocupación. Le habían hecho algunos comentarios subidos de tono cuando estaba saliendo con una modelo, y en otra ocasión, con una actriz, pero eso era todo. No sabía cómo responder a la preocupación que había detrás de las preguntas de Kevin. Nuevamente, intentó desviarla.

–¿Qué os pasa a los tíos de esta zona? O, por lo menos, a los O'Brien –inquirió–. Nunca había conocido a hombres que quisieran hablar de las relaciones amorosas como hacéis vosotros.

Kevin se echó a reír. Parecía que se relajaba por primera vez desde que había empezado la conversación.

–Es por tener a Mick en la familia. Mi padre se entromete en todo, como ya te habrán dicho. Todos hemos sido víctimas de su entrometimiento, así que nos gusta hacer lo mismo cuando tenemos ocasión.

—¿Y no hay manera de que os rindáis? —preguntó Aidan, con exasperación—. Aparte de obligar a Liz a que se case conmigo, claro.

—Pues... creo que no —dijo Kevin, encogiéndose de hombros—. Podrías proporcionarnos otro tema para que concentráramos en él todas nuestras energías. ¿Tienes alguno?

Tal vez, su relación con Thomas, pensó Aidan. Eso seguro que sí le serviría. Claro que no era algo que quisiera contarle a nadie, salvo al hombre en cuestión. Y no tenía pensada una fecha concreta para hacerlo. Aquello era otra de sus preocupaciones: tenía la sensación de estar posponiendo el contacto con su padre, cuando el plazo de un año que se había impuesto a sí mismo ya había empezado a pasar.

El colegio había terminado, y todavía no le habían dicho si podía convocar entrenamientos no oficiales, así que tenía muy pocas distracciones. Cabía la posibilidad de que esa fuera la causa de su inquietud, y no Liz. ¿No sería eso motivo de alivio?

—Lo siento, no tengo nada —le dijo a Kevin. Después, le preguntó lo primero que se le pasó por la cabeza para cambiar de tema—: ¿Cómo está Shanna?

—Enorme —dijo Kevin, pero se corrigió rápidamente a sí mismo—: Aunque yo no creo que esté enorme, eso es lo que ella piensa, y te llamaré mentiroso si dices lo contrario.

—Un hombre sabio.

—No lo sabes bien —dijo Kevin—. El último embarazo, su primer embarazo, en realidad, fue muy bien. Nos tomó por sorpresa. Sin embargo, en este se ha sentido mucho peor, y ha engordado más. Algunos días se enfada con el mundo entero y, sobre todo, conmigo, por pensar que tener otro hijo era buena idea. El médico pensó un instante que podían ser gemelos; tenías que haberle visto la cara a Shanna. Si hubiera tenido una pistola en ese momento, yo estaría muerto.

Aidan se echó a reír, aunque sabía que probablemente no debía hacerlo.

—Lo siento, tío.

—No, no lo sientes. Nadie lo siente –respondió Kevin con resignación–. Toda mi familia se lo está pasando en grande con esto. Yo solo sé que quiero que llegue el parto cuanto antes. Quiero recuperar a mi alegre mujer.

—A mí me ha parecido muy alegre siempre que la he visto –dijo Aidan.

—Claro, porque tú no eres el enemigo. Eso me lo reserva a mí. Lo único que hice fue sugerir, una noche, que tuviéramos uno más. Creo que lo hice cuando nuestro bebé ya había empezado a dormir toda la noche del tirón, y a ella le pareció buena idea. También creo que mencioné que Henry ya tiene edad suficiente para hacer de canguro, aunque últimamente no está nunca en casa. Lo único que le importa es el fútbol americano –dijo Henry, y le lanzó a Aidan una mirada elocuente–. A propósito, gracias por eso.

Aidan se echó a reír otra vez. No pudo evitarlo.

—Puede que seas la única persona de este pueblo cuya vida está tan desquiciada como la mía. Gracias a ti por recordarme que las cosas siempre pueden ir peor.

Claro que, por supuesto, Kevin O'Brien tenía una ventaja sobre él: sabía exactamente quién era su padre, y reconocerlo no suponía ningún problema. De hecho, era motivo de orgullo, y no de escándalo.

A la mañana siguiente, Aidan entró en Sally's y se encontró a Thomas con Connie y Sean. Al verlos, se sintió agobiado, pero Thomas le hizo una seña para que se acercara a su mesa, y él no tuvo más remedio que acudir.

–Si no has quedado con nadie, siéntate con nosotros –le sugirió Thomas–. Estamos celebrando el final de curso.

–Es una tradición –dijo Sean, y sonrió–. Puedo comer todas las tortitas que quiera.

Aidan se echó a reír.

–Me parece una tradición estupenda.

–Entonces, siéntate con nosotros –insistió Connie–. En realidad, el curso también ha terminado para ti.

Aidan no encontró una manera amable de negarse, así que sacó una silla y se sentó a la mesa, en el lado opuesto a Thomas.

–Bueno, para mí solo ha durado unas pocas semanas –dijo–. No sé si me merezco la celebración.

–Pues entonces, tú solo puedes comerte la mitad de tortitas que Sam –dijo Connie, y le guiñó un ojo–. Pero no te preocupes, ha pedido muchísimas. Nuestro hijo come con los ojos, no con el estómago, así que Thomas siempre tiene que acabárselas, porque odia que se desperdicien.

Thomas se encogió de hombros.

–Sally hace unas tortitas excelentes y, como tú solo me dejas comer cereales integrales en casa, puedo permitirme algún exceso de vez en cuando –dijo, y miró a Aidan–. Aprende de mí. No te cases con una mujer que esté empeñada en que te mantengas sano.

Connie lo miró con cara de pocos amigos.

–Entonces, ¿preferirías que me quedara esperando a que te dé un infarto? He sido madre soltera mucho tiempo, y ahora me gustaría estar casada el tiempo suficiente como para poder disfrutar del matrimonio.

Thomas se echó a reír y le dio un beso en el dorso de la mano.

—Me alegra saber que eres tan poco egoísta.

Aidan presenció aquella conversación maravillado. ¿Se habían llevado la mitad de bien Thomas y su madre? ¿Se habían tomado el pelo el uno al otro cuando salían juntos? Intentó imaginárselos juntos, pero no pudo. Esperaba que, cuando Sean tuviera su edad, se diera cuenta de lo maravilloso que era que sus padres tuvieran una relación tan afectuosa.

Al pensar todo aquello, se preguntó qué impacto tendría la noticia que iba a darles cuando estuviera preparado. ¿Tenía él derecho a alterar sus vidas? Aunque ya no sentía la necesidad de vengarse de Thomas de algún modo, sí creía que tenía que revelar la verdad, aunque solo fuera para ajustar cuentas con el pasado.

Como no quería pensar en aquello en aquel momento, se volvió hacia Connie.

—¿Fuiste madre soltera? —le preguntó.

—Sí. Me divorcié y crie a mi hija yo sola. Ella ya es una adulta. Está casada y vive en Nashville. Compone canciones para algunos cantantes de *country* muy conocidos del país.

Aidan recordó que le habían hablado de ella.

—Está casada con Caleb Green, ¿no? A mí me encanta su música.

—Pues Jenny ha compuesto muchas de sus canciones —dijo Connie, con orgullo.

—Y yo sé cantarlas casi todas —dijo Sean—. Y Caleb me está enseñando a tocar la guitarra.

A Connie le hizo gracia lo que decía su hijo.

—Sean y su prima Emily Rose, la hija de Bree, quieren ir de gira con Caleb. Y, si yo me pongo firme, Caleb va a terminar llevándoselos. Dice que ha tenido peores teloneros.

Aidan miró a Thomas, que estaba observando a su mujer con cara de adoración.

—¿Y a ti qué te parece que tu hijo se vaya de gira?
—Ya hablaremos cuando cumpla dieciocho años —respondió Thomas, sin titubear.
—¡Papá! —exclamó Sean—. ¡Eso es muchísimo tiempo!
Thomas se encogió de hombros.
—Lo primero son los estudios.
—En verano no hay colegio —dijo Sean, justo en el momento en que llegaban sus tortitas. Y, mientras les echaba sirope, añadió—: ¿No te acuerdas de que lo estamos celebrando?
Connie miró a su marido.
—Ya te he dicho que no te molestes en discutir con él. Tiene respuesta para todo, como su padre.
Thomas se echó a reír.
—Pero yo soy más viejo y sé más, y soy el padre. ¡Gano yo!
Mientras observaba a aquella familia tan unida, Aidan tuvo que contenerse para no suspirar de envidia. Aquello era lo que él se había perdido. Lo que se había perdido su madre, aunque parecía que ella había renunciado voluntariamente. Él, por el contrario, no había podido elegir. Y, por primera vez, tuvo resentimiento hacia su madre, aunque inmediatamente se sintió culpable.

Tal vez no comprendiera sus motivos, pero tenía que respetar lo que había hecho Anna, porque lo había hecho pensando que lo mejor era que él y su padre estuvieran separados. Tal vez Thomas no era tan buen candidato para el matrimonio ni la paternidad en aquel tiempo; tal y como él había oído decir, su padre se había divorciado dos veces. Debía tener eso en cuenta, porque echarle la culpa a alguien a aquellas alturas era inútil.

Allí, junto al hombre que era su padre, la mujer que no tenía ni idea de que era su madrastra, y su hermanastro, él pensó por primera vez en la vida que no tenía ni idea de quién era. Durante todos aquellos años, creía que se conocía a sí mismo. En primer lugar, era el hijo de Anna Mitchell, su orgullo, su alegría. Había sido un buen estudiante y un buen deportista, y había llegado a ser futbolista profesional en muy poco tiempo. Había pensado, incluso, en que podía ser un buen entrenador de instituto. Había imaginado un futuro junto a su esposa y sus hijos. Esas eran las cosas que más le importaban a Aidan Mitchell.

Sin embargo... ¿Aidan Mitchell O'Brien? A ese hombre no lo conocía en absoluto. Y, cada vez que intentaba integrarse en aquella familia a la que estaba conociendo, tenía la sensación de que le daba la espalda al hombre que siempre había creído ser.

Sintió alivio cuando Thomas dijo que tenía que marcharse a una reunión y se levantó. Connie y Sean se marcharon con él, y Aidan se quedó a solas con sus confusos pensamientos y una taza de café que se le había quedado fría.

Liz se cruzó con Thomas, Connie y Sean en la puerta de Sally's, y se detuvo a saludarlos. Después, entró a la cafetería y vio a Aidan sentado en una de las mesas. Aunque estaba solo, en la mesa había otros cubiertos y platos, y ella llegó a la conclusión de que había estado desayunando con Thomas y su familia. Y, como no tenía cara de alegría, pensó que las cosas no habían ido bien. De nuevo, tuvo el extraño presentimiento de que había algo entre Thomas y Aidan.

—¿Te apetece que me siente contigo? —le preguntó, y se sentó sin esperar a que Aidan tratara de impedírselo.

A él le hizo gracia su pregunta.

—Es un poco tarde para que te diga que no, ¿no crees?

—Pues sí. De todos modos, todas las mesas están ocupadas, así que no puedes quedarte con esta tú solo. Supongo que has desayunado con Thomas.

Él asintió.

—¿Y qué tal?

—Bien, ¿por qué lo preguntas? —inquirió él, en un tono tirante que le dio a entender a Liz que había tocado un tema sensible.

Esperó a que Sally despejara la mesa y llevara un café y un cruasán, además de un café recién hecho para Aidan. Al final, él la miró con una expresión de disculpa.

—Lo siento. No quería responderte mal.

—¿Y por qué ha sido eso? Solo te he hecho una pregunta de lo más inocente sobre el desayuno con Thomas.

—Yo estoy seguro de que no tenía nada de inocente —respondió Aidan—. Has insinuado varias veces que crees que hay algún problema entre nosotros.

—Eso es lo que me parece —dijo ella—. ¿Lo hay?

—Yo nunca había visto a Thomas ni a ningún otro O'Brien antes de venir a Chesapeake Shores.

—Pero eso no es lo importante, ¿no?

—¿Qué crees tú que es lo importante?

—No lo sé. Yo sigo captando una tensión extraña y me preocupa ver lo infeliz que pareces, como si quisieras resolver algo.

—Déjalo ya, Liz.

—¿Igual que tú has dejado de intentar conocer mi pasado?

Él sonrió.

—Sí, igual. Aunque tenga muchas preguntas, he dejado de preguntar. He aceptado que ya me contarás lo que tú quieras cuando quieras.

Ella no creía que fuera tan dócil como afirmaba ser. Lo observó atentamente por encima del borde de la taza, y le preguntó:

—¿Te acuerdas de lo que me dijiste el día que fuiste a mi casa a llevarme la taza de café de Sally's?

—Seguro que te dije muchas cosas chispeantes.

—Por supuesto, por supuesto. Pero me refería, en concreto, a que te empeñaste en que llevarme un café y ver qué tal estaba era lo que haría un amigo.

—Ah, eso.

—Bueno, pues lo de meterme en tus asuntos e intentar averiguar en qué consiste este misterio también es lo que haría una amiga.

—¿De verdad? Yo creo que una amiga me haría caso cuando le digo que es un tema del que no voy a hablar.

A Liz no se le escapó el comentario.

—Ah, así que hay algo —dijo, triunfalmente—. Lo que pasa es que no quieres hablar de ello.

—Haya algo o no haya algo, estamos en punto muerto, porque yo ya he dicho que no voy a hablar.

Al ver que Aidan apretaba la mandíbula con un gesto de terquedad, Liz supo que ya había llegado al máximo, y se sintió mal. ¿Acaso él no sabía ya que podía confiar en ella?

Suspiró al darse cuenta de que, seguramente, Aidan le confiaría sus secretos en el mismo momento en que ella le confiara a él los suyos.


Mick acababa de volver de visitar uno de los proyectos de Hábitat para la Humanidad que supervisaba como voluntario, en calidad de constructor, cuando vio a Thomas sentado en una de las sillas del porche. Su hermano estaba mirando a la bahía, y tenía un cuaderno en el regazo. Sin embargo, no estaba trabajando, sino absorto en sus pensamientos.

—¿Estás ideando una estrategia para deshacerte de algún abogado que no quiere cooperar? —le preguntó. Era una broma, aunque solo en parte. Sabía que su hermano deseaba que algunos políticos de la capital del estado perdieran el cargo.

—No, hoy no —dijo Thomas, con una sonrisa apagada—. Solo estaba escribiendo algunas notas para Aidan sobre proyectos que pueden interesarles a los alumnos el curso que viene.

—Entonces, ¿ya está totalmente integrado en el club?

—Bueno, sigue diciendo lo que debe —respondió Thomas.

Mick frunció el ceño.

—¿No te parece sincero?

—Oh, ¿quién sabe? Seguro que me estoy imaginando problemas que no existen —gruñó Thomas, y tomó una galleta del plato que tenía al lado.

Mick se acercó rápidamente y tomó la última.

—¿Ha venido mamá hoy? ¿Las ha hecho ella?

Thomas asintió y sonrió.

—He llegado a tiempo para hacer una prueba.

—¿Cuándo ha hecho mamá unas galletas que no estén buenas?

—Nunca, que yo sepa —respondió Thomas—. Pero nunca está demás probar, por si es la primera vez.

Mick se echó a reír y asintió.

—Resulta que eres más astuto de lo que yo pensaba.

Thomas alzó su vaso de leche medio vacío e hizo un brindis.

—Aprendí del mejor.

—Sí, cierto —dijo Mick. Observó a su hermano pequeño con preocupación, y le preguntó—: ¿Qué es lo que te preocupa? Algo me dice que no es la bahía, ni esos proyectos para el instituto.

—Ya te lo había comentado, pero es que Aidan me produce una sensación rara.

—¿Rara? ¿En qué sentido?

—No sé, exactamente. No puedo explicártelo, pero... ojalá supiera más sobre él.

—¿El qué? Yo puedo darte su currículum. Hicimos las comprobaciones pertinentes, y no hallamos nada malo. Si no, no lo habríamos llamado para hacer la entrevista y, mucho menos, lo habríamos contratado.

—No estoy hablando de que tenga antecedentes penales —dijo Thomas con impaciencia, y cabeceó—. No sé de qué estoy hablando. Justo esta mañana me he dado cuenta de que hay algo extraño.

—¿Esta mañana? ¿Has visto a Aidan esta mañana?

—Llegó a Sally's cuando Connie y yo estábamos desayunando con el niño, y le invité a que se sentara con nosotros.

Mick se rio.

—¿El festín de tortitas de final de curso?

—Sí, exacto.

—¿Y Aidan no quiso sentarse? ¿Se alejó?

—No, no. Se sentó con nosotros.

—¿Se quedó callado? ¿Fue antipático?

—No, ninguna de las dos cosas. Si tuviera que describir su actitud, diría que estaba... observándolo todo con atención.

Mick miró a su hermano con desconcierto.

—¿Y qué tiene eso de malo?

—Nada, pero era un poco intenso —dijo Thomas—. Me parece que estoy demasiado sensible con esto.

—Pues... teniendo en cuenta que no me has dicho nada que parezca raro, sí, yo diría que estás demasiado sensible.

Thomas suspiró.

—Puede que sí. ¿Contigo no se comporta así?

—No, yo no he notado nada.

—Parece que se lleva muy bien con Kevin y con Connor. Juegan juntos al baloncesto, con todos los demás. Kevin solo me ha dicho que a Aidan le gusta Liz, pero que la cosa no va bien.

—Yo también me he dado cuenta de eso —dijo Mick—. Puede que tenga que intervenir y darles a esos dos un empujón.

—¿Y qué dicen Megan y mamá al respecto? —le preguntó Thomas.

—¿Qué saben ellas? —gruñó Mick—. Hasta el momento, mis esfuerzos han dado buenos frutos. A ti y a Connie también os di un empujoncito, ¿no? ¿Y tienes queja?

Thomas lo miró con indignación.

—¿Y ahora te estás atribuyendo el mérito de que Connie y yo estemos juntos?

—Pues sí. Tú tenías muchas dudas, si mal no recuerdo. Dos fracasos matrimoniales. Connie era más joven. La hija de Connie no estaba de acuerdo. ¿Te acuerdas de algo de eso?

—Me suena —admitió Thomas—. Pero Connie y yo hemos superado todas esas cosas. Ella es una mujer inteligente. Y paciente.

—Supongo que, a tu edad, no le convenía perder el tiempo —dijo Mick.

Thomas se echó a reír.

—Sí, tienes razón. Bueno, pues gracias. Y, ahora, ¿qué me sugieres que haga con respecto a Aidan?

—Tengo dentro su currículum. Puedes echarle un vistazo para ver si se te ocurre algo.

—¿Es legal? ¿No va eso en contra de la ley de protección de datos?

—Yo estaba en el comité de contratación —respondió Mick—. Te pedí tu opinión porque va a trabajar contigo y con el club del instituto. ¿Quién va a poner objeciones a eso?

—En este pueblo, nadie —dijo Thomas.

—Pues, entonces, ahora vuelvo.

Mick salió al porche poco después, y le entregó una carpeta a su hermano.

—Aquí tienes. Pero léelo aquí. No debería dejar que ande por ahí.

—Claro —dijo Thomas.

Vaciló, como si no estuviera seguro de querer encontrar algo que confirmara la inquietud que sentía cuando estaba con Aidan. Respiró profundamente, abrió la carpeta y miró la primera página. Luego pasó a la siguiente y, después, a la siguiente...

Mick vio el momento exacto en que se hizo la luz. Su hermano se quedó horrorizado y palideció.

—Thomas, ¿qué demonios es? ¿Qué es lo que has visto?

—La madre del chico —dijo Thomas.

—¿Qué pasa con ella?

—La conocí, Mick. La conocí muy bien.

# Capítulo 14

Mick se quedó mirando a Thomas con incredulidad.
—¿Seguro? ¿Cómo se llama?
—Anna Mitchell —respondió Thomas.
—Es un nombre bastante común. Seguro que son cosas tuyas.
—No, no —dijo Thomas, con una sorprendente seguridad—. Durante todo el tiempo he sabido que Aidan tenía algo que me resultaba familiar, pero no sabía qué. Es Anna. El chico tiene sus ojos y su color de piel y de pelo. Estoy seguro.
—Pero... si la madre de Aidan y tú fuisteis amigos, ¿no crees que te lo habría mencionado cuando llegó al pueblo?
—Puede que no lo sepa —sugirió Thomas—. O tal vez ese sea el motivo por el que su actitud es tan rara cuando está conmigo. No sé lo que le puede haber contado su madre de ese momento de su vida. ¿Les cuentan los padres a sus hijos los noviazgos que tuvieron en la universidad?
—Tú siempre has tenido muy buena relación con tus exmujeres —le recordó Mick—. ¿Fue diferente con Anna?
—No, no creo —dijo Thomas—. Éramos casi unos niños.

Había muchas cosas que yo quería conseguir, y ella lo sabía. Anna también tenía muchas ambiciones, así que me entendía. Nos separamos como amigos, por lo menos, así lo recuerdo.

–¿Y mantuvisteis el contacto?

–No. Ella volvió a Nueva York cuando lo dejamos. Me dijo que había decidido terminar allí la universidad, que echaba de menos a su familia y la ciudad, que pensaba que su futuro estaba allí. No volví a saber nada de ella.

–¿Y nunca quisiste llamarla?

–Se me pasó por la cabeza, pero me convencí a mí mismo de que era mejor olvidarlo. Ya sabes cómo era entonces: estaba completamente concentrado en conseguir mis objetivos. Anna significaba mucho para mí, pero era una distracción.

–¿Y era serio lo vuestro, antes de que rompierais? ¿Hablasteis de casaros, o algo así?

–No, nunca –dijo Thomas–. Pero era una chica increíble, Mick. Lista y dedicada a la conservación del medio ambiente, como yo. Teníamos en común ese idealismo.

Mick recordó a las dos primeras esposas de Thomas. Cualquiera habría podido decirle a su hermano que no eran las mujeres adecuadas para él. Ninguna entendía la pasión que sentía por su carrera. Connie sí lo entendía. Y, tal vez, aquella Anna también lo había entendido.

–Pues parece que pudo haber sido la mujer perfecta para ti –dijo Mick.

–Sí, mirando atrás, puede que sí –dijo Thomas–. Yo la quería, o, por lo menos, pensaba que la quería. Pero, como te he explicado, éramos demasiado jóvenes para ir en serio. Ella también lo sabía. De hecho, fue ella quien me dejó. Yo seguí pensando en ella años. Estaba en medio de una discusión con unos políticos, casi a punto de rendirme, y oía a Anna en mi mente, diciéndome que no se me ocurriera hacerlo.

—Entonces, ¿siempre lamentaste perderla?

—En su momento, supe que romper era la mejor decisión, pero claro que lo lamenté. Fue culpa de mi ego, en realidad. ¿Qué podía saber yo del amor a los veinte años?

—Tampoco sabías mucho a los cuarenta –le dijo Mick–. Hasta que llegó Connie. ¿Sabes? Todo lo que has dicho sobre Anna podría describir también a Connie. Ella siente tanta pasión por la defensa del medio ambiente como tú, y es muy lista.

Thomas lo miró con asombro.

—Tienes razón. Nunca las había comparado, pero Connie y Anna tienen muchas cosas en común. Otra cosa es que ambas tienen una gran fuerza. Creo que eso es lo que más me atrajo de las dos.

Mick se sentó junto a su hermano.

—¿Vas a hablar con Aidan sobre esto?

Thomas asintió lentamente.

—Sí, tengo que mencionárselo, por lo menos. Si él tiene algo en contra de mí, tenemos que solucionarlo para poder trabajar juntos.

—¿Y qué le va a parecer a Connie que resucites tu pasado amoroso?

—Esto no tiene nada que ver con ella.

Mick lo miró con incredulidad.

—Incluso a mí me parece que sí tiene que ver con ella.

—Vamos, Mick, es una historia muy antigua. Connie sabe que me casé dos veces, y eso no le molesta. No se va a molestar tampoco por un viejo amor de universidad. Además, en el currículum dice que Anna murió. Ella ya no puede representar ningún problema para nosotros.

—No sé, Thomas. Puede que estés subestimando el

impacto de esta noticia. Mira cómo te ha afectado a ti el enterarte de que conocías a la madre de Aidan.

—A Connie no le va a afectar igual. Voy a hablar con ella antes de sacar el tema con Aidan. Le dejaré bien claro que fue hace muchos años, y que solo necesito atar cabos sueltos para que Aidan y yo podamos aclarar las cosas y trabajar juntos.

—Bueno, tú eres el que decide cómo debes llevar este asunto —dijo Mick.

Por una vez en la vida, no tenía ganas de entrometerse en la situación. Tenía la impresión de que era un campo de minas mucho más peligroso de lo que pensaba su hermano. Las mujeres no eran tan predecibles como su hermano creía.

—Bueno, me marcho —dijo Thomas, mientras le devolvía la carpeta con las manos temblorosas.

—Si me necesitas, aquí estoy.

—Gracias, Mick.

Mick observó a su hermano mientras se alejaba, encorvado como nunca. Thomas le había dicho que aquella Anna solo era un lejano recuerdo, pero eso no era cierto. Anna había sido arrastrada hasta el presente y, a su manera de ver, eso nunca era bueno.

Aidan había cenado unos restos de pizza fríos y estaba intentando ponerse a leer cuando alguien llamó a la puerta. Archie echó a correr hacia la puerta para anunciar la llegada de una visita.

Aidan se echó a reír.

—Sí, ya lo he oído —le dijo al perro.

Después, lo agarró por el collar para sujetarlo mientras abría la puerta. Se quedó sin habla al ver a Thomas O'Brien en el umbral.

—¿Te interrumpo en algo importante? —le preguntó Thomas, con incomodidad.

—No, por favor. Pase —le dijo. Su tono era amable, pero no de bienvenida.

—¿Y si vamos a dar un paseo? —le preguntó Thomas, con las manos metidas en los bolsillos del pantalón vaquero.

Al oír la palabra «paseo», Archie se puso a ladrar de nuevo y corrió en busca de su correa.

—Vaya, a uno de los dos le ha entusiasmado la idea —dijo Aidan, riéndose—. Me parece bien dar un paseo. Acabo de comerme un trozo de pizza fría.

Thomas y él bajaron a Main Street, y Thomas no dijo nada mientras tomaban Shore Road y caminaban por el paseo marítimo. Los restaurantes estaban llenos, pero el paseo estaba casi vacío. Corría un aire frío, y Aidan se alegró de haber tomado una chaqueta. Sin embargo, Thomas estaba tiritando.

—¿Y si paramos en algún sitio? —propuso Aidan—. Aquí en el paseo hace más frío de lo que yo pensaba.

Thomas se rio.

—Tú no has pasado un día en el mar cuando hace frío de verdad y hay viento fuerte. Eso sí que es helador. Ahora solo hace fresco.

—¿Seguro? Si quiere, le presto mi chaqueta.

Thomas negó con la cabeza.

—Estoy acostumbrado —dijo, y siguió caminando.

Al cabo de unos minutos, Aidan no podía soportar más la incertidumbre. Miró a Thomas y se percató de su cara de preocupación.

—¿Hay algo que le inquiete? Espero que no sea por el club del instituto, porque ahora ya sí tengo tiempo para estudiar esos libros que me ofreció. De hecho, Shanna me ha vendido uno esta tarde y estaba empezando a leerlo cuando ha llegado.

—No, no es eso.

El cansancio de su tono de voz hizo que a Aidan se le acelerara el corazón.

—Entonces, ¿de qué se trata?

—De tu madre.

Aidan se quedó rígido al oír aquella respuesta.

—¿Qué pasa con mi madre?

—Ella fue a la Universidad de Maryland, ¿verdad?

Entonces, pensó Aidan, Thomas ya había averiguado cuál era la relación. Por lo menos, en parte.

—Sí.

—Y salimos juntos —dijo Thomas.

—Creo que es posible —respondió Aidan, cautelosamente.

Thomas se quedó sorprendido.

—¿No te habló nunca de mí?

—Bueno, en realidad, no.

—Pero tú tenías la sospecha de que hubo algo entre nosotros en el pasado, ¿no?

—Sí.

Thomas lo miró con impaciencia.

—Aidan, estoy intentando saber algunas cosas. Ayúdame.

—Estoy siendo franco —dijo Aidan—. Mi madre mencionó que hubo alguien importante para ella, pero no mencionó su nombre.

—Entonces, ¿por qué has tenido esa actitud conmigo desde que llegaste al pueblo? Si ella te hubiera hablado de mí, tendría sentido, pero, si nunca mencionó mi nombre... No lo entiendo.

—Yo encontré su nombre después de que ella muriera, el año pasado.

—Ah —dijo Thomas. Estaba confuso, y permaneció en silencio como si estuviera esperando a que Aidan le diera más información.

—¿La recuerda usted bien? —le preguntó Aidan. Había decidido conseguir unas cuantas respuestas antes de revelar más detalles.

—Sí, muy bien —respondió Thomas, sin titubear—. Cuando vi su nombre y me di cuenta de quién era tu madre, todos los recuerdos volvieron. Y son buenos recuerdos, Aidan.

—Cuénteme algo —le pidió él—. En realidad, no sé nada sobre ese momento de su vida.

Thomas asintió con suavidad.

—Era guapa, pero seguro que eso ya lo sabes. Y no era guapa solo físicamente, sino también era bella por dentro. Era una idealista, como yo. No creo que en aquel momento hubiera encontrado todavía un objetivo al que dirigir toda la energía que tenía, pero sabía que, al final, lo conseguiría. Era muy apasionada con todo lo que le interesaba.

—Ella decía lo mismo de usted —admitió Aidan.

—Creía que no me había mencionado nunca.

—Nunca mencionó su nombre, no. Yo empecé a relacionar cosas cuando ella murió.

—Siento mucho que la hayas perdido —dijo Thomas—. Ojalá hubiéramos seguido en contacto, ojalá yo hubiera sabido de ti antes de este momento.

—Sí, ojalá.

—¿Y tu padre?

—No lo conocí. Nunca lo conocí —dijo Aidan. Tragó saliva y miró a Thomas a los ojos—: Hasta ahora.


Por fin había salido a la luz aquella verdad, la verdad que Aidan había estado soportando desde que había llegado a Chesapeake Shores. Esperó una reacción, cualquier reacción, pero Thomas se había quedado mudo.

—Tengo que pensar un minuto –dijo. Se acercó a un banco y se sentó como si, de repente, le hubieran caído muchos años encima.

Aidan lo siguió. No sabía qué hacer; se sentó a su lado y esperó.

—Tienes que estar equivocado –dijo Thomas, por fin.

Aidan se esperaba el *shock*, pero no la negación.

—¿Crees que yo iba a mentir en algo así?

—No estoy diciendo eso. En absoluto. Pero tal vez has llegado a una conclusión errónea con la información que tenías.

—¿Es que nunca te acostaste con mi madre? –le preguntó Aidan, sin ambages–. ¿No es posible que seas mi padre? Porque, si estás diciendo eso, creo que tal vez el mentiroso eres tú.

Thomas enrojeció.

—Vamos a empezar de nuevo, antes de que alguno diga algo que pueda lamentar. ¿Por qué piensas que soy tu padre? Has dicho que tu madre no me mencionó nunca, que solo habló de tu padre en general. ¿Es así?

Aidan asintió.

—Me contó que era un idealista, que estaba muy comprometido con las causas que le importaban... Cosas que me parece que te describen muy bien.

—Pero... conocimos a mucha gente con ideales en ese momento –sugirió Thomas. Su tono de voz era desesperado. No parecía que estuviera a la defensiva–. Los universitarios sienten pasión por muchas cosas.

Aidan conocía un dato que iba a terminar con aquella conversación. Tenía el documento en su apartamento.

—Pero sus nombres no están en mi certificado de nacimiento.

Thomas se quedó pálido.

—¿Tienes una copia?

—Tengo el original. Mi madre lo tenía escondido, pero yo lo encontré el verano pasado, cuando estaba limpiando su casa después de que muriera. Es evidente que no escribió tu nombre ahí para exigirte los gastos de manutención de su hijo, porque nunca te dijo que yo existía. ¿O sí? ¿Te dijo que estaba embarazada y tú la abandonaste?

—Por supuesto que no —dijo Thomas, con indignación—. Yo no soy de esa clase de hombres. Yo cumplo con mis responsabilidades. Habré cometido muchos errores en la vida, pero nunca he huido de las cosas.

—Ahora, no, pero... ¿y entonces?

—Entonces era igual —respondió Thomas—. Si Anna me hubiera dicho que estaba embarazada, yo no le habría permitido que me dejara.

En aquella ocasión, fue Aidan quien se quedó asombrado.

—¿Te dejó ella?

—Sí. Dijo que no quería apartarme de todas las cosas que yo quería hacer, y que si teníamos una relación más seria en aquel momento de nuestras vidas, tendríamos que renunciar a esas cosas. Yo no quería que ella volviera a Nueva York, pero no podía retenerla. Éramos demasiado jóvenes. Además, parecía que Anna estaba muy entusiasmada con la posibilidad de terminar la carrera en Nueva York.

—No la terminó —le dijo Aidan—. No tenía tiempo ni dinero, porque iba a tener un hijo. Mis abuelos nos ayudaron, claro. Vivimos con ellos hasta que yo cumplí dos años, pero su apartamento era pequeño, y yo era muy ruidoso y revoltoso. Además, si conocías a mi madre, sabrás que era muy independiente. Algunas veces tenía dos trabajos, hasta que, por fin, encontró un buen puesto en una organización que concedía financiación para proyectos relacionados con la conservación del medio ambiente.

Thomas lo miró con consternación.

—Siento que fuera tan difícil para ella. Y para ti. Si hubiera sabido algo de todo esto, yo habría encontrado la forma de hacer que fueran más fáciles —dijo, con tristeza—. Ojalá lo hubiera sabido, Aidan. Ojalá. Ella decidió dejarme de repente. Creía que éramos felices. Supongo que debería haberle hecho más preguntas, y ahora me arrepiento de no haberlas hecho.

—Pero... en aquel momento, te sentiste aliviado cuando se marchó, ¿no? —le preguntó Aidan.

—Estaba confundido —respondió Thomas, lentamente—. Era infeliz. Pero... sí, tal vez sentí algo de alivio. Ella tenía razón al decir que lo que compartíamos era demasiado intenso. Estábamos enamorados, o eso creíamos, por lo menos. Y esa clase de pasión juvenil puede ser una distracción. Yo no quería distraerme.

Miró a Aidan y lo observó atentamente, como si quisiera encontrar la prueba de que tenían el mismo ADN.

—No puedo creer que Anna me ocultara que tenía un hijo. La Anna que yo conocí, no.

—¿Ni siquiera para liberarte de la distracción? —le preguntó Aidan, en un tono de sarcasmo y resentimiento.

—Mira, hijo...

—No me llames así —le espetó Aidan—. No te has ganado ese derecho.

—Pero... ¿no es eso lo que debemos conseguir? Si eres mi hijo, tenemos que averiguar lo que vamos a hacer a partir de ahora. Tenemos que construir nuestra relación basándonos en esa verdad.

—¿Si lo soy? —preguntó Aidan con enfado—. ¿Vuelves a llamarme mentiroso? ¿O a mi madre?

—Solo quiero decir que la situación es complicada —respondió Thomas, con una calma sorprendente—. Ninguno de los dos sabemos por qué tu madre hizo lo que hizo.

Puede que no te dijera quién era yo porque quería que yo fuera tu padre, pero no podía saberlo con certeza.

Aidan se puso en pie de un salto.

—¿Quieres decir que mi madre, de la que supuestamente estabas enamorado, te engañaba? —pregunto furioso—. ¿Que puso tu nombre en el certificado de nacimiento aun sabiendo que era mentira? ¿Que quería conseguir que pagaras la manutención de un niño que no era tuyo? Pues me parece raro que no se molestara en hablarte de mí, ni te demandara judicialmente para conseguir algo.

Thomas se quedó horrorizado con aquellas palabras llenas de indignación.

—Claro que no. Ella no era así. Pero creo que, por tu bien y por el mío, deberíamos estar seguros de todo esto antes de darle la noticia a todo el mundo.

—¿Quieres hacer una prueba de ADN? —preguntó Aidan—. Pues me parece bien. Seguro que piensas que he venido a pedirte dinero, pero yo no quiero ni espero nada de ti. No he venido a exigirte nada, ni a tu familia tampoco.

—No creo eso de ti —replicó Thomas—. Pero esto sucedió hace veintiocho años, y es demasiado importante como para que haya lugar a dudas.

—¿Y qué harás cuando el test resuelva tus dudas? Yo no necesito un padre a estas alturas de mi vida, y es obvio que tú no necesitas otro hijo.

Thomas lo miró con suavidad durante un instante.

—Pero me gustaría mucho conocer al que tuve con Anna, si eso es lo que sucedió. Por las razones que fuera, tu madre me negó esa oportunidad. No la estoy condenando por ello, pero yo no fui el causante de esta situación, Aidan. Basándome en lo que has dicho, tú sabes de mí desde el verano pasado. Dame algo de tiempo para asimilarlo. Después, podemos decidir entre los dos lo que hacemos.

Aquella petición era demasiado razonable como para negarse. Aidan suspiró; sabía que Thomas tenía razón.

—Está bien. Hasta que tengamos la certeza, no debe cambiar nada. Y nadie debe saberlo —dijo.

—Para ser sincero, cuando vi el nombre de tu madre le conté a Connie que la conocí en la universidad. Pero... ¿esto? —preguntó Thomas, moviendo la cabeza con aturdimiento—. No voy a decirle que eres mi hijo hasta que tengamos los resultados. Ni a nadie más —dijo, mirando a Aidan fijamente—. ¿Tú vas a hacer lo mismo?

—Sí, por supuesto. Liz sospecha que tenemos alguna relación, pero no sabe qué puede ser. No se espera esto, estoy seguro.

—¿Te importaría que fuéramos al hospital Johns Hopkins para hacer la prueba de ADN? Aunque podríamos hacerlo aquí, por muy discretos que sean el médico y los enfermeros, acabaría por saberse.

Aidan asintió. Él tampoco quería arriesgarse a que se corriera la voz hasta que tuvieran la certeza de que era cierto y decidieran entre los dos lo que iban a hacer al respecto. Tal vez pudieran mantenerlo en secreto, pero no creía que eso fuera posible en Chesapeake Shores, donde no parecía que nadie pudiera tener asuntos privados, y menos, entre los O'Brien.

De repente, se le ocurrió algo.

—¿Qué sabe Mick? Es él quien te ha dejado ver mi currículum con el nombre de mi madre, ¿no?

—Le conté que salí con tu madre, pero nada más. En ese momento ni se me había pasado por la cabeza que pudieras ser mi hijo —dijo Thomas, y sonrió—. Entiendo por qué te preocupa lo que pueda saber Mick. Él se empeñará en que seamos padre e hijo, queramos o no. Y Nell, mi madre, opinará lo mismo. Por si tienes alguna duda, mi madre te recibirá como otro nieto. Yo soy el que tendrá que responder a sus preguntas y escuchar sus sermones hasta el final de mis días.

—Entonces, debes de estar impaciente —dijo Aidan con ironía. Le parecía gracioso imaginarse a Nell echándole una reprimenda a un hombre adulto por sus errores del pasado.

—Sí —dijo Thomas—. Voy a intentar que nos hagan las pruebas mañana mismo. No hay ningún motivo para seguir con la incertidumbre. Supongo que tú estarás muy cansado de tener esto dentro.

—Tú seguirás con la incertidumbre —le dijo Aidan—. Yo ya lo sé, pero, sí, será un alivio acabar con el secreto.

Thomas sonrió.

—Lo cierto es que tienes la vena obstinada de los O'Brien. Supongo que ya veremos si es solo una coincidencia.

Aidan podía asegurarle que no lo era, pero, claramente, Thomas quería asegurarse de que algo tan importante no quedaba al azar. Y, después de haber conocido a su familia feliz, entendía por qué.

Liz estaba sentada en su mesa de costumbre, en Sally's, removiendo el azúcar de su café y dándole vueltas a la cabeza.

—Seguro que el azúcar se disolvió hace cinco minutos —comentó Bree.

Ella alzó la cabeza.

—¿Cómo dices?

Bree señaló el café.

—Ya se te habrá quedado frío. ¿Quieres que Sally te lo caliente?

Liz suspiró y apartó la taza.

—No, en realidad, no quiero café.

—Me parece a mí que lo que mejor te iría es una copa.

Liz pestañeó.

—¿Perdona? ¿A las ocho y media de la mañana?

—Estás disgustada por algo —dijo Bree—. Aunque, bueno, sí, es un poco pronto para empezar con los martinis.

—Yo nunca he tomado un Martini. Ni pienso que el alcohol pueda resolver mis problemas —dijo Liz, con indignación.

—Muy bien —dijo Bree, sonriendo—. Ya he conseguido que te vuelva el color a la cara. ¿Qué te pasa, Liz? ¿Va todo bien entre Aidan y tú?

—No hay un «Aidan y yo».

—Sí, tú sigue diciéndote eso —replicó Bree—. Puede que te lo creas, incluso, pero eres la única. El resto de nosotros no estamos tan convencidos. Puede que te ayude si te digo que él también está hecho un lío.

—No lo creo. Aidan ya tiene muchas preocupaciones sin tener que pensar en mí. Para él es una presión muy grande conseguir que el equipo haga una buena temporada el curso que viene.

—Y, según Henry, van a hacer una temporada increíble —dijo Bree—. Te juro que este niño podría ser relaciones públicas de los Baltimore Ravens. Sabe de fútbol y tiene un entusiasmo muy contagioso, y más ahora que su amigo Héctor va a ser el *quarterback*.

Liz se rio suavemente.

—Sí, le he oído hablar sin parar de todo eso en la librería. Ya me imagino que estos días se hablará mucho de fútbol en la mesa de los domingos.

—Sobre todo, en un par de ocasiones que ha traído a Héctor a comer. Creo que el pobre niño se queda aturdido con el batiburrillo de todos los O'Brien, pero la semana pasada se plantó y contradijo a mi padre. No sé quién se quedó más asombrado, si Mick o Héctor. Todos los demás vitoreamos a Héctor. Tenías que ver la cara de mi padre.

—Me lo imagino —dijo Liz, riéndose.

—Bueno, volvamos a Aidan —dijo Bree, y acabó de un plumazo con el buen humor de Liz.

—¿Es imprescindible?

—Solo contéstame a una pregunta, y te prometo que lo dejo. Por lo menos, esta mañana —dijo Bree.

—Bueno, adelante.

—¿No te decides a salir con Aidan porque no quieres mantener una relación con nadie, porque no te atrae Aidan en concreto o porque hay algo que los demás no sabemos sobre él, y ese algo te preocupa?

Liz vio la trampa al instante. Cualquier respuesta suya iba a originar más preguntas, y ella no estaba dispuesta a responder. No podía explicar por qué no quería volver a arriesgarse, ni decir que no se sentía atraída por Aidan, porque se sentía muy atraída por él, mucho más de lo que hubiera querido. Valoraba mucho sus buenas cualidades, su consideración, su carácter.

Sin embargo, había cosas que ella ignoraba. Y, si mencionaba sus vagas sospechas sobre la posible conexión entre Aidan y Thomas, ¿no iba a armar un revuelo? Además, si no tenía razón, habría causado problemas para nada.

—Estoy esperando —dijo Bree.

—Puede que sea por todo lo anterior, o por nada de lo anterior —dijo Liz, para tratar de confundir a Bree. Sin embargo, era una O'Brien, y las respuestas vagas solo servían para generar más preguntas por parte de los O'Brien. Antes de que Bree volviera a hablar, ella alzó una mano—. ¡Basta! No puedo responder ahora. Tengo la cabeza hecha un lío, y necesito aclarármela para poder trabajar hoy. Además, mi madre me llamó anoche y me dijo que mis hermanas y ella llegan esta misma tarde.

—Pues no parece que estés muy entusiasmada —dijo Bree.

—Les pedí que vinieran —dijo Liz, con un suspiro—. Pero creía que me iban a avisar con más antelación, como un año, más o menos.

Bree se echó a reír.

—Yo veo a mi familia todos los días. Algunas veces me gustaría que me dieran solo un día para que pudiera prepararme antes de que metan las narices en mis asuntos. Tu familia solo va a estar aquí unos días, ¿no? La mía no se marcha nunca. Acuérdate de eso cuando te estén volviendo loca.

—Haré lo posible —dijo Liz.

—Mañana por la noche se estrena una obra de teatro nueva. Llévalas. Te dejo las entradas en la taquilla.

A Liz se le iluminó la mirada.

—¡Qué idea tan buena! Dos horas de silencio —dijo, y sonrió—. De ellas, no de los actores.

—Bueno, pues, si hay algo más que pueda hacer para ayudarte, me lo dices.

—Ya tienes suficiente con el estreno de la nueva obra. Las entradas son suficiente Estoy en deuda contigo por darme la idea y cuatro butacas. Sé que normalmente está lleno estos días.

—Siempre reservo asientos para los amigos y la familia —dijo Bree—. Bueno, tengo que irme. Tenemos ensayo general y prueba de vestuario esta mañana. Una de las niñas de la obra ha crecido como la mala hierba. Por desgracia, es la mía.

—¿Emily Rose actúa en la obra?

Bree asintió con orgullo.

—Incluso canta. Me temo que he creado una pequeña diva.

—Estoy impaciente por verla. Te prometo que voy a aplaudir como loca.

—Más de lo que puedo pedir —le dijo Bree, y se inclinó para darle un beso en la mejilla—. Eso, y que pienses de nuevo en abrir tu corazón y dejar que entre Aidan.

Liz suspiró.

—¿Por qué sabía yo que no habías terminado con eso?
—Porque soy yo —dijo Bree.

Liz se quedó observando a su amiga mientras salía de la cafetería. Después, buscó a Sally con la mirada.

—Por favor, ¿puedes ponerme un vaso grande de café para llevar?

Algo le decía que iba a necesitar toda esa cafeína y, posiblemente, una buena dosis más, antes de que acabara aquel día.

# Capítulo 15

Aidan ya había ido a Baltimore para hacer la prueba de paternidad. Solo quedaba esperar el resultado. Estaba desesperado por ver a Liz. Quería contárselo todo y tener su apoyo, pero había prometido que se mantendría en silencio. Además, sabía que ella no estaba precisamente deseando conocer sus secretos, cuando, claramente, estaba luchando contra sus fantasmas. Aquel era un obstáculo que tendrían que superar más tarde, por lo menos, si él quería hacer algo al respecto de lo que sentía por ella, que cada vez era más intenso. No se había enamorado nunca, pero lo que estaba sintiendo por Liz le parecía algo muy real, y no quería dejar de saber adónde podía llegar.

En aquel momento, lo único que esperaba era poder estar con ella para distraerse un poco y dejar de estar tan nervioso. Tal vez aceptara salir a cenar o a tomar algo; cualquier cosa, con tal de dejar de pensar en aquel dichoso test que podía cambiarlo todo. Faltaban días para que les dieran los resultados, así que necesitaba una distracción, y jugar al baloncesto con los O'Brien no era la mejor opción. Había demasiado peligro de que se le escapara algo que después pudiera lamentar.

Decidió esperar un poco antes de pasar por la tienda

de Liz, y llamó a Frankie. Su amigo siempre tenía alguna historia que le hacía olvidar la inquietud. Sin embargo, no había pensado en lo bien que lo conocía su viejo amigo.

—Eh, te he contado una de mis mejores historias y, ¿qué consigo a cambio? Una risita de nada. ¿Qué pasa por allí? ¿Ya estás pensando que te has equivocado? Ya sabes que aquí te darían trabajo en la dirección del equipo en cuanto quisieras.

—¿Haciendo qué? ¿De canguro para vosotros, los burros del vestuario? No, gracias.

—¿Y qué te parece ser el entrenador del *quarterback*?

—Ya hay uno estupendo en el equipo —le recordó Aidan—. Es el que me entrenó a mí.

—Sí, bueno, ya se les ocurriría algo.

—Aquí tengo un contrato —le recordó Aidan—. Y eso significa algo para mí.

—Lo que no entiendo es por qué te has ido a ese pueblo de Chesapeake Shores, o lo que sea.

—Si vinieras a verme, te harías una idea. Es un pueblo estupendo.

—¿Hay clubs? ¿Tías buenas? ¿Una vida nocturna animada?

—No.

—Entonces, no es para mí. ¿Por qué no vienes tú a Nueva York este fin de semana?

Aidan tuvo la tentación de decir que sí, pero tenía demasiadas ganas de ver a Liz. Y, seguramente, eso era una prueba de lo muy enamorado que estaba. Lo mejor que podía hacer era intentar hacer realidad aquel sueño.

—Gracias, pero tengo que hacer cosas aquí —le dijo a Frankie—. No te metas en líos, ¿eh?

—No te preocupes —respondió Frankie—. Tú tampoco, aunque parece que allí no hay muchas oportunidades de meterse en líos, que digamos.

Aidan colgó y se encaminó hacia Main Street. Al entrar en Pet Style, vio a tres mujeres desconocidas paseándose por la tienda, mientras Liz terminaba de cobrar una venta en la caja. La mayor de las tres mujeres hacía preguntas a Liz, sin preocuparse de que ella estuviera atendiendo a una clienta.

–Mamá, por favor –le dijo Liz, pacientemente, después de pedirle disculpas a la clienta–, ahora mismo termino aquí.

Ah, pensó Aidan. Su familia había ido de visita. Mientras iba hacia la madre de Liz, vio que a ella se le ponía cara de pánico, pero no se detuvo.

–Usted debe de ser la madre de Liz –le dijo a la señora, tendiéndole la mano–. Yo soy Aidan Mitchell.

La madre de Liz lo miró fijamente y entrecerró los ojos con una expresión de desconfianza y desaprobación.

–Doris Benson –dijo, por fin, como si no supiera si responder a aquel desconocido impertinente que se había acercado a ella sin que los presentaran.

Las otras mujeres no titubearon. Se acercaron a saludarlo y le dijeron que eran las hermanas de Liz, LeeAnn y Danielle.

–No sé por qué Liz no nos ha hablado de ti –le dijo Danielle, mirándolo de pies a cabeza sin disimulo–. Porque eres digno de mención.

–¡Danielle! –exclamó su madre, en tono de reprimenda, sin apartar su mirada recelosa de él–. ¿Y de qué os conocéis Liz y tú?

–Somos amigos –respondió Aidan–. Nos conocimos cuando llegué al pueblo, hace un mes y medio, para ser el entrenador del equipo de fútbol americano del instituto. Vivo en el apartamento que está sobre su tienda, así que nos encontramos a menudo.

–¡Eres ese Aidan Mitchell! Te acabo de reconocer –

dijo LeeAnn, y sacó el móvil para hacerle una fotografía–. Ya verás cuando se lo diga a Teddy, mi marido. Se va a poner como loco. Nosotros somos del Carolina Panthers, por supuesto, pero él creía que eras el mejor *quarterback* que había habido desde hacía muchos años en la liga –le explicó, y se puso seria–. Fue una lástima lo de tu lesión. No sabía que vivías en Chesapeake Shores –añadió, y miró a Liz–. A nadie se le ocurrió contarme que había un famoso jugador aquí en el pueblo.

–Bueno, es que llevo poco tiempo en el pueblo –dijo Aidan–, y, como ya no juego al fútbol, no creo que nadie me considere famoso hoy día.

–Pues cualquier aficionado al fútbol americano, sí –dijo LeeAnn–. Y pensar que mi hermana y tú sois amigos. ¡Imagínate! –dijo, y le guiñó un ojo a Danielle–. Liz siempre ha sabido llevarse al más guapo. Tenías que haber visto a Josh.

–¡Ya está bien! –exclamó Liz, con un tono tirante que llamó la atención de su hermana.

–¿Qué he dicho? –preguntó LeeAnn–. ¿Es que no sabe lo de Josh? Era tu marido, por el amor de Dios.

–No me gusta hablar de esa época de mi vida –respondió Liz–. Ya lo sabes.

–Claro, pero no entiendo por qué –dijo LeeAnn, insistiendo–. Josh era un tipo increíble. Fue una tragedia que muriera, pero no puedes seguir fingiendo que no existió. Deberías mantener vivo su recuerdo.

–No me digas cómo tengo que vivir mi vida –le espetó Liz–. Y menos, delante de gente que no conoces.

–Liz tiene razón –intervino su madre, para aligerar aquel momento tenso–. Este no es el momento. Cariño, si nos das la llave y nos explicas cómo llegar a tu casa, nos vamos ahora mismo a deshacer las maletas. He traído una nevera con tus platos favoritos. He pensado que esta noche podríamos cenar en casa para que podamos descansar después del viaje.

Aidan observó la cara de Liz. No parecía que le entusiasmara aquel plan, seguramente, porque el tema de su difunto marido iba a ser parte de la conversación.

Él captó su mirada.

—Yo puedo acompañarlas en el coche y enseñarles el camino —dijo.

—No, no podemos pedirte eso —dijo su madre—. ¿Cómo ibas a volver?

Él sonrió. Claramente, todavía no conocían el pueblo ni sabían lo cerca del centro que estaba todo.

—Puedo volver andando. No está lejos.

—Bueno, pues, si no te importa, nos ayudarías mucho —dijo la señora, con más amabilidad que antes—. Muchas gracias.

Liz le dio a su madre las llaves y, después, se inclinó hacia Aidan y le susurró:

—Si mis perros las atacan, no se lo impidas.

Él se echó a reír y les cedió el paso en la salida.

—Señoras.

Un cuarto de hora más tarde, había dejado a las tres mujeres en casa de Liz, había calmado a los perros y había evitado discretamente responder a las cientos de preguntas que le habían hecho sobre su relación con Liz. Cuando llegó a Pet Style, le dijo a Liz:

—Ya están a salvo en tu casa. Son muy curiosas, ¿eh?

Ella gruñó.

—¿Qué te han preguntado?

—Creo que en algún momento ha surgido incluso la cuestión de si prefiero calzoncillos sueltos o ceñidos.

Ella abrió unos ojos como platos.

—Las voy a matar. De verdad.

Aidan se echó a reír.

—No pasa nada. No llegaron tan lejos.

—Pero seguro que se acercaron —dijo ella, con cansancio. Después lo miró de manera suplicante—. ¿Puedo quedarme en tu casa esta noche? O el fin de semana entero.

Él se quedó boquiabierto, aunque sabía que ella solo estaba bromeando.

—Yo no diría que no.

Liz se echó a reír, tal y como él quería.

—Pues claro que no, pero supongo que no puedo escapar de mi familia escondiéndome. No sé en qué estaba pensando cuando las invité a visitarme.

—¿En que querías verlas? —sugirió él—. ¿O en que querías que ellas vieran dónde vives y lo maravilloso que es?

—Ah, sí, fue eso —dijo ella, y suspiró—. Me parece que no fue buena idea. LeeAnn está más emocionada por haberte conocido que por ver Chesapeake Shores. Ya ha criticado media docena de cosas del pueblo y de la tienda y solo llevaban aquí diez minutos cuando tú has llegado.

—Si quieres, puedo ir a cenar con vosotras y mantenerlas distraídas —le sugirió. Eso le sería muy útil para sus propósitos y, además, tal vez consiguiera averiguar más cosas sobre su matrimonio, algo de lo que Liz no quería hablar.

—Creo que ya has causado suficientes especulaciones por hoy —dijo ella—. Pero gracias.

—¿Seguro que quieres rechazar a alguien que se ha ofrecido a sacrificarse para desviar la atención de ti?

—La atención siempre volverá a mí. Han venido con unos planes bien definidos. Quieren que vuelva a Carolina del Norte. Sobre todo, mi madre. Nada de lo que hay en Chesapeake Shores ni en mi vida actual estará a la altura de sus expectativas.

—¿Ni siquiera yo? —preguntó él, con una sonrisa.

—Tú solo eres una complicación. No puedo dar ninguna explicación convincente sobre ti y, por si no te has dado cuenta de la cara que ponía mi madre, ella piensa que yo todavía debería estar de luto. Para ella, Josh era un santo.

Su tono de voz llamó la atención de Aidan.

–¿Y no lo era? –preguntó. Eso explicaría el golpe emocional que había sufrido Liz.

Por un instante, él tuvo la impresión de que Liz iba a contestar con sinceridad, pero, rápidamente, ella se cerró en banda.

–Me enseñaron que no se debe hablar mal de los muertos.

–Pues con eso me dices muchas cosas –comentó Aidan–. Tal vez ya haya llegado el momento de que hables con franqueza de tu pasado. Me da la impresión de que has estado embelleciendo las partes más importantes.

–Por favor, Aidan, ahora no –le rogó ella–. Tener a mi madre y a mis hermanas aquí ya es lo suficientemente estresante.

De mala gana, él volvió a abandonar aquel tema.

–A propósito, Bree me ha dejado un mensaje diciéndome que me había reservado una entrada para la obra de mañana por la noche –le dijo a Liz.

–¿De verdad? –preguntó ella, riéndose–. Pues algo me dice que nos vamos a ver en el teatro.

–¿A ti también te ha invitado?

–A las cuatro, de hecho. Mañana puedes distraer a mi madre y a mis hermanas, suponiendo que sigamos vivas por la noche.

Él se rio.

–Tengo una fe muy grande en tu dominio de la situación.

–¿De verdad? Pues no entiendo por qué. Es la primera vez que me ves con mi familia. Pueden llevarme al límite más rápido que cualquier O'Brien que hayas conocido.

—Bueno, pues entonces, estoy deseando que llegue mañana por la noche —dijo él, con sinceridad.

Tenía la certeza de que conseguiría más información sobre el pasado de Liz y sobre los secretos que estaba empeñada en guardar. Solo aquella tarde ya había averiguado mucho más de lo que ella, obviamente, quería que supiera.

Liz se entretuvo todo lo posible a la hora de cerrar la puerta, aunque tratando de no provocar demasiado alboroto al llegar a casa. De todos modos, tuvo que oír varios comentarios negativos sobre lo mucho que trabajaba; no podían hacerle un cumplido por ello.

Al entrar en la casa, no vio a los perros. Los oyó ladrar frenéticamente desde el cuarto de la lavadora que había junto a la cocina. Encontró a su madre y a sus hermanas en la cocina, preparando la comida.

Ignoró su parloteo y abrió la puerta del cuarto de la lavadora. Los dos perros y el gato salieron corriendo para alejarse lo más rápidamente posible de sus captoras.

—¿Por qué los habéis encerrado ahí? —preguntó, tratando de contener su enfado.

—Hemos pensado que no querrías que estuvieran corriendo por toda la casa —respondió su madre—. Quién sabe lo que pueden romper y estropear.

—¿Y no se os ha ocurrido que he sido yo la que los ha dejado sueltos? —preguntó Liz—. Por favor, no volváis a encerrarlos así.

Su madre parpadeó al oír aquel tono de voz tan duro.

—Claro que no, cariño, si tú no quieres. No empecemos mal la noche por algo tan tonto.

Liz estuvo a punto de decirle que a ella no le parecía ninguna tontería que maltrataran a sus mascotas, pero se calló.

—Tienes razón. Tengo muchas ganas de jugar a las cartas o al Scrabble y de que nos divirtamos como antes.

—Pues eso es lo que vamos a hacer —dijo su madre—. Bueno, ¿por qué no te das una duchita y te cambias de ropa? Así te relajarás. La cena estará dentro de unos veinte minutos.

Liz asintió, porque eso significaba que podía escapar de la cocina.

—Gracias, mamá. No tardo —dijo, con una sonrisa forzada—. La comida huele muy bien.

—Pues espera a ver los postres —dijo Danielle—. Ha hecho tarta *red velvet* y tarta de limón y merengue. Yo voy a comer de las dos. Hace siglos que no hago esos excesos. Si no adelgazo los kilos que engordé durante el embarazo de Kit, creo que Nate va a hacer las maletas y a largarse.

Liz abrió la boca, pero su madre la silenció con una mirada. Salió de la cocina y se dijo: «No te pelees con ellas. Y menos, la primera noche».

Cuando volvió a salir, quince minutos después, se había puesto unos pantalones cortos y una camiseta de tirantes, e iba descalza. Su madre la miró con desaprobación, pero sus hermanas, que llevaban unos vestidos muy decorosos, la miraron con envidia.

La cena fue muy bien, pensó Liz, porque la conversación versó sobre las recetas de su madre del pudin de maíz, el estofado de pollo y las judías verdes y los tomates que había llevado de su propio huerto. Las tres hermanas bromearon, como siempre, diciendo que su madre siempre omitía ingredientes cuando les daba las recetas, para que sus platos no estuvieran tan ricos como los que ella preparaba.

—Yo nunca haría tal cosa —dijo Doris Benson. Sin embargo, tenía un brillo delator en la mirada—. Cuando yo falte, podéis abrir mi caja de recetas y allí las encontraréis escritas tal y como ya os las he dado.

–Sí, claro –dijo LeeAnn, sonriendo–. Me imagino que habrás borrado las pruebas. Lo que yo quiero ver es la caja de recetas de la abuela.

–Aunque existiera, y no estoy diciendo que exista, la encontraréis cuando yo ya no esté –respondió su madre–. Eso, si no tiráis todo lo que hay en la casa a un contenedor, como hizo, por lo visto, Ginny Walker con las cosas de sus padres –explicó, cabeceando–. Nunca había oído nada igual. Qué comportamiento tan irrespetuoso.

–Mamá, Ginny vive al otro lado del país. Seguro que se quedó con cosas que tenían valor sentimental, y el resto, lo gestionó lo mejor que pudo para limpiar la casa y ponerla a la venta –dijo Danielle–. No puedes criticarla por eso.

–Pues la critico –dijo Doris–. Si vosotras hacéis eso con mis cosas, os perseguiré en forma de fantasma durante toda la eternidad.

–Eso sí que tiene gracia –dijo LeeAnn, y le guiñó un ojo a Liz–. Estoy impaciente. ¿Y tú?

–Piensa en el *reality show* que podríamos montar –comentó. Su madre la miró con el ceño fruncido, pero sus hermanas se echaron a reír.

Por unos minutos, todo fue como en los viejos tiempos, antes de que se hubieran separado sus caminos, se hubieran casado y hubieran hecho sus propias vidas. Liz pensó en aquello con nostalgia, pero su madre la interrumpió.

–Vamos a hablar de ese tal Aidan Mitchell –dijo–. Me sorprende que ya estés saliendo con alguien. Hace muy poco que murió tu marido.

–¿Y quién ha dicho que estoy saliendo con alguien? –preguntó Liz–. Somos amigos.

—¿Con derecho a roce? —preguntó LeeAnn.

—No me gusta nada ese comentario —dijo Doris Benson con desaprobación.

Liz frunció el ceño.

—De verdad, LeeAnn, ¿por qué tienes que enredar así?

—Es divertido —respondió su hermana.

—Lo que quiero decir —intervino su madre— es que deberías estar llorando la muerte de tu marido, no tonteando con otro hombre.

—Nadie está tonteando, mamá. Y me parece que un año es tiempo suficiente para dejar el luto.

Iba a decir que Josh ni siquiera se merecía eso, pero se mordió la lengua. Si seguían así, necesitaría puntos de sutura cuando se fueran del pueblo.

¿Por qué iba a estropear a aquellas alturas la imagen que tenían de Josh? Tal vez, si les hubiera contado la verdad al principio, habría sido más fácil para ella soportar la carga de la infidelidad de Josh, y habría tenido apoyo emocional. Sin embargo, en los primeros momentos, solo pensaba en que su matrimonio había fracasado, y no quería que todo el mundo lo supiera.

—Él fue el amor de tu vida —insistió su madre—. Y ni siquiera estás allí para ir al cementerio y llevarle flores a la tumba.

—Seguro que ya lo hacen sus padres. Además, aunque estuviera allí, no me pasaría el rato junto a su tumba. Eso no lo hace nadie.

—Yo todavía voy a visitar las tumbas de tus abuelos —dijo su madre.

—Vas en Navidad y en Semana Santa —le recordó Danielle—. Les llevas una corona en Navidad y una lila en Semana Santa. No vas a rezar allí todos los días, como quieres que haga Liz.

Liz la miró con gratitud por aquel inesperado apoyo.

Danielle le guiñó un ojo.

Doris, por su parte, arrugó la frente.

—Voy más veces —insistió—. Y me paro en la tumba de Josh. La lápida es preciosa —dijo, y volvió a mirar a Liz con desaprobación—. Todavía no comprendo por qué dejaste que la eligieran sus padres.

—Porque sabía que para ellos era más importante que para mí —dijo Liz—. Y, ahora, por favor, ¿podemos cambiar de tema?

En cuanto vio el brillo de la mirada de su madre, añadió:

—Y no para hablar de Aidan, por favor.

—Bueno, entonces, ¿de qué quieres hablar? —preguntó su madre entre resoplidos.

—¿Qué os ha parecido Chesapeake Shores?

Las tres se miraron.

—No hay mucho que ver —dijo Danielle.

—Bueno, lo que hemos visto es muy bonito —dijo LeeAnn—. La bahía es una maravilla.

—Pero cuando has estado tantas veces en los Outer Banks como hemos estado nosotros, esta bahía no vale mucho —la contradijo su madre.

Liz suspiró.

—Este sitio es perfecto para mí. Puede que mañana, cuando hayáis tenido tiempo para ver algunas tiendas y comer junto al mar, empecéis a tomarle gusto. Además, tenemos entradas para mañana por la noche en el teatro del pueblo.

—Oh, cariño, ¿de verdad quieres malgastar el tiempo que tenemos para estar juntas en ir a ver una obrilla de pueblo? —preguntó su madre, con un evidente desdén.

—A la autora que ha escrito la obra y que dirige el pequeño teatro del pueblo —respondió Liz, secamente— le han producido obras en Broadway y en Chicago. Sus obras tienen buenas críticas por parte de los más respetados críticos del país. Y varios de los actores que participan en la obra actúan en Nueva York.

Su madre la miró con asombro.

—No tienes por qué hablarme así. No lo sabía —dijo en un tono defensivo.

—¿Podrías prometerme que vas a ser más abierta? —le pidió Liz—. A mí me encanta este pueblo. Es precioso, y la gente ha sido muy buena conmigo. No me gusta que no estéis dispuestas a darle una oportunidad.

LeeAnn le apretó la mano.

—Vamos a intentarlo —le prometió.

Incluso Danielle asintió.

—Claro que sí. Y, si tienes más amigos como Aidan Mitchell, estamos deseando conocerlos.

Liz se dio cuenta de que su madre no le prometía nada, pero, al menos, con dos de su lado, la perspectiva de pasar otro día con su familia le resultaba casi soportable.


Cuando Aidan llegó al teatro, encontró su sitio junto a cuatro butacas vacías, tal y como había predicho Liz. Miró a su alrededor y se dio cuenta de que estaban rodeados de O'Brien. Mick y Megan estaban tres filas por delante, con Nell y su marido, además del marido de Bree, Jake, y su hermana mayor, Abby, con su familia. Kevin y Shanna estaban en la fila siguiente, con sus hijos, Thomas, Connie y Sean. Delante de Aidan estaban Jess, Will, Mack y Susie, con Connor y Heather. Aunque había otra gente a la que no conocía, Aidan pensó que ellos también eran O'Brien.

Susie se dio la vuelta y le sonrió.

—¿Esperas a alguien especial? —le preguntó, señalando los asientos vacíos con un gesto de la cabeza.

—Tú sabes lo mismo que yo —respondió él, que se negaba a confirmar su teoría—. Bree solo me dijo que me dejaba una entrada en la taquilla.

Susie no se lo creyó. De repente, se le iluminó la mirada.

Aidan no tuvo que girarse para saber que quienes estaban recorriendo el pasillo central eran Liz, su madre y sus hermanas.

—Mira quién ha venido —dijo Susie, lo suficientemente alto como para que lo oyeran los demás miembros de la familia.

Todos los O'Brien se fijaron en Liz y, después, en Aidan. Se produjo un murmullo de satisfacción. Él se ruborizó, y a Liz se le puso cara de querer salir corriendo.

La única persona que no parecía muy contenta con aquel giro de los acontecimientos era Doris Benson. Parecía que se había tragado un gajo de limón muy ácido.

—¡Otra vez tú!

—Buenas noches —dijo Aidan, y se hizo a un lado para dejarles pasar a la fila—. Me alegro de veros de nuevo. Espero que estéis disfrutando de la visita.

La madre de Liz lo ignoró mientras avanzaba hacia su butaca. Danielle y LeeAnn lo miraron con una expresión de disculpa y entraron a la fila por delante de Liz para que ella pudiera sentarse a su lado.

—Espléndido —murmuró ella, con un gemido—. Voy a pasarme toda la noche soportando otro sermón de mi madre por no respetar la memoria de Josh.

Él frunció el ceño.

—¿En serio? ¿Después de todo este tiempo?

—A los santos hay que reverenciarlos toda la eternidad, ¿no lo sabías?

Aidan se quedó pasmado con su tono de amargura. Liz estaba muy tensa. Siguiendo un impulso, le tomó la mano y se dio cuenta de que la tenía helada, pese a que hacía calor. Ella intentó zafarse, pero él la sujetó y la acarició suavemente hasta que notó que recuperaba algo de calidez.

—Mejor —dijo, por fin, pero no le soltó la mano.

Ella lo miró con ironía.

—Eso es lo que tú te crees. Deberías venir a casa para tener el placer de presenciar la conversación sobre la velada.

—Encantado, si te facilita las cosas.

Liz se quedó perpleja.

—¿Estarías dispuesto a venir, ¿no? Aunque no me debes nada, y no hay nada entre nosotros.

Él sonrió ligeramente.

—Oh, querida, sí hay algo. Creo que tú eres la única que todavía no ha querido darse cuenta.

Justo entonces, en el momento más indicado, las luces se apagaron y se hizo el silencio en el teatro. El telón empezó a subir lentamente.

Aidan no tenía ni la más mínima idea de cuál era el argumento de la obra, y no lo averiguó, aunque estaba seguro de que era muy buena por las risas y los aplausos. Lo único que sabía era que iba a recordar siempre aquella noche, porque Liz no trató de apartar la mano, y nada de lo que había vivido hasta la fecha había conseguido que se sintiera tan bien.

# Capítulo 16

Liz no podía creer que se hubiera pasado dos horas de la mano con Aidan, y en público. Y menos, teniendo en cuenta que su madre estaba a tres asientos de ellos, y que estaban rodeados de O'Brien. No tenía ninguna duda de que todo el mundo se había dado cuenta de lo que estaba sucediendo.

Sin embargo, no había sido capaz de retirar la mano. Se sentía demasiado bien conectada a él, recordando cómo era aquella corriente de electricidad que recorría a dos personas. No sabía por qué le había ocurrido en aquel momento y con aquel hombre, pero le había ocurrido. Y cada vez estaba más convencida de que sería destructivo y absurdo ignorar las posibilidades. Tenía que encontrar la forma de dejar atrás el pasado y abrir el corazón.

Cuando se encendieron las luces, al final de la obra, miró con pánico en dirección a Aidan. Él le guiñó un ojo y le soltó la mano.

Susie se giró inmediatamente.

–Vais a ir a la fiesta del hotel, ¿no? Sé que Bree espera que vayáis.

Liz estaba a punto de hacer un gesto negativo cuando varios O'Brien insistieron.

—Tenéis que venir –dijo Shanna–. Es la gran noche de Bree. Todos sus amigos deberían estar en la fiesta.

—No ir sería de mala educación –dijo LeeAnn.

Incluso Danielle le imploró que dijera que sí. Su tono de voz esperanzado daba a entender que no tenía muchas diversiones últimamente, con tres niños y un marido muy poco colaborador.

Liz cedió. ¿Cómo iba a decir que no, si aquello significaba tanto para ellas? Se suponía que eran sus vacaciones, aunque fueran cortas. Se merecían un poco de diversión y, tal vez, el hecho de conocer a sus amigos fuera de ayuda para que se convencieran de que el lugar que había elegido para su futuro era estupendo.

Además, de ese modo no tendría que ir a casa a aguantar la reprimenda de su madre. Sonrió forzadamente y les dijo a Susie y a Shanna:

—Claro que iremos. Por lo menos, un ratito. Quiero darle la enhorabuena a Bree por haber producido otra obra estupenda.

Shanna se quedó satisfecha por haber llevado a cabo una parte de la misión, y se volvió hacia Aidan.

—¿Y tú?

Él dijo, sin apartar la mirada de Liz:

—No me lo perdería por nada del mundo. Me parece la forma perfecta de rematar una noche muy sorprendente.

A los pocos instantes, Liz tiró de él hacia el pasillo.

—Por favor, no...

—¿No qué? ¿No quieres que vaya a la fiesta?

—No, claro que tienes que ir, pero no hagas que la gente se forme ideas equivocadas.

—¿Equivocadas? Como te he dicho antes, creo que tú eres la única que lo ve así.

—Aidan –le rogó ella–. Con mi familia aquí, no.

—Está bien –dijo él–. Pero, cuando se vayan, tú y yo

tenemos que hablar. Es hora de poner las cartas sobre la mesa.

Liz se quedó boquiabierta. No sabía qué era más increíble, que él le echara en cara que ocultara sus secretos, o que insinuara que, por fin, iba a revelar el suyo.

—¿De verdad estás dispuesto a contarme la verdad? —le preguntó.

Él asintió.

—Creo que ya es hora. Ha habido demasiados secretos durante demasiado tiempo. Tenemos que aclarar las cosas para poder seguir adelante.

—Muy bien —dijo ella. Estaba muy impaciente por que él cumpliera su promesa. ¿Y podría ella corresponderle? Era evidente que Aidan esperaba que lo hiciera. ¿Podría explicarle por qué tenía tantas dudas sobre sí misma, sobre él y sobre las relaciones en general?

¿Y qué ocurriría cuando se sincerara?

Por supuesto, la perspectiva le resultaba menos aterradora porque Aidan estaba dispuesto a hacer lo mismo. ¿Sería posible que, una vez que hubieran confesado sus secretos, pudieran estar juntos? ¿O el hecho de desnudar sus almas los apartaría al uno del otro?

Las mesas del comedor de The Inn at Eagle Point estaban llenas de aperitivos y dulces, pero Aidan solo tenía ojos para Liz. La acompañó mientras ella hablaba y se reía con sus amigos, con su madre y sus hermanas. Se había relajado mucho.

—¿Va todo bien? —le preguntó Thomas, observando a Liz.

Aidan asintió.

—¿Te preocupa cómo va a reaccionar al conocer la noticia?

Aidan se quedó sorprendido por lo perceptivo que era Thomas. Lo miró, y le dijo:

—Bueno, supongo que tú también estás inquieto por lo que va a suceder cuando se sepa la verdad. Tú te juegas mucho más que yo con toda la gente que hay en este salón. Entendería perfectamente que prefirieras que yo no hubiera venido al pueblo.

Thomas lo miró con consternación.

—Aidan, no te niego que esto va a causar un revuelo, y que la gente me va a mirar mal —dijo—. Seguro que mi madre tendrá muchas cosas que decirme. Ella no se va a creer que yo no tuviera ni la más mínima idea de que había tenido un hijo.

Aidan lo miró comprensivamente. Solo había visto a Nell un par de veces, pero sabía que tenía mucha influencia en sus hijos y que ellos deseaban contar con el respeto de su madre.

—Si te vale de algo, yo sí me lo creo. Creo que mi madre decidió ocultártelo conscientemente. No entiendo por qué lo hizo, pero no creo que tú nos dieras la espalda deliberadamente.

Thomas se quedó aliviado.

—Gracias por decirme eso. Gracias por creer en mí.

Aidan se encogió de hombros. No había conseguido tener fe en Thomas con rapidez, ni con facilidad, después de años de resentimiento e ira, pero recientemente había pasado tiempo con él y había llegado a aceptar que era un hombre honorable, tal y como su madre le había transmitido.

—¿Sabes cuándo estarán los resultados? —le preguntó Aidan.

—Me han dicho que nos darán un informe preliminar el lunes, si no hay una correspondencia evidente basada en el grupo sanguíneo, pero que los resultados del ADN pueden tardar más.

Antes de que Aidan pudiera expresar su frustración, que Thomas compartía, Connie se acercó a ellos.

—Nada de secretitos —les dijo.

Thomas le dio un beso en la mejilla.

—No. ¿Para qué voy a estar yo aquí con secretitos cuando puedo estar con la mujer más guapa de la sala?

Connie se ruborizó y se echó a reír.

—Y así, con este descaro y esta labia, es como consiguió convencerme de que me casara con él —le dijo a Aidan.

Él se preguntó, sin poder evitarlo, si Thomas también habría desplegado aquel encanto irlandés también con su madre. ¿Se habría enamorado también sin remedio? Ojalá hubiera podido verlos juntos, aunque solo hubiera sido una vez, para experimentar el vínculo que los había unido y había creado un hijo. Así habría podido tener algunos buenos recuerdos para toda la vida.

Miró a Thomas, y se dio cuenta de que él sabía lo que estaba pensando. Sin embargo, aunque su padre estuviera dispuesto a contarle cosas del pasado, no podría hacerlo aquella noche.

—Parece que a Liz le vendría bien algo de compañía —le indicó Thomas.

Connie le dio un codazo en las costillas.

—El casamentero es Mick, no tú.

—Solo era un comentario —le dijo Thomas, y le guiñó un ojo a Aidan.

Él se echó a reír, los dejó y se dirigió hacia Liz. De camino, tomó un par de copas de champán de la bandeja de uno de los camareros. Ella ya estaba saliendo a la terraza cuando la alcanzó; le ofreció una de las copas.

—Gracias —dijo Liz, al tomarla.

—¿Estabas pensando en salir corriendo? —le preguntó Aidan, señalando la pradera que descendía suavemente desde la terraza hasta la orilla de la bahía.

—Se me ha pasado por la cabeza —admitió ella.

—Parecía que estabas esquivando muy bien a tu familia, incluso dentro del salón.

—Eso puedo agradecérselo a los O'Brien. Megan tiene arrinconada a mi madre. Shanna se ha hecho cargo de Danielle, y Jess le está enseñando el hotel a LeeAnn —le explicó Liz—. Me parece que hay una confabulación.

—¿De qué tipo?

—Estoy aquí contigo, en una terraza iluminada por la luz de la luna, ¿no? Ha sido Susie la que ha tenido la idea de que yo saliera aquí, a propósito. Lo único que les ha faltado hacer ha sido cerrarnos las puertas.

Aidan se echó a reír y miró a su alrededor. Las puertas de la terraza todavía estaban abiertas de par en par.

—Seguro que no se les ha ocurrido.

Ella enarcó una ceja.

—¿De verdad crees que se les va a pasar por alto algún detalle?

—No, seguramente, no.

Él dejó la copa en una mesa blanca de hierro forjado y dio un paso hacia ella.

Liz entrecerró los párpados.

—¿Qué estás haciendo?

—No me gustaría que tanta planificación no sirviera para nada. ¿Y a ti? —le preguntó Aidan. Le quitó la copa de la mano y la dejó en la mesa, junto a la suya.

—¿No acababas de dármela? —preguntó ella, mirando la copa con nostalgia.

—Sí, pero ahora me estorba —respondió él, y se acercó aún más. Le acarició la mandíbula con un dedo, y notó que ella se echaba a temblar—. No sé por qué he esperado tanto para volver a hacer esto.

—Aidan...

—¿Sí, Liz? —susurró él.

Hizo que inclinara la cabeza hacia atrás y la miró a los ojos. A ella se le habían oscurecido por una pasión que no podía disimular. Podría negarlo todas las veces que quisiera, pero estaba tan desesperada como él por aquel beso.

–Aidan –repitió ella, con un suspiro.

Él no se molestó en responder. La besó y sintió todo el impacto del beso en el cuerpo entero.

Liz se agarró a sus hombros y, en aquella ocasión, fue ella la que se acercó a él, como si no pudiera soportar que quedara el más mínimo espacio entre ellos. Separó los labios, y su respiración se volvió entrecortada.

Aidan metió los dedos entre su pelo, porque necesitaba sentir su suavidad y ver cómo le quedaban alrededor del rostro los mechones que él consiguiera soltar del moño. Así le resultaría más fácil imaginarse la imagen de Liz después de hacer el amor, sonrosada, despeinada y bella.

Se acercaron unas voces, que tuvieron el mismo efecto que un cubo de agua sobre sus cuerpos febriles. Al notar que Liz iba a separarse de él bruscamente, Aidan la sujetó, con la esperanza de que fueran quienes fueran los que iban a salir a la terraza se dieran la vuelta.

Por supuesto, un hombre se rio suavemente al verlos, y hubo un susurro y, después, las voces se alejaron de nuevo. Solo había durado menos de un minuto, pero fue suficiente para devolverlos a ambos a la realidad.

–Claramente, estabas equivocada –le dijo él, sin dejar de abrazarla.

–¿En qué? –le preguntó ella, mirándolo con aturdimiento.

–En que no iba a haber más besos. Te advertí que eran irresistibles, que tú eres irresistible.

Liz sonrió.

–Yo nunca he dicho que no fueran unos besos maravillosos –le recordó ella.

—Solo que no podíamos repetirlos.

—Exacto.

—Bueno, pues estabas equivocada.

—Creo que me refería a si era inteligente repetirlos o no, no a tu habilidad para robar unos cuantos más.

Él retrocedió fingiendo que estaba indignado.

—Yo no te he robado ningún beso. Estamos en la terraza, solos, a la luz de la luna. Estamos tomando champán.

—Yo solo he podido dar un sorbito, y con eso no he podido perder la cordura.

Aidan se echó a reír.

—Así que me has besado sin excusas —dijo—. Mejor todavía.

—Vaya, tienes respuesta para todo, ¿eh?

—Cuando la necesito, sí. Lo que quiero decir es que todo indicaba a que iba a haber un encuentro romántico.

—Entonces, si yo no quería que me besaras, debería haberme lanzado cuando apareciste con el champán.

—Una mujer sabia que verdaderamente no quería que la besaran sí lo habría hecho.

—Esta teoría tuya es muy conveniente para ti, claro —dijo ella—. Toda la responsabilidad recae sobre mí.

Él sonrió sin una pizca de arrepentimiento.

—Es sorprendente lo bien que funciona, ¿verdad?

Para su sorpresa, ella se le acercó y apoyó la cabeza en su pecho.

—No sé por qué estoy luchando tanto contra esto —dijo—. Si lo pienso fríamente, tiene todo el sentido del mundo alejarme de ti, pero, cuando estás cerca, lo único que tiene sentido es que yo me acerque aún más.

Aunque aquellas palabras fueron como música celestial para él, el tono de voz de Liz tenía un matiz de pesar que no podía pasar por alto. No le gustaba nada que algo que a él le parecía tan bueno fuera tan conflictivo para ella. ¿Cómo iban a superarlo?

–Liz, dime lo que quieres realmente. Si no soy yo, puedo alejarme.

–Antes no lo has hecho –le recordó ella.

Y él sonrió.

–No estaba convencido. Convénceme ahora.

Ella lo miró a los ojos.

–No sé cómo hacerlo.

–¿Por qué? ¿Porque no es cierto?

Ella suspiró.

–No, no es cierto –susurró.

–Pues entonces, que yo sepa, podemos arreglar todo lo demás.

–Ojalá pudiera creerlo.

Él le pasó los dedos por el pelo y le acarició suavemente la mejilla.

–Créelo, cariño. Yo sí lo creo.

No estaba seguro de por qué tenía tanta fe, si aún había tantas cosas que no se habían dicho, pero la tenía.

Liz se despertó el domingo por la mañana y se encontró el vestíbulo lleno de maletas. Su madre y sus hermanas ya estaban en la cocina, llenando un termo de café. Ella las miró con recelo, se sirvió una taza y se sentó. Observó a LeeAnn y a Danielle, que evitaron devolverle la mirada. Después, se fijó en su madre.

–Vaya, veo que estáis deseando poneros en marcha –dijo–. No pensaba que os ibais tan temprano.

–Ha sido idea de mamá –dijo LeeAnn.

Liz suspiró. Claro. Ella se había pasado la noche en vela, intentando averiguar por qué su madre no había dicho ni una palabra durante el trayecto de vuelta a casa de la fiesta. Y, ahora, ya lo sabía: había oído o visto algo que había multiplicado su desacuerdo con lo que ella hacía.

—Mamá, ¿por qué no me dices lo que estás pensando? —sugirió Liz—. Creo que a Danielle y a LeeAnn ya se lo has contado.

Su madre se puso rígida y, cuando se dio la vuelta, tenía los ojos llenos de lágrimas.

—Estoy muy decepcionada contigo —le dijo a Liz—. No te eduqué para que fueras así.

Nada de lo que podía haber dicho le hubiera hecho más daño. Durante muchos años, se había dicho a sí misma que tenía que hacer caso omiso de los comentarios que su madre hacía constantemente para inducirles la culpabilidad, pero ¿cómo podía vivir una hija sabiendo que era un motivo constante de decepción para su madre? Algunas veces, pensaba que lo único que había hecho bien era casarse con Josh March. Y, posiblemente, ese era el motivo por el que nunca había querido que su madre supiera la verdad de su matrimonio, una verdad que ella misma había descubierto con demasiado retraso.

—¿Qué he hecho ahora? —le preguntó, aunque la respuesta era evidente: algo que tenía que ver con Aidan.

LeeAnn la miró comprensivamente.

—No le hagas caso, Liz. No tiene nada de malo que sigas con tu vida. A Danielle y a mí nos cae muy bien Aidan, de verdad.

—¿Un hombre así? —le espetó su madre—. ¿Un hombre que se aprovecha de una viuda todavía de luto?

Liz miró con horror a su madre.

—Nadie se está aprovechando de nadie, mamá. Y yo no soy una viuda todavía de luto. Siento que Josh muriera, pero nuestro matrimonio habría terminado de todos modos.

—No digas tonterías —respondió su madre—. Ese hombre te adoraba, y tú nunca le has tenido el respeto que merece.

—Puede que cometiera errores —dijo Liz, a la defensiva. Ya estaba cansada de ocultar la realidad—. De hecho, estoy segura de que los he cometido en la vida, pero el peor de todos fue confiar en mi marido.

Su madre se quedó espantada.

—¿Cómo puedes decir eso? Josh March era un hombre maravilloso y decente.

—No, mamá. Lo digo porque es cierto. Josh me estaba engañando. Llevaba meses siendo infiel. Por lo menos, con la mujer que yo averigüé. No sé si lo había hecho más veces.

Aquellas palabras llenas de amargura quedaron suspendidas en el aire. Liz vio el *shock* y la incredulidad de su madre, pero LeeAnn y Danielle se miraron de forma elocuente, como si ya sospecharan que no todo había sido perfecto en el mundo de Liz.

—No te creo —dijo su madre.

—La noche que murió Josh, nuestro aniversario, por cierto, yo le estaba hablando de tener un hijo, cuando él me dijo que quería el divorcio, que había otra mujer en su vida desde hacía mucho tiempo. ¿Ahora también piensas que era tan maravilloso?

LeeAnn soltó un jadeo. Se puso de pie y abrazó con fuerza a Liz.

—Ese hijo de... —miró a su madre y se contuvo—. Ese desgraciado.

Liz estuvo a punto de sonreír. Incluso en un momento como aquel tenían que esperar a que su madre diera su aprobación.

—Lo siento muchísimo, Liz —le dijo Danielle—. Tenías que habérnoslo contado.

—¿De verdad? ¿Cuándo? ¿En el funeral, cuando todo el mundo lo estaba alabando? ¿O en el cementerio, cuando parecía que su madre se iba a lanzar a la tumba? ¿O en su casa, cuando todo el mundo hablaba de él con susurros llenos de reverencia?

Danielle se ruborizó.

—No, claro que no, pero después de todo eso, o cuando estábamos solas, sí podías habérnoslo dicho. Somos tus hermanas. Te habríamos escuchado y te habríamos apoyado.

Liz suspiró.

—Lo siento. Creo que estaba intentando proteger la memoria de Josh para la gente que lo quería. Solo porque yo me hubiese llevado tal decepción no quería que los demás tuvieran que llevársela también. Además, apenas tuve tiempo de asimilar lo que pasó. Fue muy rápido: él me hizo su gran anuncio, yo lo eché de casa y murió, todo eso, en dos horas. Me quedé en *shock* en muchos sentidos.

Miró a su madre para ver cuál era su reacción. Doris se había sentado a la mesa y tenía la taza de café agarrada con fuerza. Se había quedado muy pálida.

—Yo lo sabía —dijo, con la voz temblorosa.

Liz la miró con desconcierto.

—¿Qué es lo que sabías?

—Que Josh estaba viendo a otra mujer. Los vi juntos más de una vez, pero no quería creerlo. Tu padre estaba empeñado en que eran imaginaciones mías. Tenía una docena de explicaciones lógicas para lo que yo había visto —dijo Doris, y tomó aire—. Como parecía que tú estabas bien, yo me decía que me había equivocado, que no tenía suficientes pruebas para crearte un problema semejante.

—Estabas protegiendo a Josh, no a mí —dijo Liz.

—Claro que no. Me callé porque no tenía pruebas. Lo hice por tu matrimonio. Estaba segura de que, si había problemas, los superaríais. Tú nunca dijiste ni una palabra de que tuvierais dificultades, así que yo me convencí de que no se trataba de nada que no pudierais resolver.

–Si pensabas que cabía la posibilidad de que me estuviera engañando, ¿por qué has seguido actuando como si fuera un santo?

–Porque quería creer que me había confundido. Sé que no es lógico, pero quería creer que eras feliz de verdad. Así era como tú te comportabas.

–Pues, entonces, sé feliz por mí ahora –le pidió Liz–. Aidan puede ser quien me ayude a continuar con mi vida. No lo sé con seguridad, pero quiero que tú también le des una oportunidad. Y me parece que me debes eso, como mínimo.

Su madre suspiró.

–Sí, posiblemente tienes razón. Lo intentaré. Anoche no oí más que cosas buenas de él –dijo Doris, con una sonrisa–. Tus amigos no dejaban de hablar de lo bueno que es. Y Mick O'Brien lo alabó mucho.

Liz podía imaginárselo.

–¿Vais a quedaros un poco más, entonces? Podríamos ir a desayunar a Sally's. Normalmente, Aidan está por allí. Y algunas de las personas a las que conocisteis ayer. Además, hacen unas tostadas buenísimas con verdadero sirope de arce de Vermont.

–Yo me apunto –dijo Danielle.

LeeAnn la miró sonriendo.

–Vaya, qué fuerza de voluntad para hacer dieta.

–¡Al cuerno con la dieta! –exclamó Danielle–. He tenido un hijo. Mi marido tiene que asimilarlo.

Liz miró a sus hermanas y a su madre, y se dio cuenta de que, de repente, todas habían cambiado de actitud.

–¡Vaya, este es un nuevo día para las mujeres de la familia Benson!

La cocina se llenó de un ambiente de camaradería. Incluso su madre se había contagiado de él.

—¡Somos las mejores! —exclamó su madre, con verdaderas ganas.

Liz se puso de pie y la abrazó.

—Te quiero, mamá.

Danielle y LeeAnn se unieron a ellas.

—Nosotras también —dijo LeeAnn.

Su madre tuvo que pestañear, porque se le habían empañado los ojos.

—¿Sabes? Tengo que admitir que lo que nos dijiste sobre la magia de Chesapeake Shores es cierto. Pensaba que era una bobada, pero te creo. Hacía años que no me sentía tan unida a vosotras.

Liz se encogió de hombros.

—¿Qué puedo decir? En esta ciudad, lo más importante es la familia. Y parece que eso influye también en los que no son O'Brien.

# Capítulo 17

Aquella mañana de domingo, Aidan estaba a punto de salir a correr con Archie, cuando el perro vio a Liz y a su familia caminando por el césped. Aunque él sujetó con fuerza la correa, no pudo hacer nada para evitar que Archie se liberara.

El perro salió corriendo hacia ellas, y él solo pudo advertírselo.

–¡Liz, cuidado!

Ella se estaba riendo cuando el perro saltó a lamerle la cara como si no la viera desde hacía semanas. Sus hermanas y su madre retrocedieron varios pasos y observaron la escena con recelo.

–Vaya, parece que conoces muy bien al perro de Aidan –dijo LeeAnn, y se acercó a rascarle la cabeza a Archie. Él abandonó a Liz y se dedicó a su nueva conquista.

Aidan llegó junto a ellas y agarró la correa que Archie le había arrancado de las manos.

–Lo siento –dijo. Al ver que Archie iba a buscar la atención de Danielle y la señora Benson, cabeceó–. Vaya, parece que le gusta mucho tu familia.

–Es veleidoso –dijo Liz–. De eso no hay duda. Cordelia se sentiría mortificada. Creía que lo había educado mejor antes de dármelo.

Su madre la miró con sorpresa.

—¿Era tuyo?

—Lo tenía de huésped —respondió Liz—. Entonces, él adoptó a Aidan.

Su madre sonrió.

—Me imagino que tú no pudiste decir nada —le comentó a Aidan.

—No mucho. Entre Archie y su hija, estaba todo hecho. Fueron muy persuasivos.

—Liz siempre fue así con todos los animales abandonados que aparecían por casa. Si no hubiéramos podido convencer a los vecinos de que los adoptaran, nos habríamos visto invadidos en casa.

—Vaya, así que no es algo reciente —dijo él.

—No, no. Aunque no me gustó mucho que dejara la enseñanza, no me ha sorprendido que terminara dedicándose a algo relacionado con los animales.

Aidan se dio cuenta de que a Liz le sorprendía tanto como a él el tono de aceptación de su madre. También notó que se sentía cómoda con aquel repentino cambio.

Para cambiar de tema, le preguntó:

—¿Vais a desayunar? Sally's se está llenando muy rápidamente.

Liz asintió.

—Las he convencido para que no se marcharan de madrugada y se quedaran a desayunar. Solo tuve que hablarles de las tostadas y los gofres de Sally's.

Para su asombro, fue la madre de Liz la que dijo:

—¿Quieres acompañarnos? Me gustaría invitarte para disculparme por lo mal que te he tratado.

Aidan la miró con incredulidad.

—No me ha tratado mal –dijo.

Bueno, había dejado bien claro que no le complacía que él se relacionara con Liz, pero nunca había sido maleducada con él. Los buenos modales de los sureños, o la defensa que Liz hubiera podido hacer de él, le habían impedido cruzar esa línea.

—No abiertamente, pero mi comportamiento fue deplorable, y no te merecías mi desconfianza –dijo ella–. Si no es demasiado tarde, me gustaría conocerte mejor. Mick O'Brien me habló muy bien de ti anoche. Como todo el mundo.

Él seguía un poco asombrado por aquel cambio de actitud, pero miró a Liz, que se limitó a encogerse de hombros. A LeeAnn y a Danielle, claramente, les divertía la situación.

—Bueno, me encantaría desayunar con vosotras –dijo–. Voy a llevar a Archie arriba y a cambiarme de ropa. Si queréis, entrad e id pidiendo el desayuno –les sugirió.

—No nos importa esperar –dijo la señora Benson–. No tengas prisa.

Mientras subía al apartamento, Aidan se preguntó qué había ocurrido entre aquellas mujeres después de que se hubieran despedido en la fiesta. El ambiente había cambiado radicalmente. Aunque, tal vez, no tuviera ninguna importancia. Fuera cual fuera el cambio, parecía que era a su favor.


—Vaya, cuando decides ser más abierta, te lanzas en picado, ¿eh, mamá? –dijo Liz, observando a su madre con perplejidad.

—Bueno, es que no nos queda mucho tiempo y, como parece que Aidan es importante para ti, no quería perder un minuto.

—Y nunca viene mal ver a un chico tan guapo —dijo LeeAnn.

—Y que lo digas —añadió Danielle.

—¡Niñas! —exclamó su madre—. Comportaos. Sois adultas, casadas y con hijos.

Por una vez, no parecía que Danielle se sintiera intimidada.

—¿De verdad me estás diciendo que no te has fijado en lo bien que está Aidan?

Su madre se ruborizó.

—Si me he fijado, no soy tan indiscreta como para hablar de ello.

—Se ha fijado —dijo LeeAnn—. Papá era muy guapo a esa edad, pero Aidan está para caerse, ¿verdad, mamá?

Su madre cabeceó.

—Algunas veces me da la sensación de que os habéis criado en una manada de lobos. Mis hijas no dirían nada tan poco respetuoso sobre sus padres.

LeeAnn le dio un codazo.

—Vamos, reconócelo, mamá. Por fin ves lo mismo que nosotras vemos en Aidan, ¿a que sí?

—Es un hombre atractivo —dijo ella, de mala gana—. Pero lo que cuenta es el carácter.

—Estoy completamente de acuerdo —dijo Liz. Después, entró en Sally's para ocupar la última mesa que quedaba vacía en la abarrotada cafetería.

Por suerte, estaba alejada de otras mesas ocupadas por O'Brien que ya estaban desayunando, aunque no lo suficientemente lejos como para que no fisgonearan cuando llegara Aidan.

Cuando él entró, ella se dio cuenta de que buscaba una silla con la mirada, pero no había ninguna libre. Su madre también lo notó, y le hizo una seña para que se acercara.

—Siéntate aquí, entre Liz y LeeAnn.

Él sonrió y miró a Liz.

—¿Te parece bien?

Antes de que ella pudiera responder, LeeAnn ya se estaba deslizando hacia la pared por el asiento.

—Vamos, hermanita —le dijo a Liz, con una gran sonrisa—. Hazle sitio. O deja que se siente en medio. Estaría muy bien arropado.

Liz se deslizó más cerca de su hermana.

—Así está bien, gracias.

—¡Vaya! Yo quería tener una historia para contarle a mi marido. Algo como que me he sentado muy cerquita de su héroe del fútbol.

—No creo que eso le gustara demasiado —dijo Liz.

—Pues yo creo que no se habría disgustado más que tú —le respondió LeeAnn, para provocarla—. Solo has tardado dos segundos en decidir que no querías que me acercara tanto a tu chico.

Ella se volvió hacia su hermana con el ceño fruncido.

—¡Ya está bien, por favor! Aidan no es mi chico.

Para su sorpresa, su madre se echó a reír.

—De verdad, esto me recuerda a cuando erais adolescentes. LeeAnn sabía exactamente cómo sacarte de quicio, y parece que sigue sabiendo.

Liz contuvo la sonrisa y desafió a su madre.

—¿Y ahora se te da mejor controlarla que entonces? ¿O tengo que conseguir yo que se calle para que podamos desayunar en paz?

—Ya tenéis edad suficiente para resolver vuestras batallas —respondió su madre—. Aidan, ¿tienes hermanos?

—No, señora. Soy hijo único.

—Entonces, no sabes lo que te has perdido.

—¿Te refieres a las continuas peleas? —le preguntó Liz.

Su madre la miró con reprobación.

—No, me refiero al vínculo que hay entre vosotras. Nadie os conoce como os conocéis las tres.

Liz miró a Aidan, y vio que él tenía cara de pesar.

—Tiene razón —dijo Aidan—. No puedo imaginarme lo que es eso.

Como Liz sabía cuál era la forma de pensar de su madre, decidió atajar las preguntas que con toda probabilidad iba a hacerle a Aidan sobre sus padres. Sabía, por experiencia, que eso le disgustaría mucho.

Tomó una carta.

—Bueno, ¿habéis elegido ya lo que queréis?

—Yo ya quería gofres antes de que entráramos por la puerta —dijo LeeAnn, inmediatamente—. Y, al entrar y oler la vainilla, me he convencido del todo.

—Lo mismo para mí —dijo Danielle.

—¿Mamá?

—Pues, aunque debería tomarme unas gachas, por un día de celebración me voy a permitir el lujo de tomar unos gofres con mantequilla y sirope, y voy a disfrutar de cada uno de los bocados.

—¡Bien dicho! —exclamó LeeAnn—. Y te prometemos que no se lo vamos a contar a papá.

—Bah —dijo Doris—. ¿Es que te crees que él ha desayunado copos de avena integrales y plátano estos días? Cuando llegue, me voy a encontrar el envoltorio de un paquete de beicon entero en la basura. Y, pensándolo bien, yo también quiero beicon con los gofres.

Liz se quedó asombrada.

—Mamá, ¿cuándo tomaste beicon por última vez?

—Hace una semana —dijo ella—. Pero no para desayunar, por supuesto.

—No, por supuesto que no —dijo Danielle, riéndose—. Porque... ¿cómo va a comerse uno un sándwich de tomate, lechuga y beicon sin el beicon? Ya sabéis que, en cuanto empiezan a madurar los tomates en verano, el rechazo de mamá hacia el beicon desaparece.

—Lógicamente —declaró su madre—. ¿Hay algo mejor que un sándwich de tomate maduro, beicon y lechuga en un día de verano? No creo que vosotras dijerais que no.

—Nunca lo he hecho —afirmó Danielle.

—Supongo que tú no tenías huerto en Nueva York, ¿no? —le preguntó Liz a Aidan.

Él sonrió con una expresión de nostalgia.

—Te equivocas. Mi madre puso un huerto en la azotea de nuestro edificio de apartamentos. Cultivaba tomates, pimientos y hierbas aromáticas. Te sorprenderías de todo lo que se puede cosechar en un espacio tan pequeño —dijo, y miró a Doris—. Si le interesa la jardinería, creo que ustedes dos habrían tenido mucho en común. Yo todavía echo de menos los sándwiches de beicon, tomate y lechuga que me preparaba cuando yo llegaba de jugar.

Liz no dio crédito al ver que su madre alargaba el brazo y le daba unas palmaditas en el dorso de la mano.

—He dejado media docena de tomates maduros de mi huerto en casa de Liz. Que te dé un par de ellos.

—O que te haga el sándwich —sugirió LeeAnn con picardía—. Dicen que al corazón de un hombre se llega a través del estómago...

Liz la cortó.

—Tenemos que pedir el desayuno —dijo, y le hizo una seña a Sally.

Aidan se inclinó hacia ella y le susurró:

—Estoy impaciente por comerme ese sándwich.

—Pues a lo mejor se lo tienes que pedir a mi hermana —replicó ella con ironía.

—Ella se va hoy mismo, y tú vas a estar aquí.

—Ya te daré un par de tomates para que te lo hagas tú.

Él se las arregló para posar una mano en su muslo y,

al mismo tiempo, poner cara de inocencia para el resto de la mesa.

–No es lo mismo, querida. Además, ya es hora de que averigüe si sabes cocinar.

–Hacer un sándwich de tomate, lechuga y beicon no se considera cocinar –replicó Liz, con una carcajada que pareció más un graznido, porque él movió los dedos un poco más hacia arriba por su muslo.

Como no podía hacer nada para detenerlo, aparte de darle una palmada en la mano y montar una escenita, se apoyó en el respaldo del asiento y disfrutó de la sensación, rezando para que nadie se fijara en que le estaba subiendo el rubor por el cuello hasta las mejillas.

Sin embargo, se prometió a sí misma que se iba a vengar después. De hecho, tenía un par de ideas fascinantes que iban a funcionar muy bien. Y ninguna de ellas consistía en prepararle la comida.

Aidan sabía que había puesto a prueba los límites de Liz durante el desayuno. Hacía tiempo que no se divertía tanto. Además, había detectado un brillo de venganza en sus ojos, y eso también prometía ser divertido. Su actitud hacia él, hacia ellos dos, estaba empezando a ser más relajada, y él tenía la intención de aprovecharlo.

Después del desayuno, acompañó a las mujeres a casa de Liz y se despidió de ellas. Cuando se marcharon, Liz se quedó triste.

–Entonces, el fin de semana ha sido mejor de lo que pensabas, ¿eh?

Ella asintió.

–Ha habido momentos sorprendentes –le dijo ella–. Creo que puede que, por fin, hayamos dejado atrás algunas cosas del pasado.

—Bueno, tu madre ha cambiado diametralmente conmigo —comentó Aidan, mientras volvían andando por la pradera para que Liz abriera la tienda—. Y tú también, ¿no? ¿O me equivoco en ambas cosas?

Liz sonrió.

—No, no. Claramente, te has ganado a mi madre con tu encanto.

—¿Pero?

—Creo que lo definitivo para que mi madre cambiara de actitud ha sido convencerse de que yo no hago nada malo por haber dejado de sufrir la pérdida de mi difunto marido.

—¿Y cómo lo has conseguido?

Liz suspiró.

—Bueno, creo que eso es algo de lo que podemos hablar en un momento más relajado —dijo, mientras abría la puerta de la tienda, y vaciló durante un largo instante. Después, lo miró a los ojos—. Si te parece bien, podríamos tomarnos esos sándwiches de tomate, lechuga y beicon más tarde.

—¿Vas a cocinar?

—Sé hacer el beicon al microondas y partir los tomates —respondió, como si estuviera haciendo un gesto magnánimo—, pero tú vas a tener que montarte tu propio sándwich.

Él se echó a reír.

—Me alegro de saber dónde está el límite. ¿Quieres que lleve vino, o un postre? O, tal vez, mi propio pan.

—Bueno, no estaría mal que llevaras pan blanco. Sé que es más sano el integral, por eso es el que tengo en casa, pero los verdaderos sándwiches de tomate se hacen con pan blanco y mayonesa.

—Muy bien. ¿A qué hora? ¿A las seis y media? ¿Las siete?

—A las siete, para que me dé tiempo a ducharme y cambiarme después de salir de aquí.

—Muy bien.

—Y trae un poco de vino, también. Si vamos a tener una conversación especialmente intensa, voy a necesitarlo.

Aidan frunció el ceño.

—Liz, aunque hayamos prometido que vamos a sincerarnos y todo eso, si va a ser muy difícil para ti, yo puedo esperar.

Ella negó con la cabeza.

—No, este es el momento. Tenemos que sacar las cosas a la luz. Es la única forma de poder seguir adelante. Por si no te has dado cuenta, tengo muchos traumas al respecto. Últimamente he hecho progresos, pero no estoy segura al cien por cien de haberlos superado todos —dijo.

Liz alzó la vista y lo miró.

—¿Y tú?

—Ni de lejos —admitió Aidan.

Y lo peor de todo era que, si aquella era la noche de las revelaciones, no podía contárselo todo. Le había hecho una promesa a Thomas y, por mucho que quisiera ser abierto y sincero con Liz, no iba a poder serlo hasta que supieran la verdad y convinieran un momento para hacerla pública. Tenía el presentimiento de que aquel retraso, por muy razonable que fuera, era otra de las cosas que iba a terminar reprochándole a su padre.


Liz se ponía nerviosa cada vez que pensaba en sus planes con Aidan. Sabía que había llegado la hora de ser abierta y sincera con él sobre su pasado, pero el hecho de tener que hablarle de aquella horrible noche, de la humillación de descubrir que su matrimonio era una mentira y del trágico accidente que había sucedido después, le encogió el estómago.

—Estás un poco verdosa —le comentó Bree, que pasó por la tienda un poco antes de la hora de cerrar—. ¿Tomaste demasiado champán anoche?

—No. Fue una fiesta maravillosa —dijo Liz, con una maravillosa sonrisa forzada—. Te merecías la celebración. La obra de teatro es magnífica y el ágape posterior estuvo a su altura. Ninguna fiesta de Broadway sería mejor.

Bree le restó importancia.

—Parece que Aidan y tú vais haciendo progresos —le dijo—. Me han llegado noticias de que hubo una cita romántica en la terraza.

—¿Es que tus familiares no tienen nada mejor que hacer que espiarme? —preguntó Liz, malhumoradamente.

—Últimamente, no —dijo Bree, sin disculparse—. Papá ya tiene casados a sus hijos, como el tío Jeff, que ha casado incluso a su primera nieta. En este momento está desocupado, por lo menos hasta que la vida amorosa de Carrie se recupere. Y no creo que él tenga prisa por que suceda, hasta que no esté seguro de que ella no va a volver con ese diseñador de moda que la engañó.

Liz miró a su amiga con ironía.

—Puede que deba animarla a que lo haga para librarme de la atención.

—Ni se te ocurra —dijo Bree—. Marc Reynolds le hizo mucho daño.

—Está bien. No utilizaré a tu sobrina como táctica de distracción. ¿Qué otra cosa me recomiendas?

—Podrías contarme si ese beso fue tan apasionado como dicen.

Pese a la frustración que sentía, Liz se echó a reír.

—Eso no es una distracción, es capitular a tu interés malsano en mi vida amorosa.

Bree se encogió de hombros.

—Pero funcionaría.

—Es una pena. Bueno, ¿y para qué has venido, aparte de para torturarme?

—Para nada en especial. ¿Qué planes tienes para esta noche? Me imagino que estarás deseando descansar, ahora que tu familia ha vuelto a Carolina del Norte.

—Sí, es mi prioridad.

—¿Y qué más? Porque si solo fueras a darte una ducha y a leer un buen libro no te habrías ruborizado. Es que tienes planes con Aidan, ¿verdad?

—No voy a decir nada. Y no se te ocurra aparcar delante de mi casa para ver si aparece o yo subo las escaleras. No te acerques a menos de treinta metros de nosotros.

—Dios, parece que te crees que necesitas una orden de alejamiento.

—¿Y la necesito?

—Cariño, te queremos. Queremos que seas muy feliz. Es verdad que somos un poco cotillas, pero no somos acosadores —dijo Bree, y sonrió—. Claro que en el pueblo somos muchos. Y vemos cosas, aunque no sea nuestra intención.

—Y, después, se lo contáis a todo el mundo por mensaje de texto —dijo Liz, que conocía el método preferido por los O'Brien.

—Nos hemos adaptado a la tecnología. Incluso mi padre, por desgracia. Mi madre siempre le está amenazando con quitarle el teléfono móvil y tirarlo a la bahía, pero al tío Thomas le daría un ataque, y mi padre se compraría otro móvil.

Bree alargó el brazo por encima del mostrador y le apretó la mano a Liz.

—Hagáis lo que hagáis Aidan y tú esta noche, que os divirtáis.

Liz no sabía si iba a ser una noche divertida, pero no tenía ninguna duda de que iba a ser un punto de inflexión.

Thomas esperaba que la prueba de ADN demostrara que Aidan no era hijo suyo, pero sabía que era improbable. Había visto algo familiar en aquel chico desde el primer momento. Ahora que sabía que era hijo de Anna, lo entendía, pero había más. Había percibido que Aidan tenía la misma terquedad y las mismas agallas que los O'Brien.

Por supuesto, al principio ni siquiera se le había pasado por la cabeza aquella posibilidad, pero, en aquel momento, le parecía evidente.

Llevaba soportando remordimientos de conciencia desde que Aidan le había revelado su posible parentesco. ¿Él había sido consciente de que Anna estaba embarazada? ¿Por qué no había intentado con más ahínco convencerla para que no se marchara a Nueva York? No era posible que hubiera sido tan egoísta ni tan superficial de joven, pero la verdad era que tenía unas prioridades muy claras, y que siempre las había tenido.

Su carrera le había costado dos matrimonios, no podía negarlo. Y el único motivo por el que era feliz con Connie era que ella lo entendía como no lo habían entendido sus otras dos mujeres. Connie tenía paciencia para soportar su obsesión por el trabajo y toleraba que le dedicara mucho tiempo, tiempo que le robaba a su familia.

Claro que, con ella había cumplido más compromisos que con nadie. Se había ido a vivir a Chesapeake Shores. Trabajaba desde casa siempre que podía. Y aceptaba que su esposa se involucrara en su trabajo, que siempre había sido su gran pasión. De hecho, era aquel interés compartido lo que les había unido, pese a todas las objeciones y los obstáculos.

Aunque llevaba varios días intentando imaginarse cómo iba a alterar su vida la noticia de que tenía otro hijo, no se hacía a la idea. Aunque le había dicho a Mick que Connie iba a aceptar sin problemas que él hubiera tenido una relación con la madre de Aidan, sabía que no era lo mismo un viejo amor que tener un hijo adulto que los vinculaba para siempre.

Sin embargo, a Connie le caía bien Aidan. Y él sabía que podía contar con ella, que ella se enfrentaría a la situación con la misma calma con la que se enfrentaba a todas las dificultades. Ella tenía un corazón lo suficientemente grande como para aceptar a Aidan como parte del grupo.

Estaba pensando en todas aquellas cosas, cuando ella salió al porche y lo abrazó por la espalda.

–¿Estás bien? –le susurró al oído.

–Sí, muy bien –dijo él–. ¿Dónde está Sean?

–En la cama. Seguramente, está leyendo, aunque le he dicho que apagara la luz y se durmiera –respondió Connie, riéndose–. Debería ponerme firme, pero me gusta que le encante leer –dijo.

Entonces, se puso seria, y miró a Thomas con preocupación.

–Has estado muy callado toda la noche.

–Tengo muchas cosas en la cabeza.

–¿Estás pensando en la sorpresa que ha sido descubrir que tu novia de la universidad es la madre de Aidan?

–Pues... ha sido un *shock*, sí.

Entonces, ella lo rodeó y se sentó a su lado. Le tomó la mano y le acarició los nudillos.

–Hay más, ¿verdad? –le preguntó, suavemente.

–¿Por qué preguntas eso?

–Aidan es un O'Brien –dijo Connie, sin perder de vista a Thomas para saber cuál era su reacción.

—¿Lo sabes? —inquirió él.

Sin embargo, no le sorprendía. Connie era la persona que mejor lo conocía en el mundo, salvo Nell.

—No, no lo sabía hasta este instante. Bueno, no lo sabía con certeza. Me dijiste que se parece a Anna, pero yo te veo a ti cada vez que lo miro a los ojos. A ti, a Mick y a Jeff. Tiene vuestros ojos irlandeses.

—Todavía no lo sé con seguridad —dijo él.

Ella sonrió.

—Sí lo sabes. Tú no necesitas que te lo confirme una prueba de paternidad.

—Pero voy a esperar a que nos den los resultados, de todos modos —dijo él, con obstinación.

—Sí, claro, porque la ciencia es importante para ti.

—No miente.

Ella frunció el ceño.

—¿Y tú crees que Aidan puede estar mintiendo?

—Cualquier cosa es posible.

—Sabes perfectamente que no. Si yo puedo ver la verdad, tú, también. ¿Por qué te da tanto miedo admitirlo?

—Va a cambiar las cosas.

—¿Qué cosas?

—Entre nosotros.

Ella hizo un gesto negativo.

—No, ni hablar. Yo voy a querer a tu hijo de la misma forma que tú quisiste a mi hija.

—Mi madre me va a estar echando sermones hasta el fin de la eternidad.

Connie se rio.

—Bueno, eso es muy probable, pero no va a dejar de quererte. Y aceptará a Aidan. Si piensas que no, es porque no eres justo con Nell. Ella se sentiría insultada si lo supiera.

Entonces, Connie miró fijamente a Thomas.

—Creo que sé lo que realmente te preocupa.

—¿Sí?

—Sí. No quieres que Mick ni Jeff piensen mal de ti. Por mucho que hayas luchado contra tus hermanos en el pasado, los tres estáis muy unidos. Tú necesitas su respeto, igual que ellos necesitan el tuyo.

—A mí no me importa lo que piense Mick —dijo Thomas. Después, suspiró—. Aunque eso no va a impedir que tenga que oír su opinión.

—No, por supuesto que no —dijo ella, y le puso una mano en la mejilla—. Todo va a ir bien, Thomas. Lo superaremos todos, incluidos Aidan y tú. Piensa que, si su madre murió hace un año, es posible que necesite un padre más de lo que él cree.

—Dice lo contrario —respondió Thomas, aunque sabía que Aidan hablaba con la ira que había acumulado durante años.

—Seguro que sí. Después de todo, es un O'Brien. Vosotros nunca admitís que queréis algo si teméis que no lo vais a conseguir. Por eso mismo mantiene en secreto lo que siente por Liz.

Él hizo que Connie se levantara de la silla y se sentara en su regazo.

—¿Te he dicho últimamente lo mucho que te quiero y lo afortunado que fui el día que llegaste a mi vida?

—Sí —dijo ella, y apoyó la cabeza en su hombro—. Pero nunca me cansaré de oírlo.

—Te quiero, Connie.

—Lo mismo digo.

Thomas suspiró y, por primera vez desde hacía días, pensó que, tal vez, todo iba a salir bien.

# Capítulo 18

Aidan estaba esperando en el porche cuando Liz llegó a casa. Eran más de las siete, así que él había empezado a preguntarse si había cambiado de opinión y había decidido dejarlo plantado para no mantener la conversación que tenían pendiente. Archie ladró con entusiasmo al verla, como los perros del interior de casa. Sus animales llevaban un buen rato frenéticos porque oían a Archie en la puerta. Él también los había oído rascar la puerta, y había pensado que tendría que pagarle a Liz la pintura.

—Siento el alboroto por el invitado extra —dijo Aidan—. Archie quería venir a visitar a sus amigos.

—¿De verdad? —preguntó ella, con cara de agotamiento—. ¿Te lo ha dicho?

—Te sorprendería lo bien que se comunica —respondió Aidan. La observó mientras ella abría la puerta—. ¿Estás bien?

—Estoy muy cansada. Y molesta. Estaba preparada para cerrar a las seis y cuarto. Había hecho la caja e incluso había rellenado el formulario de ingreso para el banco. Justo cuando estaba a punto de apagar la luz ha llegado una turista y ha llamado a la puerta. Como siempre intento no perder una posible venta, abrí y dejé que entrara.

—Pero... ¿por qué, si ya habías cerrado? ¿No se lo podías explicar?

—Era una posible venta, ¿no te acuerdas? Ella ya había estado antes en la tienda y se había interesado por una de las casetas para perros personalizadas de Matthew. Tonta de mí, pensé que tal vez quisiera encargar una. Sin embargo, empezó a debatir consigo misma si quería gastarse ese dinero o no. Estoy segura de que pensaba que, si me agotaba, conseguiría una rebaja. Al final, le dije que tendría que negociar el precio con Matthew. Le di su tarjeta y, prácticamente, la empujé hacia la puerta —dijo Liz, con cara de culpabilidad—. No creo que vuelva a verla.

Aidan se rio.

—A mí me parece que has tenido mucha paciencia, y que has hecho muy bien en enviársela a Matthew. Él se lleva una buena parte de la venta de las casetas, así que... ¿por qué no iba a tener que soportar parte de las molestias?

Por fin, Liz sonrió.

—No creo que él piense lo mismo, pero seguro que tiene experiencia en el trato con clientes difíciles y exigentes, por no decir con jefes como su tío Mick.

Aidan se fijó en las ojeras de Liz. Realmente, estaba agotada.

—¿Prefieres que dejemos la cena para otro día?

Ella cabeceó.

—No, pasa. No tardo nada en cambiarme. Con una ducha rápida me recupero.

—Si quieres, podemos compartirla. Seguro que con eso recuperarías el color de las mejillas.

Liz se echó a reír.

—Seguro que sí, pero tenemos mucho trabajo que hacer antes de que me veas desnuda.

Aidan dudaba que la conversación unilateral que iban a mantener aquella noche los llevara tan lejos.

−¿Estás segura? Algunas veces es mejor hacer estas cosas de golpe que hablar de ellas eternamente.

−No me sorprende que pienses eso −repuso ella. Le parecía divertido que él hiciera una sugerencia tan conveniente para sí mismo−. Pero yo necesito hablar, Aidan. Necesito resolver un montón de dudas. La mayoría no tienen nada que ver contigo personalmente, pero, si no me enfrento a ellas, no puedo avanzar.

−¿Un montón? Pues entonces, vamos a empezar. Tú ve a ducharte y yo preparo los sándwiches. Supongo que tendrás hambre.

−Me muero de hambre, sí. Gracias.

Con los tres perros y un gato receloso mirándolo, Aidan hizo tres sándwiches de tomate, lechuga y beicon con los perfectos tomates de la madre de Liz. Después, miró a su alrededor y encontró una tartera llena de galletas caseras de chocolate para el postre. Puso la comida en la mesa junto a un par de vasos de té helado de la jarra que había en la nevera. Como a él no le gustaba tan dulce como solían tomarlo en aquella parte del país, se había hecho uno sin azúcar calentando el agua en el microondas con una bolsita.

Cuando Liz apareció en la cocina con unos pantalones cortos y una camiseta que dejaba a la vista gran parte de su piel, Aidan tuvo que dirigir su atención a cualquier otra parte para no tomarla entre sus brazos.

Así pues, se fijó en la mesa e hizo una última comprobación. Creía que había presentado bien la comida, con sencillez, utilizando platos y servilletas de colores que había encontrado en un armario. Liz sonrió al ver la mezcla de colores.

−¿Intentando impresionarme? Los platos de papel habrían bastado para una cena informal como esta.

—Estos me gustan —admitió él—. Me parece que son perfectos para el verano.

Ella asintió.

—Sí, ¿verdad? He ido comprándolos en tiendas de anticuarios uno por uno, así que no hacen juego, pero me parecen alegres.

Aidan se había fijado en una cosa mientras preparaba la cena y buscaba las cosas en los armarios: que estaban muy vacíos. Solo había encontrado unos cuantos utensilios de cocina, un par de cazos y sartenes, unas copas de vino y cuatro vasos altos. No había ningún armario con platos de porcelana en el salón, ni nada que la mayoría de las mujeres tendrían después del fin de un matrimonio. El escaso mobiliario, que estaba ligeramente envejecido, no encajaba.

Tomó un bocado de su sándwich y cerró los ojos.

—Son los tomates perfectos, no tienen nada que ver con los que se compran en el supermercado incluso en este momento del año.

Liz asintió.

—Le haré saber a mi madre que ha conseguido que te derritas.

—Si quieres, se lo pongo por escrito.

—No creo que sea necesario —dijo Liz, antes de dar el primer mordisco.

Aidan se dio cuenta de que ella sonreía inmediatamente.

—Bueno, ¿eh?

—No tienes que pedir cumplidos. Has hecho un gran trabajo. Puedes ser el preparador oficial de sándwiches de lechuga, tomate y beicon a partir de ahora.

—Me parece bien —dijo él—. ¿Y crees que tu madre nos mandaría más tomates?

—Seguro que sí, pero yo he tenido bastante buena suerte en los puestos que ponen los granjeros junto a la carretera. Además, no querrás decirle a Sally que los tomates de mi madre son mejores que los suyos. Los suyos son de cultivo orgánico y se los sirven tres veces a la semana de una granja de la zona. Se enorgullece de utilizar productos de las granjas cercanas. Como Brady.

Aidan asintió.

—Bien hecho. A mi madre le habría encantado todo esto. Ella apoyaba el consumo de proximidad.

Siguieron comiendo en silencio durante unos minutos, hasta que Aidan ya no pudo soportarlo.

—¿Puedo preguntarte una cosa?

Ella asintió.

—¿No se trataba de eso?

—Sí, supongo que sí, pero no estoy seguro de si esto encaja con el resto.

—Pregunta —dijo ella, y apartó su plato.

Lo observó con recelo, como si temiera la dirección de sus cuestiones. Tomó el vaso de té con ambas manos, como si necesitara hacer algo con ellas para que Aidan no se diera cuenta de lo nerviosa que se había puesto. Los tres perros percibieron su inquietud, porque se acercaron a ella y formaron un círculo protector a su alrededor. Incluso el gato se unió al equipo: se sentó en su regazo y comenzó a ronronear.

Al ver lo nerviosa que estaba, Aidan tuvo ganas de dejar aquel difícil tema para otro día, pero, tal y como había dicho ella, se suponía que aquella noche era para rellenar algunos huecos de información sobre sus vidas.

—Antes se me ha ocurrido pensar que estos platos, que los muebles que tienes... No parece que nada de lo que tienes en tu casa fueran regalos de boda, ni nada con lo que empezaras tu vida de casada. No digo que no sea bonito ni acogedor, pero...

Para su alivio, ella sonrió.

—Vendí todos los muebles de mi casa de Carolina del Norte. Dejé la cristalería y la vajilla en depósito en una tienda de mi zona y me vine aquí con la ropa y poco más. Sí conservé la cubertería de plata, porque era una herencia familiar, pero la envolví, la guardé y se la llevé a mi madre.

—¿Por qué?

—Porque no quería nada que me recordara esa etapa de mi vida —dijo ella, en un tono amargo.

No era la primera vez que Aidan sospechaba que su matrimonio no había sido el camino de rosas que ella le había descrito a todo el mundo, pero nunca la había visto demostrar tanta amargura.

—Entonces, realmente querías empezar de cero.

—Hasta el último detalle —dijo ella—. Ya te he contado cómo he ido comprando los platos. Pues hice lo mismo con los muebles y los accesorios, añadiendo las cosas a medida que las encontraba. He ido a todos los anticuarios y quincallerías que hay en un radio de ciento cincuenta kilómetros alrededor de Chesapeake Shores. A mi marido le habría espantado todo lo que hay aquí.

—¿Y eso era importante para ti?

Ella asintió.

—Cuando me casé, lo hicimos todo a su manera. Tuvimos una boda por todo lo alto, con cien invitados que resultaron ser gente a la que yo no conocía. Eran socios de negocios y clientes muy importantes. Nos fuimos a vivir a una casa en el mejor barrio y la llenamos de muebles caros. Compramos porcelana y cristalería cara. Josh era un abogado en ascenso que quería llegar a ser socio de su bufete. Y las cosas materiales eran la prueba de que le iba bien. Yo no supe hasta el final que ninguna de aquellas cosas podía sustituir lo que no teníamos.

—¿Y qué era eso?

—Sinceridad. ¿Empiezas a entender por qué no sé si voy a poder confiar en alguien otra vez? La persona en la que más creía me traicionó. Ya te dije que me había roto el corazón, y es cierto. También me arrebató la capacidad de creer en la gente. ¿Cómo voy a pensar en seguir con mi vida si cada vez que empiezo a tener fe en alguien me asaltan todo tipo de dudas? —preguntó Liz, y miró a los ojos a Aidan—. Sobre todo, cuando hay alguien que ha reconocido que me está ocultando secretos. La confianza es muy frágil. Es algo irónico, porque, antes, yo veía el bien en todo el mundo. Confiaba en todo el mundo. Pero ya no.

A medida que hablaba, a Liz se le habían llenado los ojos de lágrimas.

—Lo siento, Aidan. Me gustas. Quizá sea algo más que eso, porque me resulta muy difícil renunciar a que ocurra algo entre nosotros. No quiero enamorarme nunca más, pero tú has conseguido atravesar mis defensas. Eso no puedo negarlo. Sin embargo, no creo que acabe bien.

Entonces, se puso de pie. Le temblaban las manos. Él sabía que, si se las tomaba, las notaría heladas.

—Lo siento —repitió ella, con un susurro. Después, salió de la cocina con la espalda rígida, y él se quedó allí, apesadumbrado.

Aidan se preguntó si debía seguirla. Necesitaba un minuto para pensar. Necesitaba encontrar un argumento para contradecir sus miedos, pero ¿cómo iba a conseguirlo si no conocía toda la historia?

Intentó imaginar qué podía haberle sucedido. Era obvio que había algo más que el hecho de haber perdido a su marido en un trágico accidente. Una cosa era sentir un gran dolor, y otra muy diferente, verse paralizada por semejante sufrimiento. Lo que le hubiera ocurrido no solo le había arrebatado la capacidad de confiar en otro hombre, sino que además había destruido su fe en su propio discernimiento.

Mientras pensaba en lo que podía haber ocurrido y cuál era la mejor forma de enfrentarse a ello, lavó los platos y los colocó en el armario. Al poco, oyó que ella volvía a la cocina y se quedó inmóvil, sin saber qué podía esperar.

—Pensaba que te ibas a marchar —dijo Liz, y suspiró—. Te pido disculpas otra vez por esa reacción. Tal vez lo mejor sería que nos olvidáramos de todo esto, Aidan.

—¿Esta noche?

—No, para siempre. Es obvio que no estoy bien para tener una relación. Pensé que, quizá, si me sinceraba... Pero no va a ocurrir. Puede que nunca esté preparada.

Él respiró profundamente y tomó una decisión. Se acercó y le acarició delicadamente la mejilla para recordarle que la atracción que sentían no podía despreciarse con tanta facilidad.

—Entonces, tienes que explicarme por qué —le dijo—. Por favor, Liz. Tómate tu tiempo, pero necesito saberlo. Esto es demasiado importante.


Liz observó a Aidan con consternación. Era obvio que no se iba a marchar a ninguna parte. Aquella calma y aquella paciencia deberían ser molestas, pero, en parte, ella las admiraba. Eran como una demostración de que los sentimientos de Aidan eran sinceros, verdaderos.

Ella no quería hablar del pasado, no quería recordar aquella parte de su vida. Sin embargo, Aidan la estaba mirando con tal comprensión que... ¿cómo iba a permanecer en silencio?

Para ganar tiempo, se sirvió otro vaso de té y, finalmente, sabiendo que no podía posponer para siempre aquella conversación, se sentó a la mesa. La mesa de la cocina, llena de arañazos, le recordaba a su vida y sí misma, un poco maltrecha y golpeada, pero con la fuerza suficiente como para sobrevivir.

Notó que Aidan se impacientaba ante su silencio. La estaba observando con la misma expresión de desconcierto que los miembros de su familia cuando no entendían su forma de comportarse después de la muerte de Josh. Ellos se habían quedado en *shock* al ver que borraba hasta el último rastro de los años que había pasado con su marido.

–Liz, vamos, habla conmigo –le pidió Aidan, al final–. Tu marido murió en un accidente. Vamos a empezar por eso. Es una pérdida terrible para cualquiera, pero mucha gente se enamora después de una tragedia.

Ella respiró profundamente para poder responder.

–No es tan sencillo como piensas.

Aidan giró la silla para ponerse frente a ella y le tomó ambas manos.

–Entonces, dime cómo es –le rogó–. De verdad, quiero entenderlo. Puede, incluso, que sacártelo de dentro te ayude.

Su delicadeza la conmovió. Liz llevaba tanto tiempo guardándose aquella historia, que no sabía si iba a dar con las palabras adecuadas, no sabía si quería. Ni siquiera a sus hermanas y a su madre les había contado todo aquella mañana; había callado muchas cosas, sobre todo, el hecho de que Josh, con sus demoledoras revelaciones había conseguido que no se sintiera digna.

Sin embargo, con Aidan mirándola esperanzadamente, hablándole en un tono afectuoso y compasivo, supo que había llegado el momento de revelarlo todo. No iba a cambiar lo que sentía ante la posibilidad de empezar una nueva relación, pero, tal vez, contándole la verdad a un amigo, pudiera aliviar el peso que llevaba sobre los hombros.

—Yo quería a mi marido por encima de todo —dijo.

Empezó a hablar lentamente, permitiéndose recordar eso. Había habido muy buenos momentos al principio de su matrimonio, pero ella había censurado todos los recuerdos de su marido, los buenos y los malos.

—Josh y yo nos enamoramos en el instituto —continuó—. Fuimos novios durante toda la escuela universitaria, y nos casamos después de la graduación. Él fue a la universidad a estudiar Derecho, y yo empecé a dar clases. En cuanto terminó, consiguió un buen trabajo en un bufete de abogados muy conocido. Yo pensaba que nuestra vida era perfecta.

—Lo parece —comentó Aidan.

—Habíamos estado hablando de tener un hijo. O, tal vez, yo había hablado de ello, y él había dicho que no. Algunas veces, yo no le escuchaba, o eso fue lo que me dijo aquella última noche. Y, algunas veces, yo solo veía lo que quería ver: un matrimonio perfecto. Mi familia también lo veía así. Para ellos, lo mejor que había hecho en la vida era casarme con Josh.

Liz pestañeó, porque tenía los ojos llenos de lágrimas.

—Creo que ese fue el motivo por el que no lo vi llegar. La noche de nuestro quinto aniversario tomamos una cena especial; yo había cocinado todo lo que a él le gustaba. Compré una botella de champán carísimo para celebrarlo. Y entonces, durante el postre, me lo dijo.

Aidan frunció el ceño.

—¿Qué te dijo?

—Que quería el divorcio. Que llevaba saliendo con otra casi un año. Un año, y yo ni siquiera me lo había imaginado. ¿Cómo podía ser tan idiota?

—¡El idiota fue él! —respondió Aidan—. ¿Qué clase de hombre hace una confesión así de repente, y menos durante una celebración de aniversario?

—Pues un hombre que, aparentemente, estaba esperando a que yo me enterara de todo, a que lo pillara —respondió ella con amargura—. Yo era feliz y no me preocupaba de nada. Supongo que él me había estado dando pistas. Muchas veces, llegaba muy tarde por la noche de la oficina. Mantenía conversaciones telefónicas con susurros, aunque decía que eran llamadas de trabajo. E hizo un par de viajes de fin de semana. Yo confiaba totalmente en él. Me creía que eran cuestiones de trabajo, sacrificios que tenía que hacer para llegar a ser socio del bufete —dijo Liz, y cabeceó—. Estaba tan ciega… era tan ingenua…

—Pensabas que podías confiar en el hombre con el que estabas casada.

—Pues parece que me equivocaba. Y, cuando a él se le acabó la paciencia con mi ingenuidad, me soltó la noticia. Me contó que estaba enamorado de otra mujer y que quería casarse porque era ella la que iba a tener un hijo con él.

En aquel momento, al repetir aquellas palabras, a Liz se le rompió de nuevo el corazón. ¡Aquella mujer iba a tener el hijo que ella deseaba con tanta desesperación! El dolor debió de reflejársele en el semblante, porque Aidan puso cara de querer romper cosas.

—Dios, fue horrible —prosiguió ella—. Yo exploté al saber la verdad. Le dije que se fuera en aquel mismo momento, que no quería volver a verlo. Era la peor traición que podía imaginarme, y fui irracional.

—Me parece que estabas en tu derecho.

—Pero… espera. La historia no acaba ahí. Yo sabía que estaba lloviendo a cántaros y que podía haber hielo en algunas carreteras, pero no podía soportar ver a Josh ni un minuto más. Él intentó razonar conmigo. Me dijo que no quería irse hasta que yo me hubiera calmado, pero yo lo eché a empujones.

A Liz se le cayeron las lágrimas al recordar lo que pasó después.

–Media hora más tarde llegó un policía a mi casa. Josh había sobrepasado el límite de velocidad, había perdido el control del coche y se había chocado con un árbol. Murió en el acto.

Aidan se quedó horrorizado.

–¿Murió justo después de que os hubierais peleado? Cariño, lo siento muchísimo.

–No me merezco tu comprensión.

–¿Y por qué no?

–Porque fui yo la que lo echó de casa aquella noche. Murió por mi culpa.

–Murió porque había tomado una serie de decisiones estúpidas. Tú reaccionaste con ira, pero eso está justificado. Lo que pasó después fue una tragedia que nadie podía prever.

–Yo sabía lo mal que estaban las carreteras –insistió ella–. Lo habían advertido en las noticias. Lo había visto mientras cocinaba.

–Dudo que estuvieras pensando en el tiempo después de enterarte de que tu marido iba a tener un hijo con otra mujer.

–Fue culpa mía –repitió ella con obstinación.

–¿No me has dicho que iba a toda velocidad? ¿Acaso ibas tú en el coche y pisaste el acelerador?

–No, pero...

–Nada de peros. El accidente no fue culpa tuya. Él estaba solo en el coche. Vería en qué condiciones estaba la carretera. Podía haber frenado o parado en el arcén, pero decidió acelerar.

Liz suspiró. Era un consuelo oír aquellas palabras,

pero Liz no podía aceptar la rápida defensa que estaba haciendo Aidan de sus actos de aquella noche.

—Lo cierto es que, dos días después, enterré a mi marido sin que nadie supiera la verdad: que aquella noche me había dejado. Nadie se preguntó por qué quise hacer un funeral solo para la familia. Lo atribuyeron al dolor, y me lo permitieron. La verdad es que yo tenía pavor a que apareciera la otra mujer si había algún anuncio en el periódico. No sabía lo que iba a hacer yo si la veía. Tenía miedo de montar un espectáculo.

Miró a Aidan a los ojos, y prosiguió.

—Hoy día no sé si los padres de Josh saben algo de esa mujer, si saben que tienen un nieto. Nuestros padres se conocían, pero no tenían mucha relación. No creo que siguieran en contacto después del funeral. Desde entonces, casi no me han hablado. Su madre me llamó una vez para preguntarme cómo estaba, pero creo que notó que había cosas que yo me había callado. Tal vez no quisiera saberlo, o tal vez lo sabía y me tenía lástima.

Liz se encogió de hombros al acabar de contar cómo se había desvanecido una parte de su vida aquella noche; no solo Josh, sino la familia, e incluso los amigos que tenían una relación más estrecha con él.

—Es difícil pensar que nadie te dijera nada —comentó Aidan—. Que nadie te lo advirtiera.

—Mis hermanas me lo hubieran dicho si se hubieran enterado —dijo ella, asintiendo—. Esta mañana ha sido la primera vez que se lo he contado, pero no les he dicho nada del niño. O la familia March no sabe que tienen un nieto, o lo han llevado con mucha discreción. La mujer era una compañera del bufete de Josh. Seguro que han cerrado filas para protegerla. Esa es una de las cosas buenas de vivir en una ciudad grande: que es mucho más fácil guardar secretos.

Aidan le apretó las manos.

—Lo siento muchísimo, Liz. Me imagino lo difícil que debió de ser todo esto para ti.

—No, no te lo imaginas. Hacerme pasar por una viuda que sufría era horrible. Lo sigue siendo. Estoy viviendo una mentira terrible. ¿Qué clase de persona sería yo si admitiera que odio a mi marido por lo que me hizo? Así que sigo fingiendo que tuve un matrimonio feliz.

—Bueno, no lo finges; hasta aquella noche, él había sido el amor de tu vida. El hecho de que te enteraras de que te había traicionado no significa que no hayas llorado su muerte y lo que creías que teníais juntos.

—Pero he estado engañando a la gente todo este tiempo, porque era muy duro aceptar la verdad. He guardado las apariencias como habría hecho él si hubiera estado en mi lugar. Es irónico, porque esa era una de las cosas que menos me gustaban de él.

—Ya fuera por un sentimiento de culpabilidad equivocada, o por amor, tal vez sintieras que tenías que proteger su memoria —le sugirió Aidan.

Ella lo miró irónicamente.

—Eso suena muy noble, pero me temo que también había otra cosa.

—¿Qué cosa?

—No quería que la gente supiera que yo no era lo suficientemente buena para él.

Aidan se quedó horrorizado al oír aquello.

—Oh, cariño, un hombre no engaña a su mujer porque no sea lo suficientemente buena. Engaña porque es un idiota al que le gusta pensar que todavía es atractivo. Es una cuestión de ego.

—¿Tú has engañado alguna vez a una mujer? —preguntó ella.

Y, como lo estaba observando con tanta atención, creyó que detectaba un ligero titubeo en él, antes de que respondiera. Sin embargo, él dijo:

—No, nunca. Yo he roto relaciones, pero puedo decir con sinceridad que nunca he engañado a una mujer con la que estuviera saliendo.

Liz debería haberse sentido reconfortada por sus palabras, de no haber sido por aquella vacilación momentánea. Había una historia detrás de esa vacilación, una advertencia de que, por muy cerca que se sintiera de Aidan en aquel momento, sería peligroso confiar en él. Aunque ella le hubiera confiado sus secretos más vergonzosos, él no había compartido ninguno de los suyos. Y, aunque se le habían escapado todas las señales de que su marido la engañaba, ahora era más perceptiva y desconfiada. Nunca jamás iba a desdeñar lo que no se decía.

# Capítulo 19

Aidan no quería dejar sola a Liz, a pesar de lo que dijera ella. Por fin había comprendido cuál era la carga que había guardado en secreto, el motivo por el que estaba tan empeñada a mantenerse alejada de él.

Sin embargo, ahora lo más importante era intentar que ella viera que no era la responsable de que aquella noche hubiera terminado de un modo tan terrible. A Aidan casi le dolía físicamente ver la culpa inmerecida que ella acarreaba. Sin embargo, sabía que lo que necesitaba Liz no era su absolución; tenía que liberarse por sí misma de aquel sentimiento. Hasta que no fuera capaz de hacer eso, estaba destinada a vivir en aquel lugar oscuro, castigándose por algo que nunca había sido culpa suya.

—Aidan, creo que deberías marcharte —le dijo ella—. Te he tomado afecto y me importas más de lo que quería, pero, por lo menos, ahora entiendes por qué no puede haber nada entre nosotros. Es por mí.

—Y un poco, también, por mí —dijo él—. Tu marido te ocultó cosas muy importantes, así que es obvio que los secretos son algo muy importante para ti. Y tú sabes que yo no he sido sincero al cien por cien contigo. Comprendo que eso haga saltar todas tus alarmas.

Ella lo miró sorprendida por el hecho de que lo hubiera admitido, y él la miró con pesar.

—Teniendo en cuenta lo que me has contado, comprendo que desconfíes de todos los hombres que llegan a tu vida, sobre todo, de uno que sospechas que no es completamente sincero.

Ella asintió.

—Para que pueda confiar en alguien otra vez, no puede haber secretos entre nosotros; ni siquiera esos más pequeños, los que a otra gente ni siquiera le importarían. Tus secretos no son pequeños, ¿verdad?

Él negó con la cabeza. Su secreto era enorme. De hecho, su identidad no era la que creía toda la gente del pueblo. Era hijo de Anna Mitchell, sí, pero era mucho más que eso.

—A eso es a lo que me refiero —dijo ella—. Yo sé mejor que nadie el daño que puede causar eso.

Aidan lo entendía por experiencia propia.

—Sí, te entiendo. Yo también he vivido rodeado de secretos que no eran míos. Cosas que he descubierto hace poco, de hecho. Eso cambia lo que sentimos por la gente a la que estamos más unidos.

Pensó en lo mucho que le había ocultado su madre, y lo mucho que le había ocultado a Thomas, y en cómo estaba afectando eso a sus vidas.

—Si lo sabes, ¿cómo puedes esperar que yo pase por alto que hay cosas que no me estás contando? No quiero despertarme algún día y darme cuenta de que el hombre con el que estoy es un desconocido.

—Yo no puedo pedirte que pases por alto nada de eso —le dijo él—. Pero sí te pido que tengas paciencia. Quiero contártelo todo, pero no puedo.

Liz frunció el ceño.

—¿Y qué te lo impide? ¿O es solo una excusa porque no quieres ser abierto y sincero? ¿Tienes miedo de que la gente piense mal de ti si salen a la luz esos secretos? –preguntó, y su expresión se volvió irónica–. Yo sé mucho de eso. Por ese motivo he estado callada. Ni siquiera Bree conoce la historia que te he contado.

–Pues ella se pondría de tu lado, como yo.

–No quiero correr el riesgo de que no sea así.

Aidan entendía su vacilación y su reticencia a creerle, porque el argumento de que no podía contar sus secretos sonaba muy endeble. Si él estuviera en su lugar, tampoco se lo creería.

–¿Y si te prometo que serás la primera persona en saberlo todo, en cuanto pueda hablar de ello?

–No. Eso no me vale. Creo que deberías irte. Y no creo que debamos vernos durante una temporada.

Aidan quería preguntarle cuánto tiempo, pero ya sabía la respuesta. Ella no quería verlo hasta que él estuviera dispuesto a contarle todo lo que ocultaba.

Sin embargo, tal vez para ella fuera muy difícil de soportar un secreto tan grande. Había días en que ni siquiera él tenía ni idea de cómo soportar la verdad.

Asintió y se puso de pie. Pero, antes de tomar la correa de Archie y llamarlo, se inclinó y le dio un beso a Liz en la frente.

–Esto no ha terminado –le dijo–. Ni por asomo.

Ella lo miró de forma elocuente.

–Yo creo que sí.

Y, entonces, Liz se dio la vuelta, como si no aguantara verlo marchar. Archie gimoteó cuando él tiró de la correa hacia la puerta. Parecía que incluso el perro sentía que las cosas habían cambiado aquella noche, y no para mejor.

A primera hora del lunes, Thomas lo llamó para decirle que los resultados del análisis de sangre no eran concluyentes. Las pruebas no demostraban que Thomas no fuera su padre, pero únicamente la prueba de ADN podría demostrar que eran padre e hijo. O no. Aidan se quedó desanimado.

—Bueno, sé que los dos queríamos conocer la respuesta, pero tal vez este retraso sea beneficioso —sugirió, aunque le costaba creerlo, porque su relación con Liz pendía de un hilo—. Significa que no han descartado que seas mi padre.

—Sí, en realidad, es una buena noticia —dijo Thomas.

Aidan se quedó sorprendido por su rápida afirmación.

—¿Tú también lo piensas?

—Asombroso, ¿verdad? Después de mi primera reacción.

—¿Y a qué se debe el cambio?

—Bueno, para empezar, estoy empezando a asimilar que tengo un hijo adulto —explicó Thomas, y, después de un titubeo, continuó—: Sé que no íbamos a hablar de esto hasta que estuvieran listos los resultados, pero mi mujer ya lo ha adivinado. Ella dice que es imposible no darse cuenta de que eres un O'Brien.

Aidan se quedó maravillado de que Connie hubiera visto lo que Thomas se había negado a aceptar.

—¿Ella me cree? ¿Y le parece bien la noticia?

Thomas se echó a reír.

—Hay algo que debes saber sobre mi mujer: es muy fuerte. Crio a una hija ella sola. Tardó mucho en dejarse convencer cuando empezamos a salir; a ella le había ido muy bien sola. Yo era mayor, y me había divorciado dos veces. Además, soy un O'Brien, lo cual, tal y como habrás comprobado, puede ser una bendición y una maldición. Por mi parte, yo tampoco tenía muchas ganas de embarcarme en un tercer matrimonio. Su hija me detestaba; bueno, no a mí, sino que detestaba el hecho de tener que competir por la atención y el amor de su madre. Eso le rompió el corazón a Connie. De hecho, creo que el hecho de que Jenny y yo hayamos superado nuestras diferencias ha conseguido que ella vea a las familias de una forma distinta; los vínculos biológicos no son lo único que importa.

Aidan tenía la sensación de que tal vez aquello fuera una historia que encerraba una lección para él.

—¿Y qué fue lo que hizo que las cosas cambiaran y pudieras conquistarla, a pesar de todos los obstáculos?

—Nos olvidamos de nuestras reservas y nos concentramos en el hecho de que nos habíamos enamorado. Los O'Brien creemos firmemente en el poder del amor y la familia. Aunque yo haya tenido dos fracasos matrimoniales, tal como me dijo Mick, mis esposas no eran adecuadas para mí. Eran dos buenas mujeres, pero no para mí. Cuando llega la mujer idónea, un hombre inteligente no debe darle la espalda, por muchos obstáculos que haya en el camino —dijo Thomas. Después de un silencio, continuó—: Mirando atrás, hace veintiocho años, creo que tu madre podía haber sido la mujer perfecta para mí, pero no era el momento cuando la conocí.

—Yo he intentado imaginaros a los dos juntos —admitió Aidan—. Y también lo veo así. Ojalá hubiera podido veros a los dos juntos, aunque solo fuera una vez.

—Aidan, no sabes cuánto lamento que hayamos perdido tantas cosas. Pero ten en cuenta que, en aquel momento, yo estaba completamente ensimismado y solo veía mis objetivos. Sigo siendo así, hasta cierto punto, pero he encontrado cierto equilibrio en la vida, he reorganizado mis prioridades, por decirlo de algún modo. Me gustaría pensar que habría hecho lo mismo en aquel tiempo si hubiera tenido la oportunidad.

—Sí, ahora, yo también lo creo —dijo Aidan—. No has terminado de contarme cuál ha sido la reacción de tu mujer. Si el hecho de que me quede en Chesapeake Shores va a causar problemas...

—Tonterías —dijo Thomas—. Por lo menos, con respecto a Connie y a mí. Y para el resto de la familia, tampoco. Nosotros acogemos a los nuestros, sea cual sea la forma en que lleguen a ser parte de la familia. Ahora, si organizas el equipo y vuelve a ser un equipo perdedor, no puedo hablar en nombre del resto del pueblo.

Aidan se echó a reír.

—Estoy en ello —le dijo a Thomas—. De hecho, ahora iba al instituto a saber cuántos entrenamientos no oficiales puedo organizar sin que la junta del distrito escolar se me eche encima.

—Pues buena suerte —dijo Thomas—. Te llamaré en cuanto sepa algo del test. A partir de ahí, pensaremos lo que hay que hacer.

Aidan pensó en terminar la conversación en aquel punto, pero, por algún motivo, no pudo.

—¿Tienes algún rato libre estos días? Me gustaría hablar sobre ese libro que me he leído y hacer algún plan para los proyectos de otoño con el club del instituto. Bueno, a menos que quieras posponerlo.

—No hay ningún motivo para posponerlo —dijo Thomas, con entusiasmo y, tal vez, con algo de sorpresa—. Hoy voy a ir a trabajar al pueblo. ¿Quieres que quedemos para tomar un café en Panini Bistro dentro de una hora? ¿O en el embarcadero de casa de Mick? Sean se muere de ganas de ir a pescar. Estaría dispuesto a ir todos los días si lo llevara.

A Aidan le gustó la idea de estar un rato con Thomas y su hijo. Le parecía muy normal, algo que hubieran podido hacer cuando él era pequeño.

—¿Sean sabe lo que está pasando? —preguntó, para no revelarlo sin querer.

—No, aunque algo me dice que se va a poner como loco de contento por tener un hermano mayor. Le encanta tener una hermana mayor, pero ¿un chico? ¿Y un entrenador de fútbol americano? ¡Se pondrá feliz! Pero no se lo voy a decir hasta que sepamos la verdad. Para empezar, aunque quiero a mi hijo con toda mi alma, sé que no podría callarse aunque lo intentara. Y, para continuar, no quiero que se lleve una decepción si resulta que estamos confundidos.

—Lo entiendo —dijo Aidan—. Es que no quería meter la pata. Pero, si no te importa que esté con él antes de que tengamos los resultados de la prueba, tal vez pueda ir a comprarme una caña de pescar para que me enseñes a mí también —dijo. Pensó que aquel sería un buen primer recuerdo de la relación con su padre.

—Yo tengo una caña de sobra. Te la llevo —dijo Thomas—. Nos vemos allí dentro de una hora.

—Muy bien. Así tendré tiempo de pasar por el instituto.

Y, tal vez, algún minuto para asomarse a Pet Style para asegurarse de que Liz estaba bien. Por mucho que ella le hubiera dicho que quería que la dejara tranquila, lo que le había contado Thomas sobre su noviazgo con Connie le daba a entender que apartarse de una relación que podía ser importante no era la forma de actuar de los O'Brien.

Al ver a Aidan en la puerta de Pet Style, Liz se alegró de haber salido temprano de casa y haber ido directamente a Sally's. Quería tomarse el primer café de la mañana antes de que alguna de sus amigas llegara y le hiciera un interrogatorio sobre las ojeras que tenía.

Cuando Aidan se dio cuenta de que la tienda estaba cerrada, miró hacia Sally's, pero, para su alivio, se dio la vuelta, cruzó la calle y se alejó por la pradera del parque.

—No parece que tengas muchas ganas de ver a Aidan esta mañana –le dijo Bree, y Liz se sobresaltó, porque parecía que había salido de la nada. Bree se sentó a su lado.

—No sé de qué estás hablando –respondió Liz–. Me he dado cuenta por casualidad de que estaba ahí fuera.

—Sí, llamando a la puerta de tu tienda. Pero tú no le has avisado de que estabas aquí. Y parece que te has sentido aliviada cuando él se ha marchado sin venir a saludarte.

—Imaginaciones tuyas.

—No, como tampoco me estoy imaginando que tienes cara de haber pasado una mala noche –dijo Bree, mientras pedía una taza de café, por gestos, a Sally–. ¿Algún problema que no te deja dormir?

—Sí, algo así.

—¿Con Aidan?

—No es nada de lo que quiera hablar.

Bree frunció el ceño.

—Pero… ¿qué te ha hecho?

Liz sonrió ante la instantánea indignación de su amiga.

—¿Y por qué piensas que me ha hecho algo?

—Porque es un hombre y, algunas veces, son tontos e insensibles. No quieren, pero sucede.

—¿Y sabe Jake que tienes tan buena opinión de él?

—Mi marido es una excepción –declaró Bree, aunque se quedó pensativa–. Bueno, aunque hubo un tiempo en que también él respondía a esa descripción.

—Entonces, ¿ha mejorado gracias a tus enseñanzas?

Bree sonrió.

—Pues sí.

Liz se apoyó en el respaldo con un suspiro.

—Te envidio –dijo, sin pensarlo.

Bree se quedó sorprendida.

—¿Por qué?

—Porque tienes un matrimonio perfecto y una niña adorable, además de ser autora teatral. Por no mencionar que regentas una floristería y te encanta. Te criaste en este pueblo maravilloso con una gran familia.

—Oh, querida, no te creas que todo era color de rosa. Estaba impaciente por largarme de aquí a ver el mundo. Cuando volví de Chicago, después de fracasar en una beca que tuve en un teatro regional, pensé que mi vida había terminado. Jake me detestaba porque le había decepcionado en muchas cosas. Hemos tardado mucho tiempo, y hemos necesitado mucha paciencia para llegar donde estamos ahora.

—Yo creía que erais novios desde niños.

Bree asintió con una expresión de nostalgia.

—Sí, lo éramos, y yo lo estropeé todo. No voy a contarte los detalles feos, pero cuando volví al pueblo, Jake no confiaba en mí, y con razón, aunque yo no quería reconocer que hubiera hecho nada malo.

—¿Y cómo conseguiste arreglar las cosas?

—Como te he dicho, con paciencia, con un duro trabajo y con un montón de entrometidos que consiguieron que reconociéramos que todavía nos queríamos. Tuvimos que averiguar si nuestras prioridades eran las mismas. Yo tuve que encontrar el camino en lo personal y en lo profesional, y Jake tuvo que saber si podía confiar en mí otra vez.

Bree miró a Liz con astucia.

—¿Tenéis Aidan y tú problemas de confianza? Jake es un experto en eso, por si necesitas hablar. Ayudó a Jenny cuando no sabía si darle otra oportunidad a Caleb.

—¿Y cómo sabes que mis problemas con Aidan están relacionados con la confianza?

—Porque tú tienes una actitud reservada, no quieres que nadie se inmiscuya en tus cosas. Has negado por activa y por pasiva que sientas algo por Aidan, pero todos vemos claramente que te empeñas en no sentir atracción. Lo que no entiendo es si es por Aidan o por ti misma.

—Soy yo —admitió Liz—. Sobre todo. Aunque él tampoco me ha dado ninguna seguridad. Me está ocultando algo que es muy importante. Yo no quiero empezar una relación con otro hombre y descubrir después que me estaba engañando sobre algo importante.

—¿Con otro hombre? ¿Es que esto tiene algo que ver con tu matrimonio?

Liz rechazó la pregunta con un gesto de la mano.

—Ahora no, ¿de acuerdo? Lo importante es que no estoy dispuesta a arriesgarme a que me hagan daño otra vez, cuando hay señales claras de que algo no va bien.

—¿Y has hablado con Aidan de tu inquietud?

—Claro. Y él no ha negado que tenga un secreto importante, pero se niega a contármelo. Dice que ha hecho una promesa y tiene que cumplirla.

—Bueno, eso parece lógico.

—A no ser que se trate de una mentira para no tener que contar nada.

Bree se quedó asombrada por tanta desconfianza.

—Vaya, cariño, si piensas que es capaz de mentirte, entonces tienes un problema grave. La confianza es muy importante en cualquier relación.

—Ya lo sé —dijo Liz, con frustración—. Por eso nos hemos quedado en punto muerto. Aunque, seguramente, así es mejor. Yo no quiero tener la complicación de una relación nueva. Necesito dedicar todas mis energías a Pet Style y a construirme una vida aquí.

—¿Una vida sin un hombre? ¿Aunque aquí haya uno que te vuelve loca?

Liz sonrió.

—Yo no sé si eso es cierto.

—Mentirosa. Cuando estáis en la misma habitación, hay fuegos artificiales entre vosotros —dijo Bree, y sonrió—. Ya casi va a llegar el Cuatro de Julio, a propósito. En la pradera será un caos, pero podemos ver los fuegos desde casa de mi padre, porque esa noche harán una barbacoa. Tienes que venir.

—¿Es otra oportunidad para que Aidan y yo nos veamos?

Bree se echó a reír.

—Esa fiesta se va a celebrar aunque vosotros dos no estéis. Lo que pasa es que no quiero que te pierdas tus primeros fuegos artificiales en el pueblo. Deberías celebrar ese día con tus amigos.

Liz no podía negar que parecía exactamente el tipo de celebración de un pueblo pequeño que ella había estado deseando conocer cuando había decidido establecerse en Chesapeake Shores. ¿Por qué iba a negarse el placer de asistir a la fiesta solo para evitar una situación que tal vez no se produjera?

—Está bien, sí que voy —prometió—. ¿Qué tengo que llevar?

—Nada, o insultarás a mi abuela. Nell ya ha empezado a preparar cosas. Mi padre se hará cargo de las hamburguesas y los perritos. Será un menú sencillo. Con unas cuantas ensaladas, tendremos un picnic estupendo.

—¿Y tu madre? ¿Hace ella la ensalada de patata?

—En realidad, nos turnamos para intentar sacarla de la cocina —dijo Bree, riéndose—. Cocinar no es lo suyo. Además, se pasa todo el día trabajando en la galería y llega justo a tiempo para comer algo antes de los fuegos.

Bree miró la hora.

—¡Dios mío! ¡Las dos tenemos que irnos. Solo quedan diez minutos para abrir las tiendas.

Pagaron rápidamente y salieron a la calle. En la acera, junto a Pet Style, Bree le dio un abrazo a Liz.

—No renuncies a Aidan todavía —le dijo—. Los O'Brien opinan que es un buen tipo, y yo confío en el buen juicio de mi familia.

—Lo tendré en cuenta —respondió Liz.

—Y yo confío en el brillo que te saca en los ojos —añadió Bree, guiñándole un ojo—. Tú también deberías.

Cuando Aidan llegó al embarcadero de Mick, Thomas ya estaba sentado en el banco. Sean estaba danzando con impaciencia mientras su padre le ponía crema protectora para el sol.

—Ya lo ha hecho mamá —protestó el niño.

—Sí, ya me lo has dicho, pero no te vendrá mal un poco más —dijo Thomas—. Y ponte la gorra.

—Hace mucho calor.

Aidan se acercó y Thomas le guiñó un ojo. Después, miró a Sean con una expresión seria.

—A lo mejor hace demasiado calor como para estar aquí fuera —sugirió.

Sean abrió mucho los ojos, con una expresión de pánico.

—No, no. Hace perfecto —dijo el niño. Se puso la gorra de béisbol e incluso se echó un poco de crema en la nariz. Entonces, vio a Aidan—. Hola. No sabía que ibas a venir.

—Tu padre me dijo que ibais a estar aquí y que podía enseñarme a pescar.

—¿Nunca has pescado? —preguntó Sean, con incredulidad.

—No, nunca. Bueno, sí, una vez. Pero no cuenta, porque no pesqué nada.

—Eso pasa a veces —dijo Sean—. No te sientas mal. Seguro que hoy pescamos una docena de peces.

—¿Y cuántos nos quedamos? —preguntó Thomas.

—Solo los que nos vayamos a comer —dijo el niño, y sonrió—. Yo puedo comerme muchos.

Entonces, miró a Aidan, y le preguntó:

—¿Quieres que te enseñe a poner el cebo? No te dan miedo los gusanos, ¿no?

Aidan miró la caja de cebo y tuvo que contener una arcada.

—No, en absoluto.

—Me alegro —dijo Sean, con cara de aprobación—. Pero yo podía ponerte el cebo, si te da miedo.

Aidan miró a Thomas, que los estaba observando con una expresión rara. Tal vez fuera un efecto de la luz, pero casi le pareció que Thomas tenía lágrimas en los ojos.


Liz oyó los ladridos de protesta del piso de arriba y reconoció el sonido. Archie se había cansado de estar solo y encerrado. Estaba segura de que, al igual que algunas veces había que ignorar el llanto de un bebé para que aprendiera a dormirse, lo más sensato que podía hacer en aquel momento era ignorar los ladridos de Archie. Si hubiera estado en su casa, después de todo, no los habría oído.

Sin embargo, no estaba en su casa en compañía de sus otros dos perros y el gato. Ni siquiera estaba con su dueño. Cuando no pudo aguantarlo más, dejó la tienda cerrada y fue a la oficina de Susie para ver si podía dejarla entrar en casa de Aidan.

Susie la miró con curiosidad.

—¿Estás pensando en darle una sorpresa de bienvenida?

—No la sorpresa que tú te estás imaginando —le dijo Liz—. Es por Archie. Está ladrando como loco.

Susie se puso de pie al instante y tomó una llave de uno de los ganchos que había al fondo de la oficina de la administración.

—¿Crees que es por un ladrón, o que le ha pasado algo a Aidan?

—No. En realidad, creo que se siente solo.

—¿Quieres rescatar al perro porque crees que se siente solo? —repitió Susie, entre la incredulidad y la risa.

—Sí, ya sé que soy muy blanda. ¿Vas a ayudarme, o no?

Susie cabeceó, pero acompañó a Liz.

—Si no fueras tú, y no fuera el perro de Aidan, no lo haría —murmuró—. Y si Aidan se enfada, le voy a decir que entraste en la oficina y robaste la llave. Algo que no me haga quedar como una mala profesional.

—Solo como una mentirosa —dijo Liz.

—Mejor eso que dejar que mi padre me despida.

—Ya, como si lo fuera a hacer —dijo Liz—. Todo el mundo sabe que haces un trabajo estupendo dirigiendo esa administración. Y los O'Brien no despiden a sus familiares.

—No, peor. Solo se quedan decepcionados con nosotros —dijo Susie, mientras subían las escaleras del apartamento de Aidan.

Aidan se dio cuenta de que había un humano amistoso de camino, porque sus ladridos se hicieron aún más frenéticos. Cuando Susie abrió la puerta, salió corriendo escaleras abajo y se detuvo en el macizo de hierba más cercano.

Liz y Susie se miraron y se echaron a reír.

—¿Necesitaba ir al baño? —preguntó Susie—. ¿Por eso tanto escándalo?

—Piensa que acabamos de salvar al suelo de madera de un accidente.

Archie ya había hecho sus necesidades y estaba al final de las escaleras, moviendo la cola con entusiasmo.

—Vamos, vuelve a casa —le dijo Liz.

El perro echó a correr en círculo, aullando de felicidad.

Liz suspiró. Era ella quien había empezado aquello, así que lo mejor sería que se llevara al perro a la tienda.

—Espera, que voy a tomar la correa —dijo, y la levantó del respaldo de una silla. Esperó a que Susie cerrara con llave y, juntas, bajaron las escaleras.

—Gracias por ayudarme. Supongo que voy a tener un ayudante esta tarde.

—Te lo mereces —dijo Susie, sonriendo—. Espero estar presente cuando Aidan descubra que su perro se ha escapado y ha buscado refugio contigo.

Liz se estremeció al darse cuenta de que iba a tener que ver al hombre al que había expulsado de su vida. Quizá no tuviera ni la mitad de ganas de seguir con la situación que ella misma había creado, ya que había aprovechado la primera oportunidad para romper las reglas. Y, por supuesto, la mayor regla que había roto era la que protegía su corazón. Pese a su determinación y a todas las señales de aviso que había tenido, se había vuelto a enamorar.

# Capítulo 20

Aidan volvía de casa de Mick con un cubo lleno de agua de mar y una cabrilla dentro. No tenía ni idea de cómo limpiar el pescado, pero Thomas le había prometido que pasaría por su casa dentro de media hora para darle un cursillo rápido.

Había sido una buena mañana. No había sentido estrés por estar con Thomas, seguramente, porque Sean había sido como una barrera que había impedido que hablaran de un tema que los dos preferían evitar: cómo afrontar la relación entre padre e hijo, si finalmente existía.

Mientras caminaba por el césped, miró hacia Pet Style, pestañeó y volvió a mirar. Sí, no había duda: su perro estaba sentado junto a la puerta en el interior de la tienda, ladrando como loco.

Liz abrió la puerta y Archie salió corriendo directamente hacia él. Aidan apartó el cubo justo antes de que Archie saltara sobre él para lamerle la cara. Después, percibió el olor del pez e intentó investigar.

—Saca la nariz de ahí —le ordenó Aidan—. Es mi cena, y he trabajado mucho para conseguirla. ¡Siéntate!

Para su asombro, Archie obedeció. Era la primera vez que ocurría, y Aidan se sintió muy complacido. Sin embargo, lo más asombroso era que su perro estuviera con Liz. ¿Cómo había ocurrido eso? ¿Acaso Archie también tenía genes de los O'Brien, y se veía empujado a entrometerse para arreglarle la vida amorosa a su dueño? Y, además, ¿era un maestro del escapismo?

Solo había una manera de resolver tantos misterios. Se dirigió hacia Pet Style sin saber cómo iba a ser recibido.

Liz lo estaba esperando junto a la puerta; claramente, sabía que iba a ir a la tienda. Con solo verla, supo que había dormido tan mal como él, pero fue inteligente y no lo mencionó.

—Es inesperado —dijo Aidan, señalando a Archie con un gesto de la cabeza. El perro estaba dócilmente sentado a sus pies, con un hueso en la boca. Eso también era nuevo—. ¿Estás acogiendo huéspedes otra vez? ¿Y les das premios que no se merecen, porque tienes el corazón muy blando?

Ella se ruborizó ligeramente.

—No, no es eso. Creo que cometí un error, pero cuando escuches toda la historia, me darás las gracias. O eso espero, al menos.

Aidan prestó atención mientras ella describía los ladridos de Archie, su misión de rescate y el descubrimiento de que el perro solo quería salir para hacer pis. Contuvo la risa al ver la cara de disgusto de Liz.

—Gracias por salvar el suelo.

—Susie también lo agradeció —dijo ella, a punto de sonreír—. Te prometo que no voy a ir a tu apartamento con frecuencia. No hemos fisgado nada.

A él le molestó que ella pensara que tenía que defenderse.

—Estoy seguro de que no lo habéis hecho.

—Pero no te culparía por no querer que los desconocidos se metan en tu casa cada vez que les apetezca. Y, sabiendo que tengo tantas preguntas sobre ti, no me sorprendería que pensaras que quiero conseguir información como sea.

—En primer lugar, tú no eres una desconocida. En segundo, tú no eres así, Liz. Lo sé. Puede que no te guste tener que esperar para saber las respuestas, pero lo harás.

Ella asintió.

—Sí, claro que sí. Y, para que lo entiendas, Susie no ha tenido la culpa de nada. Yo le rogué que me dejara pasar, así que, por favor, no la metas en líos.

—Ni se me ocurriría. Creo que debería darte una llave por si esto vuelve a ocurrir. Ahora que Archie sabe que ladrando va a conseguir que le presten atención, quién sabe cuántas veces lo intentará. Y a mí se me han quedado las llaves dentro de casa más de una vez. Aunque Susie esté cerca, me vendrá bien tener un sitio donde conseguir una llave por si su oficina está cerrada.

Se dio cuenta de que estaba tratando de convencerla de que aceptara quedarse con una copia de las llaves, lo cual no debería haber sido más que un asunto de comodidad. Parecía que era mucho más que eso, un primer paso hacia otro nivel de intimidad, tal vez.

Y para ella debía de ser lo mismo. Se había quedado asombrada por su petición.

—Aidan, ¿estás seguro? En este momento, las cosas entre nosotros están en el aire. ¿De verdad quieres dejarme una llave?

—Claro que sí. Confío en ti, Liz. Sé que tienes tus dudas sobre mí, pero yo no tengo ninguna sobre ti.

—Bueno, pues si estás seguro de verdad, tal vez sea buena idea por si hay una emergencia o, al menos, lo que a Archie pueda parecerle una emergencia.

—Te traeré la llave después —le dijo—. Tengo un par de copias arriba. Susie me dio varias.

Entonces, Liz miró el cubo que él había dejado junto a la puerta de la tienda.

—¿Qué llevas ahí?

—Una cabrilla —dijo él—. La primera que he pescado en mi vida —dijo. Entonces decidió arriesgarse, puesto que los últimos minutos habían ido bien—. ¿Te gustaría comértela conmigo? Es más que suficiente para dos. Solo como amigos. Así podría darte las gracias por rescatar a Archie. Podemos cenar pronto para que llegues a casa antes del anochecer. No me parecería mal que decidieras cenar y salir corriendo.

Cuando la miró, se dio cuenta de que ella estaba conteniendo una sonrisa.

—Es un argumento muy largo y persuasivo —le dijo.

Él sonrió.

—Estaba intentando dar todas las notas correctamente —dijo él—. Ya sabes, ligero, sin expectativas…

—Aidan, no sé. Acabamos de decidir que…

—Tú lo has decidido. Y ¿no crees que sería más fácil que superaras tu desconfianza si siguiéramos comunicándonos?

Ella suspiró.

—Está bien, siempre y cuando entiendas que es una cena para dos amigos, nada más.

—Por supuesto. Te prometo que no voy a tirarte los tejos ni a sacar ningún tema demasiado personal. Solo una charla de amigos, eso es todo.

Aidan tuvo la impresión de que ella se quedaba un poco decepcionada al oír que no se le iba a insinuar, pero tal vez solo fuera un deseo suyo. Sin embargo, si al menos había conseguido que ella accediera a pasar un rato con él de vez en cuando hasta que pudiera contárselo todo, tal vez Liz encontrara la manera de empezar a creer en él.

Como solo tenía comida sana en la nevera que, además, estaba casi vacía, Aidan hizo un rápido viaje al mercado de las afueras del pueblo después de que Thomas pasara por su casa a enseñarle a limpiar el pescado. Había sido un proceso pringoso, pero creía que lo había hecho bien. Ahora necesitaba algo más para acompañarlo. Thomas le había recomendado el mercadillo de productos locales e incluso le había dicho cómo tenía que cocinarlo a la plancha.

—Sabes muchas cosas —le dijo Aidan.

Thomas se echó a reír.

—No te creas. Mick siempre ha celebrado las barbacoas familiares y mi madre hace el resto de las comidas. Connie pensó que nosotros debíamos compartir las labores en la cocina. Yo apenas sé cocinar, pero no nos morimos de hambre cuando me toca hacerlo a mí.

Aidan había decidido en aquel momento que aquello también iba a ser uno de sus objetivos, puesto que a Liz podría gustarle. Después de todo, se había quedado impresionada con su habilidad para hacer sándwiches. Si preparaba una comida entera, se quedaría asombrada.

Encendió el grill, puso verduras a asar en papillote e hizo una ensalada. Entonces, oyó que llamaba a la puerta; no le habría hecho falta, porque Archie se puso a ladrar y a correr hacia la puerta y de vuelta a la cocina.

—¡Siéntate! —le ordenó antes de abrir.

Liz estaba en el umbral y los miró con perplejidad.

—¿Cuándo ha empezado este buen comportamiento?

—Si te refieres a Archie, es relativamente nuevo. Yo siempre he tenido buenos modales.

Ella se echó a reír, y los hombros se le relajaron. Entró al apartamento y miró a su alrededor con curiosidad.

–¿Te apetece una copa de vino? He abierto una botella de blanco, pero también hay tinto.

–No, el blanco está bien, gracias.

–La cena ya casi está –le dijo él, mientras le servía la copa–. Acabo de poner el pescado en el grill. Creo que sabré seguir las indicaciones que me dio Thomas.

Ella lo miró sorprendida.

–¿Thomas?

–Ah, creo que no te lo había dicho antes. He estado pescando en casa de Mick, con Thomas y Sean –dijo él, con la esperanza de que su tono de voz fuera despreocupado.

–¿Y eso?

Aidan no estaba seguro de cómo responder sin revelar demasiado. Durante toda su vida había sido sincero y abierto. Incluso tenía reputación de ingenuo entre los periodistas cuando jugaba profesionalmente al fútbol. En aquellos momentos, sin embargo, tenía que andarse con cuidado cada vez que abría la boca, por lo menos en relación a aquel tema.

–Sabes que me han asignado una actividad extraescolar, la dirección del club para la conservación del medio ambiente, ¿no?

–Sí, creo que lo comentaste. Claro, yo no me di cuenta de que Thomas también participaba en eso, pero tiene sentido.

–¿Te imaginas una persona mejor para inspirar a esos niños y enseñarles a cuidar el medio ambiente?

Liz lo observó con curiosidad.

–Parece que te tiene impresionado.

–Claro que sí. Su trayectoria es impresionante.

–Pues es todo un cambio –dijo ella–. A mí me parecía

que no había buenas vibraciones entre vosotros. Lo que no entendía era por qué, si no os conocíais.

—No sé... —dijo Aidan, y se encogió de hombros—. Al principio no nos caímos bien. Ahora que lo conozco mejor, lo veo de un modo muy distinto.

El comentario era cierto, y él rezó para que Liz quedara satisfecha.

Ella lo observó.

—Entonces, ¿hoy habéis quedado para estrechar relaciones y hacer planes para el otoño?

—Sí, exacto. Thomas me está poniendo al día sobre los proyectos que ha llevado a cabo el club los años anteriores, y sobre lo que a él le gustaría que hicieran los chicos este año. Incluso cree que uno o dos de ellos querrían declarar en las vistas de este año sobre algunos cambios en la ley que podrían ser perjudiciales para la bahía. La pesca ha sido un extra. Cuando se enteró de que yo nunca había pescado, me sugirió que fuera con Sean y con él.

—Debe de encantarle que vayas a abrazar su causa.

—Ese hombre tiene unas tácticas de reclutamiento increíbles —dijo él, con ironía—. No creo que nadie que viva en esta región pueda resistirse a sus argumentos sobre la protección de la belleza de nuestros recursos naturales. A Kevin se le da bien y es muy apasionado, pero es como si Thomas supiera exactamente qué resortes debe tocar.

—Sí, yo ya lo sé —dijo Liz—. Puso a medio pueblo a trabajar un día de marzo para limpiar la línea de la costa. Todavía hacía frío y empezó a llover, pero no se marchó nadie. Nell estaba allí, con él y con su marido, y Mick no dejaba de refunfuñar porque decía que iba a enfermar de neumonía.

Aidan sonrió al imaginarse a Nell desafiando a los dos hombres para que trabajaran en algo que era tan importante para Thomas. De repente, se dio cuenta de que aquella mujer menuda y llena de energía era su abuela. Por supuesto, lo sabía, pero las implicaciones no se le habían pasado por la cabeza hasta aquel momento. Había visto por sí mismo lo sabia y lo afectuosa que era, y él empezó a anhelar recibir esa sabiduría y ese afecto. Desde que había llegado al pueblo y había conocido a los O'Brien, se estaba dando cuenta de lo mucho que ansiaba tener aquellas relaciones familiares que había perdido con la muerte de sus abuelos maternos y de su madre.

Liz lo miró con extrañeza.

—¿Por qué tienes esa cara? Parece que hay algo que te ha emocionado.

Aidan buscó una respuesta creíble.

—Acabo de acordarme del pescado. Tengo que sacarlo todo del horno antes de que se quemen las verduras.

—¿Te ayudo?

—No, no te preocupes. Dame un segundo para que baje a la zona de barbacoa. Ahora mismo vuelvo con todo, espero que esté perfectamente cocinado.

—¿Estás seguro de que no quieres que vaya contigo para subir nada?

Lo que realmente quería él era tener un minuto a solas para recuperar la calma.

—Lo tengo controlado. Siéntate en la terraza y relájate. Llevas todo el día de pie.

—Para ser sincera, eso suena divino.

—Pues hazlo.

Y, tal vez, cuando él subiera de nuevo, a ella se le habrían olvidado todas las preguntas que él había suscitado sin querer.

Liz se quedó desconcertada al ver que, repentinamente, Aidan quería alejarse de ella, pero como le apetecía tanto sentarse en la terraza aquella cálida noche, con una copa de vino en la mano, no insistió. Lo que no había previsto era que la terraza de Aidan estaba sobre Main Street y que, aquella noche, la calle estaba llena de turistas y residentes paseando antes de cenar en alguno de los restaurantes de la zona.

—Vaya, vaya, vaya, mira quién está como en casa en el balcón de Aidan —dijo Susie, desde la calle—: ¿Te ha hecho prisionera después de que allanaras su morada?

—Yo no he allanado nada —dijo Liz. Después, miró a Jeff, que estaba junto a su entrometida hija—. ¿De verdad quieres que hablemos de eso?

—No te preocupes, mi padre ya lo sabe. Por desgracia, llegó a la oficina cuando estábamos aquí. He tenido que explicarle dónde estaba. Pero sigo teniendo trabajo.

—Aunque hay una mancha en su expediente —dijo Jeff, con severidad. Aunque Liz pudo ver el brillo de sus ojos desde el balcón.

—Junto a todas las demás —dijo Susie, sin rastro de arrepentimiento—. Bueno, ¿y cómo es que estás en casa de Aidan?

Jeff miró a su hija con desaprobación.

—¿Y eso es asunto tuyo?

—Las mentes inquisitivas de los O'Brien quieren saber —dijo Susie—. ¿De verdad quieres llegar al bar sin saber la primicia? El tío Mick se nos echaría encima.

—Y ese es el defecto de mi hermano —dijo Jeff, y miró a Liz—. Ten cuidado con esta pandilla. Aunque sean mi familia, algunas veces me dan ganas de repudiarlos.

Susie le dio un beso en la mejilla a su padre.

—Oh, claro que no. Venga, vamos. Ahora no vamos a conseguir sonsacarle nada a Liz. Puede que le mande a Bree. O a Shanna.

—Por favor, no —les dijo Liz.

Pero, por si acaso su ruego no servía de nada, en cuanto se fueron, ella decidió esperar a Aidan dentro del apartamento.

Cuando él llegó, se quedó sorprendido al verla acomodada en el sofá.

—¿Hace demasiado calor fuera?

Ella negó con la cabeza.

—No, está demasiado lleno de gente.

—¿Mi balcón?

—No, la calle —dijo ella—. Susie me ha hecho preguntas y, como me he negado a responder, me ha dicho que mandaría a las otras.

Aidan se echó a reír.

—Me he dado cuenta de que son un grupo muy parlanchín, y a estas horas de la noche pasan por aquí, o van a casa desde los trabajos, o van al pub de Luke, que está torciendo la esquina. Pero nunca ninguno de ellos me ha perseguido aquí dentro.

—Porque este es tu apartamento. Mi presencia aquí suscita preguntas —dijo ella, con un suspiro—. Y especulación.

—Y presión —dijo Aidan.

—Mucho.

—Bueno, pues, entonces, deberíamos cenar dentro.

—Sí, sería mejor —dijo Liz—. Aunque es un poco tarde para la discreción. En este momento, los O'Brien estarán haciendo apuestas.

—¿Apuestas?

—Sí, sobre si estaré aquí por la mañana.

Liz se dio cuenta de que Aidan estaba a punto de echarse a reír, pero se contuvo al ver que ella hablaba en serio.

—¿No es broma? —preguntó él.

Ella se encogió de hombros.

—No, no te creas. Es un deporte familiar.

Aidan cabeceó.

—Es una familia muy rara.

—Sí, mucho —dijo ella, y sonrió—. Pero también son maravillosos. Yo quiero a mi madre y a mis hermanas, aunque me vuelvan loca, pero los O'Brien tienen algo especial. Puede ser porque hayan crecido tantas generaciones aquí mismo, en el pueblo. Se entrometen demasiado en la vida de los demás, pero resulta obvio que se quieren y se respetan los unos a los otros.

—Solo es maravilloso hasta que eres tú el que te conviertes en objeto de sus especulaciones —le recordó Aidan.

—Sí, bueno, esta es la primera vez que yo experimento esa parte —dijo, y lo miró con pesar—. Está claro que podría vivir sin tener que soportarlo.

Por desgracia, parecía que aquello era inherente al hecho de vivir en Chesapeake Shores, pero era el único defecto que ella había descubierto hasta el momento.

Aidan se planteó si debería pedirle a Thomas que les dijera a los O'Brien que dejaran de inmiscuirse, puesto que sus esfuerzos, aunque bienintencionados, podían ser contraproducentes. Sin embargo, como su velada con Liz transcurrió sin tensiones, se dio cuenta de que ella estaba aceptando aquella rareza de la gente del pueblo. Tal vez, si la situación entre ellos fuera menos complicada, ella la hubiera aceptado incluso con agradecimiento. Eso le dio a Aidan nuevas esperanzas de que pudieran superar sus problemas cuando se conociesen los resultados de la prueba de ADN.

Durante la cena de la noche anterior, él había hecho exactamente lo que había prometido y había elegido unos temas de conversación relajados e impersonales. Por ese motivo, las cosas habían ido sorprendentemente bien.

Después, Archie y él habían acompañado a Liz a su casa. Se habían despedido en la puerta; ella no lo había invitado a entrar. Y él no había aprovechado el momento para besarla, tal y como deseaba hacer con desesperación. No obstante, tuvo la sensación de que a Liz le costó tanto esfuerzo contenerse como le había costado a él. Y se dio cuenta de que ella seguía mirándolo durante mucho tiempo mientras él se alejaba, hasta que, por fin, entró en su casa y cerró la puerta.

Aquello era otro giro positivo de la situación: Liz se había quedado tan desconcertada y decepcionada como él por el brusco final de una noche que, en lo demás, había sido perfecta.

Aquella mañana, él se sentía inquieto y nervioso, y se alegró de haber enviado un mensaje a los miembros del equipo para que se reunieran con él en la pradera a las nueve en punto.

Él los vio llegar desde el balcón. Los chicos fueron saludándose chocando las palmas de las manos en lo alto, con exuberancia, como si no se hubieran visto desde hacía semanas en vez de días. Aidan sonrió, dejó la taza de café vacía en el fregadero y bajó las escaleras.

—¿Para qué hemos venido, Entrenador? —preguntó Henry—. ¿Y por qué nos ha dicho que no trajéramos los cascos ni las coderas?

—Bueno, chicos, porque vamos a hacer algunos entrenamientos fuera del programa oficial, y hay una regulación muy estricta sobre lo que podemos y no podemos hacer. Vamos a concentrarnos en ponernos en forma al máximo, pero no podemos hacer placajes. Podemos utilizar el campo cuando esté disponible, pero, en este momento, lo están utilizando para el campamento de verano, y durará varias semanas. Sé que todos estáis impacientes por empezar, así que vamos a trabajar aquí un par de días a la semana. Intentad no derribar a ningún niño pequeño que esté por aquí, ¿de acuerdo?

—Entendido —dijo Taylor—. La pradera es lo suficientemente grande para que Héctor y yo practiquemos los pases.

A Henry se le iluminó la mirada.

—En realidad, va a ser muy *cool* estar aquí, en mitad del pueblo. Así, la gente verá cómo estamos mejorando.

—Y también nos verá hacer el tonto de vez en cuando —dijo Taylor—. Seguro que se me van a caer más balones de los que consiga atrapar.

—Eso es por la sincronización —le dijo Aidan—. Héctor y tú vais a trabajar en el ritmo —añadió, y miró a su alrededor—. Tengo algunos formularios de descargo de responsabilidad que tendrán que firmar vuestros padres. Es para que el instituto no tenga que responsabilizarse si sufrís alguna lesión. Pero yo voy a asegurarme de que no haya ninguna lesión de la que preocuparse —afirmó, y los miró con seriedad—. ¿Entendido? El primero que haga un placaje a otro se va para casa. ¿Lo entendéis bien?

—¡Sí, Entrenador!

La ruidosa respuesta de aquel coro estuvo dirigida por Henry. Aidan sonrió; de nuevo, se sintió muy complacido por haber tomado aquella impulsiva decisión y haber elegido al muchacho idóneo para ser capitán del equipo.

Dividió a los chicos por grupos y les asignó diferentes ejercicios de carreras y pases. Después, se apartó y los vio trabajar con entusiasmo y determinación. Se alegró al comprobar que corrían a más velocidad que cuando habían hecho aquellos mismos ejercicios a finales del curso escolar. Con satisfacción, los llamó para que se acercaran.

—Habéis estado practicando sin mí, ¿verdad? —les preguntó, y señaló el cronómetro—. Hoy habéis hecho unos tiempos estupendos. Estoy orgulloso de vosotros. Espero que el jueves lo hagáis aún mejor.

—¿No volvemos hasta el jueves? —preguntó Henry, con decepción.

Aidan notó la misma reacción en el resto de las caras.

—Os agradezco mucho vuestro entusiasmo, pero son las vacaciones de verano. Tenéis que divertiros, y sé que algunos tenéis trabajos de media jornada. Dos entrenamientos a la semana son más de los que íbamos a tener en un principio. Entre las dos sesiones, corred y haced pesas. Durante agosto vamos a subir en nivel de exigencia y volveremos al campo a pleno rendimiento. Entonces me pediréis que os dé un respiro. Disfrutad de este ritmo por ahora.

De nuevo, fue Henry quien dio un paso al frente.

—¿Qué hemos dicho que vamos a hacer este año?

—¡Lo que haga falta! —respondieron todos los miembros del equipo, al unísono.

—¿Y quién nos va a llevar al campeonato regional?

—¡El entrenador Mitchell!

—¿Y qué vamos a hacer cuando lleguemos?

—¡Ganar!

Después, soltaron un grito que, seguramente, se oyó por todo Shore Road. Aidan sonrió y le dio a Henry una palmada en la espalda.

—¿Cómo es que he conseguido un capitán de equipo, un jefe de animadores y un ayudante de entrenamiento en uno? —le preguntó al chico que, inmediatamente, se ruborizó.

Henry se había quitado las lentillas que usaba en los entrenamientos y se había puesto las gafas. Se las ajustó en el puente de la nariz y sonrió a Aidan.

—Suerte, supongo.

«Sí, claramente, he tenido suerte», pensó Aidan.

Se despidió del equipo y los vio ir directamente a Sally's. Como lo había previsto, le había pedido a Sally que pusiera sus consumiciones en su cuenta, y que él pasaría a pagar después. No pensaba hacerlo siempre, pero quería que supieran lo mucho que les agradecía el compromiso.

Cuando volvía a su apartamento, Shanna salió de la librería.

—Ese niño tuyo es estupendo —le dijo Aidan.

—Siempre lo he sabido —dijo ella—. Pero tú has encontrado algo nuevo en él.

—¿El qué?

—La confianza en sí mismo —respondió Shanna, con lágrimas en los ojos—. Gracias por eso.

A Aidan también se le empañaron los ojos al oír su respuesta. De eso trataba ser entrenador, pensó. Era convertir a niños en jóvenes seguros de sí mismos. Cuando él había salido del campo de fútbol americano profesional por última vez, había sabido elegir bien su próximo trabajo. Y cada vez estaba más convencido de que, a pesar del escándalo que podría ocasionarse cuando saliera a la luz la verdad sobre su relación con Thomas, había encontrado el lugar perfecto para desarrollarlo.

# Capítulo 21

A la mañana siguiente de su cena con Aidan, Liz intentó de nuevo ir a Sally's antes de que llegara la clientela habitual. Sabía perfectamente que Susie le había contado a todo el mundo que la había visto en el balcón de Aidan.

Sally la miró con astucia.

—Eres de lo más predecible. Lo sabes, ¿no?

Liz se quedó sorprendida.

—¿Por qué?

—Porque solo vienes al amanecer cuando no quieres que tus amigas se metan en tus asuntos.

—¿Es tan obvio?

—Cariño, regento esta cafetería desde hace mucho tiempo. Tú no eres la primera persona que piensa que puede librarse del interrogatorio de los O'Brien si puede salir de aquí a tiempo. Pero no te va a funcionar. Irán por ti.

Liz se echó a reír.

—Puede que sí, pero, para entonces, ya habré tomado cafeína y llevaré ventaja.

Sally le dio un vaso grande de café para llevar y un cruasán de frambuesa.

—Buena suerte —le dijo, mientras le cobraba el desayuno.

Antes de que ella pudiera salir, Bree entró en el local.

—¿Escabulléndote? —le preguntó su amiga, con los ojos brillantes—. Ni lo sueñes.

—Buenos días —dijo Liz—. Hoy me llega un pedido enorme. Tengo que empezar muy pronto.

—Claro —dijo Bree, asintiendo—. Seguro que no es para evitar a tus amigos y sus preguntas.

—Por supuesto que no. No tengo nada que ocultar. Mi vida es un libro abierto.

Bree sonrió y tomó a Liz del brazo.

—Maravilloso. Pues vamos a sentarnos y a leer unas cuantas páginas de ese libro las dos juntas.

Liz se echó a reír. Se dio cuenta de que Sally la miraba con solidaridad.

—Está bien. Diez minutos —dijo, y siguió a Bree hasta una mesa—. Eso es todo lo que te concedo.

—Bueno, pues, entonces, voy a hablar rápido. ¿Cómo fueron las cosas ayer con Aidan? ¿Por fin…? —preguntó Bree, moviendo las cejas de un modo sugerente.

—No, por fin, nada —respondió Liz—. Y, aunque hubiera algo, no te lo contaría.

—O sea, que no puedo fiarme de nada de lo que me digas al respecto —replicó Bree—. Me pones en una disyuntiva. ¿Qué puedo hacer? ¿Qué puedo hacer?

—Podemos turnarnos para espiar —dijo Susie, que había llegado justo a tiempo para oír la última parte de la conversación.

Bree se indignó casi tanto como Liz.

—No espiamos a nuestras amigas —le dijo, en tono de reprimenda, a Susie.

—Bueno, pues podemos emborracharla con vino hasta que suelte toda la información. Por mí, bien. Vamos al pub esta noche, después de trabajar.

Bree observó a Liz con seriedad.

—¿Te apetece salir esta noche? Solo las chicas.

—Claro —dijo Liz, con una sonrisa—. Pero voy a tomar Cocacola *light*. Bueno, ahora tengo que irme a la tienda. Vosotras podéis seguir maquinando. Yo no voy a bajar la guardia.

Bree y Susie se echaron a reír.

—Oh, qué ingenua eres —le dijo Bree—. Tenemos tácticas que ni te imaginas. Los militares podrían utilizarlas.

—Estoy deseando verlo —dijo Liz.

Cuando estuvo en la tienda, con la puerta cerrada con llave, respiró profundamente. Para ser una mujer que quería mantener una buena parte de su vida en secreto, tenía la impresión de que estaba metida en un buen lío.

Después del entrenamiento con el equipo, Aidan se puso la ropa de correr y volvió a salir. Quería hacer una buena sesión de ejercicio antes de que empezara a hacer mucho calor. Por desgracia, mientras seguía el camino que rodeaba la bahía y llevaba hasta The Inn at Eagle Point, se dio cuenta de que lo único que le salvaba de aquel inesperado calor matinal eran la sombra de los árboles centenarios y una suave brisa que llegaba del mar.

Decidió darse la vuelta e ir a pedir agua al hotel. Llamó a la puerta de la cocina y esperó a que la cocinera de Jeff abriera. Gail le echó un vistazo y cabeceó.

—Parece que te ha cazado un gato, te ha masticado y te ha dejado aquí. ¿Qué dirían las chicas que se han derretido por ti si te vieran ahora?

—Espero que por lo menos alguna fuera tan amable de darme agua.

—Ah, por eso has venido a la cocina, en vez de ir por el vestíbulo. Piensas que tengo buen corazón.

—Eso espero.

Jess llegó en aquel momento, y agitó la cabeza al verlo.

—¿No sabes que no es buena idea venir corriendo hasta aquí en un día tan caluroso?

—Es un buen ejercicio —dijo Aidan—. Y pensaba que podía volver a casa antes de que subiera tanto la temperatura.

Las mujeres se miraron como preguntándose por qué los hombres eran tan bobos. Por desgracia, en aquel momento se lo merecía.

Gail sacó una botella de agua del tiempo y se la entregó.

—Vamos —dijo Jess—. Ven a sentarte un rato al porche. Corre el aire. Así podrás refrescarte un poco antes de volver a casa. Y espero que vayas andando, si es que tienes sentido común.

—¿Cómo te aguanta Will? —le preguntó Aidan, y le dio las gracias a Gail antes de irse con Jess.

Jess sonrió al oír su pregunta.

—Yo me he estado preguntando lo mismo durante mucho tiempo. Dice que me quiere. Supongo que el amor impide que la gente piense con claridad. La abuela siempre dice que escuchemos al corazón, no a la cabeza.

Aidan se sentó en una mecedora, cerró los ojos y se puso a disfrutar del frescor de la brisa de la bahía.

—¿Puedo preguntarte una cosa? —dijo él, después de varios minutos de silencio.

—Claro.

—La mayoría de la gente de tu familia que he conocido piensa que todo se puede superar, ¿no?

Ella se echó a reír.

—En mi opinión, es un defecto de carácter, pero sí. Y, como eso me funcionó con Will, no puedo expresar ninguna duda –respondió ella, y lo miró con intensidad–: ¿Esto tiene que ver con Liz? Os he visto juntos y he oído lo que dicen. ¿Sois pareja?

–No exactamente.

–¿Por qué no?

–Ella necesita a alguien en quien pueda confiar.

Jess frunció el ceño.

–¿Y tú no eres de fiar? –preguntó, con indignación.

–Cálmate –le dijo él, con una sonrisa–. Claro que sí, pero ella necesita saber algunas cosas de mí que, por el momento, yo no puedo revelar.

–¿Cosas malas?

–No, no lo creo –respondió Aidan–. El problema es el secreto, no el asunto que tengo que mantener en secreto. Mucha gente entendería sin problemas esa obligación, pero para Liz es muy difícil.

–¿Por qué alguien le ha mentido a ella sobre algo especialmente importante? –preguntó Jess.

Aidan asintió.

–Pero ese es otro asunto del que no puedo hablar.

Ella asintió y se quedó pensativa.

–Tiene sentido. Liz se cierra en banda cuando alguien intenta acercarse demasiado a ella. Todos nos preguntamos por qué, cuando es una persona optimista y abierta – dijo Jess. Después, lo observó con curiosidad–. Entonces, ¿qué es lo que me estás preguntando?

–¿Crees que podremos superarlo? ¿Crees que el amor puede con todo, que superará la desconfianza y el secretismo?

Jess sonrió.

–Mi familia y mi marido te dirían que sí, pero que necesitarás paciencia y determinación.

–Eso lo tengo –respondió Aidan–. Tal vez no sepa mucho ni tenga experiencia con el tipo de amor del que estamos hablando, pero soy listo como para saber que merece la pena esperar lo que haga falta por Liz.

—Bien dicho —dijo Jess—. Yo no soy quién para dar consejos; eso es cosa de mi marido. Pero, sea cual sea el secreto, que ella sea la primera en enterarse cuando puedas hablar de ello. Necesita enterarse por ti, no por los cotilleos de Chesapeake Shores.

—Gracias —dijo Aidan.

Ahora ya sabía lo que tenía que hacer. Tenía que conseguir que Thomas le asegurara que nadie iba a enterarse de los resultados de las pruebas de ADN antes de que él pudiera explicárselo todo a Liz. Por suerte, tenía algo de tiempo para poner aquel plan en práctica.

Aidan volvió a casa, se duchó, comió algo y empezó a hacer llamadas para localizar a Thomas. No estaba en su oficina de Annapolis, y Connie le dijo que todavía no había llegado a casa.

—¿Quieres que le diga que te llame cuando llegue? —le preguntó—. O, si quieres, llámalo a su móvil, aunque no le hace caso cuando va conduciendo. Normalmente, escucha mis mensajes cuando deja el coche y viene andando hacia la puerta, y ya es demasiado tarde para que pare a comprar leche o lo que yo necesite del supermercado.

Aidan se echó a reír.

—Parece que lo hace deliberadamente.

—Ya, ya lo sé. Hemos discutido una o veinte veces de esto. De todos modos, intenta llamarlo. Tal vez a ti te responda la llamada.

Como a él tampoco le gustaba usar el móvil en carretera, le dijo a Connie:

—No, dile que me llame cuando llegue a casa.

—De acuerdo —respondió ella. Después, vaciló un momento, y añadió–: Aidan, sé que debes de estar nervioso por los resultados de la prueba, pero quiero que sepas que yo no tengo ninguna duda de que perteneces a esta familia.

Aidan se quedó sorprendido, porque se le empañaron los ojos al oírla.

–Gracias. No quiero alterar la vida de nadie. Vine aquí porque necesitaba conocer a mi padre, no a conseguir nada de él, solo a saber más sobre quién soy.

–Dios Santo, nadie te va a juzgar por querer conocer a tu padre. En cuanto se sepa la verdad, todo el mundo te abrirá su corazón. A lo mejor no fue así la primera vez que se lo contaste a Thomas, pero es que se quedó en *shock*. Ahora que ha tenido tiempo para acostumbrarse a la idea de que ha tenido un hijo durante todos estos años, aceptará el papel que tú quieras asignarle en tu vida. Ahora eres un hombre adulto, así que los dos podéis decidir lo que pase después. Espero que quieras estar no solo con él, sino con todos nosotros.

Aidan notó que se le formaba un nudo en la garganta.

–Ya veo por qué se enamoró Thomas de ti. Eres increíble.

–No tanto –dijo ella–. Lo único que pasa es que quiero a mi marido y a su familia. Y él ha hecho lo mismo con mi hija. Todo va a salir bien, Aidan. Yo lo sé.

Mientras estaba sentado en su balcón, esperando la llamada de Thomas, Aidan se repitió aquellas palabras mentalmente. Sin embargo, en vez de sonar el teléfono, una hora más tarde alguien llamó a la puerta. Era Thomas, que tenía un sobre en la mano. Aidan se quedó mirando el sobre con fijeza.

–¿Es eso?

Thomas asintió.

–Tú también deberías tener una carta en el buzón.

—No se me ha ocurrido mirarlo –dijo él–. ¿Lo has leído?

Thomas negó con la cabeza.

—Connie pensó que tal vez deberíamos hacerlo juntos. Me dijo que habías llamado, y no parecía que hubieras visto el informe. ¿Qué crees tú? ¿Lo leemos juntos?

Aidan asintió y le cedió el paso.

—Me vendría bien una cerveza. ¿Y a ti?

Thomas asintió.

—Sí, a mí también.

Aidan volvió al salón con las dos botellas de cerveza y le dio una a Thomas. Después, se sentó. Ambos se miraron mientras le daban un sorbo a su botellín. Después, Thomas lo dejó sobre la mesa y miró a Aidan.

—¿Listo?

Aunque Aidan estaba convencido de lo que iban a leer, sintió un cosquilleo en el estómago.

—Claro.

Thomas abrió el sobre y leyó la carta. Después, alzó los ojos llenos de lágrimas.

—Eres mi hijo –dijo, suavemente.

A Aidan también se le llenaron los ojos de lágrimas. Después de tantos años, la verdad había salido a la luz. Él sabía exactamente quién era: hijo de Anna Mitchell, pero, también, un O'Brien.

Observó la palidez de Thomas.

—¿Te encuentras bien con esto? –le preguntó, y se le escapó una carcajada ronca–. No puedes cambiarlo, pero... ¿estás bien?

—Me ha llevado algo de tiempo acostumbrarme –reconoció Thomas, y sonrió–. Pero, sí, estoy bien. Tenemos que recuperar el tiempo perdido. Estoy deseando ver las fotografías de cuando eras pequeño, tus notas, todo lo que tengas de estos años que me he perdido.

Aidan lo miró con dureza, pero no pudo mantener la mirada.

—Es un poco tarde para que me impongas horas de llegada y disciplina —le advirtió.

Por fin, Thomas, su padre, se echó a reír.

—Ni se me ocurriría intentarlo. Connie quería que te invitara a cenar para que pudiéramos decírselo a Sean.

—Ella estaba convencida de lo que iba a salir en el informe, ¿verdad? Me dijo que ya lo sabía, pero yo pensé que solo quería que yo me sintiera mejor.

—Mi madre es la mujer más sabia que conozco, pero Connie es la segunda —dijo Thomas—. Creo que ella puede ayudarnos a decidir cuál es la mejor forma de decírselo al resto de la familia.

Aidan asintió.

—Yo tengo que pedirte una sola cosa. Necesito ser yo quien se lo diga a Liz, y tengo que hacerlo antes de que se entere alguien que no seamos Connie, Sean, tú y yo.

—Entonces, vamos a cenar —sugirió Thomas—. Y, después, ve a ver a Liz, porque por mucho que intentemos que Sean se mantenga callado, le habrá contado la noticia a todo el mundo antes de mañana.

Aidan comprendió que sería muy difícil mantener la noticia en secreto una vez que el niño la supiera. Y lo que quería evitar, precisamente, era aquella revelación prematura.


Ninguna de sus amigas se puso especialmente alborotadora durante la noche del club literario en casa de Susie, así que Liz estaba preparada para el nivel de alboroto que iban a alcanzar en Luke's. Aunque había dos embarazadas que no bebían alcohol, y aunque ella solo iba a beber refrescos por su propio bien, el volumen del ruido que se produjo en las mesas que juntaron al fondo del local fue bastante alto.

Aunque varias de las otras mujeres fueron blanco de las bromas durante la cena y las copas, la atención volvía una y otra vez a Liz y a su relación con Aidan. Casi resultaba divertido ver la variedad de tácticas que utilizaron para entrometerse en su vida personal. Bree se había equivocado. Hasta el momento, no intentaron nada que ella no hubiera previsto.

Captó una mirada de frustración entre Bree y Susie.

—Es más dura de lo que me esperaba —reconoció Susie.

Bree asintió.

—Yo creía que a estas alturas ya se habría venido abajo. Creo que es por la falta de alcohol en su organismo. ¿Crees que podríamos convencer a Luke para que le eche vodka a escondidas, o algo así?

—No, no creo —dijo Susie—. Mi hermano valora mucho su reputación y su licencia para vender bebidas alcohólicas. Además, intenta mantenerse imparcial en las disputas familiares.

Bree miró hacia la puerta del bar y se le iluminaron los ojos.

—¡Ah, refuerzos! —exclamó alegremente—. Esto va a ser divertido.

Liz se giró y vio entrar por la puerta a Mick, Mega, Jeff y su mujer. Sin embargo, ellos cuatro no se acercaron a la mesa de las mujeres, sino que se sentaron en la barra y comenzaron a susurrar sobre algo. A juzgar por lo intenso de sus expresiones, debía de ser un tema importante, y no necesariamente buenas noticias.

Bree entrecerró los ojos.

—¿Qué puede ser? —preguntó, con asombro.

—Solo hay una forma de saberlo —dijo Susie. Se puso

en pie, se tambaleó un instante y recuperó el equilibrio. Sonrió–. Esa última cerveza ha sido demasiado.

Atravesó el bar y se colocó entre sus padres. Jeff, Jo, Mick y Megan se quedaron callados.

Entonces, Mick exclamó:

–Vamos, decídselo. De todos modos, la familia entera va a saberlo dentro de nada.

Megan le clavó un codo en las costillas.

–Cállate. Thomas nos pidió que le guardáramos el secreto.

Al oír el nombre de Thomas, Liz agudizó el oído para oír la conversación. Por desgracia, Megan había conseguido que todos mantuvieran la discreción, Mick incluido.

Susie volvió a la mesa con cara de frustración.

–¿Y bien? –preguntó Bree.

–La tía Megan los ha silenciado a todos –refunfuñó Susie–. Solo he oído algo sobre el tío Thomas y sobre Aidan, pero no tiene sentido. ¿Qué ocurrirá entre el tío Thomas y Aidan? –preguntó, y se volvió hacia Liz–. ¿Tú sabes algo?

–No, nada –dijo Liz.

Sin embargo, el corazón se le aceleró de repente. No tenía duda de que se trataba del gran secreto que Aidan le estaba ocultando. Y, si era algo tan importante que podía dejar callado incluso a Mick O'Brien, claramente era algo que Aidan debería haberle contado a una mujer a la que, supuestamente, tenía en tanta consideración como para querer que formara parte de su vida.

Tuvo una horrible sensación de *déjà vu* y se puso de pie.

–Tengo que irme –dijo, y puso dinero sobre la mesa–. Esto es para pagar la cena y las copas.

Bree la miró alarmada.

—Liz, ¿te ocurre algo? ¿Sabes de qué va todo esto?

—No tengo ni idea —dijo ella—. Y ese es el problema.

Estaba a medio camino de la salida cuando Bree la alcanzó.

—Estás disgustada. No te vayas sola.

—No quiero tener compañía en este momento.

—Yo no soy cualquier compañía. Soy tu amiga. Puedes desahogarte conmigo o quedarte callada, pero no vas a estar sola.

Liz iba a objetar, pero vio la cara de obstinación de Bree y supo que no serviría de nada.

—Está bien. Como quieras.

Iban andando por la pradera, a buen paso, cuando Aidan apareció de la nada.

—Te he estado buscando por todas partes —le dijo a Liz—. Tenemos que hablar.

—Demasiado tarde. Vamos, Bree.

Bree miró a Aidan. Después, le apretó el brazo a Liz.

—Escucha lo que tenga que decirte, Liz. Después, puedes arrancarle el corazón, si quieres.

Liz la miró irónicamente.

—¿Y a ti también, por dejarme abandonada?

Bree se rio.

—Espero que no lo hagas, pero sí. Creo que es lo justo.

Liz siguió caminando sin mirar a Aidan. Aunque no creía que aquella estrategia sirviera, esperaba que captara el mensaje y se rindiera.

En su casa, ella encendió todas las luces, saludó a los perros y al gato, le dio a cada uno un premio y los dejó salir al jardín para que echaran una carrerita. Después, se sirvió un vaso de agua. Aidan esperó pacientemente.

—¿Ya has terminado de evitarme? —le preguntó él, cuando, por fin, ella se apoyó en el fregadero con el vaso en la mano.

—Supongo que todavía no te has marchado –dijo ella, con un suspiro.

—No voy a irme.

—¿Cuál es la gran noticia, Aidan? Y ¿cuánta gente se ha enterado antes que yo?

—Yo no...

Ella negó con la cabeza.

—Si vas a decirme que no sabes de qué estoy hablando, no te molestes. Mick, Jeff y sus mujeres entraron al bar con cara de alucine. Todas hemos oído que hablaban de Thomas y de ti, así que... ¿de qué se trata? ¿Vas a trabajar para su fundación? ¿Vas a hacer una donación enorme para ganarte el favor de todos los O'Brien? ¿Qué? ¿O vas a seguir negando que hay algo raro en todo esto?

Aidan la miró directamente a los ojos y respondió lentamente.

—No hay nada raro, Liz. Solo ha sido algo como un choque. Por lo menos, para los O'Brien. Thomas O'Brien es mi padre.

# Capítulo 22

Aquel anuncio de Aidan dejó muda a Liz.

—¿Tu padre? —susurró, cuando, por fin, recuperó el habla—. ¿Cómo?

Aidan sonrió ligeramente.

—Supongo que por el método tradicional. Esos son unos detalles que no quiero conocer.

Ella frunció el ceño ante su intento de aligerar algo tan inmenso.

—Ya sabes lo que quiero decir. ¿Thomas y tu madre estuvieron juntos? ¿Lo sabías cuando llegaste a Chesapeake Shores? ¿Viniste por eso? —preguntó, y abrió mucho los ojos—. Ahora cobra todo el sentido tu forma de reaccionar con él, al principio.

En vez de concentrarse en aquella noticia tan importante y en las emociones que debía de estar sintiendo Aidan, Liz se aferró con egoísmo a lo que era una traición imperdonable para ella.

—Nos has engañado a todos, ¿no?

—Yo no he engañado a nadie —dijo él—. Por lo menos, no era esa mi intención.

—No le dijiste la verdad a nadie, ¿no? Me parece que es un secreto demasiado grande como para ocultárselo a los demás, sobre todo, cuando afecta a tantas vidas aquí en el pueblo –dijo ella. No estaba segura de lo que sentía por Aidan en aquel segundo. La noticia en sí era algo secundario ante el hecho de que aquel hombre la hubiera mantenido en la ignorancia sobre algo tan importante, algo que formaba parte de lo que él era. ¿Y cómo debían de sentirse los O'Brien, sabiendo que los había engañado?

–¿Podemos ir a dar un paseo para hablar de esto, por favor? –le rogó Aidan–. ¿O, por lo menos, sentarnos en el porche? Quiero explicártelo todo. Para mí es esencial que entiendas exactamente lo que ha pasado.

–Sé exactamente lo que ha pasado –dijo ella, obstinadamente–. Desde el momento en el que nos conocimos, me has estado ocultando algo.

–Eso nunca lo he negado.

–No –dijo ella–, no lo has negado. Pero esto es demasiado, Aidan.

–¿Y crees que no lo sé? Liz, por favor, sé razonable. Ponte en mi lugar. ¿Le dirías a alguien a quien acabas de conocer algo tan personal, sobre todo cuando la persona que está más implicada, Thomas, no lo sabe? Él no tenía ni idea de que yo era su hijo.

–Y, después de que tú y yo dejáramos de ser unos extraños –prosiguió ella–, después de que me dijeras que sentías algo por mí... ¿Y entonces, Aidan? ¿Qué excusa tienes para haber seguido en silencio después?

A ella se le llenaron los ojos de lágrimas que le nublaron la visión. Cuando, por fin, se atrevió a mirar a Aidan, él estaba enfadado.

–Sé lo que pretendes, Liz. Estás metiendo en el mismo saco mi silencio con lo que te ocultó tu marido. Eso no es justo. Yo siempre he admitido que tenía un secreto que quería contarte, pero que no estaba en situación de hacerlo. Era un asunto privado entre Thomas y yo. Ni siquiera sabía si quería decírselo a él y alterar toda su vida. ¿De qué me serviría, a estas alturas? Yo no necesito un papá.

Liz se quedó asombrada por la amargura que percibió en su voz. Él aprovechó su silencio para continuar.

—Cuando llegué aquí, traje al presente algo que ocurrió hace veintiocho años. No quería hacerlo por ira ni por resentimiento, solo si llegaba a la conclusión de que era lo mejor que podía hacer. ¿Por qué iba a meterte a ti en medio de ese dilema?

Ella sabía que él tenía razón, reconocía que Aidan se había visto en medio de un torbellino de emociones, pero no tenía la capacidad de ser razonable. Necesitaba tiempo para pensar en todo aquello, para recordar que aquel era Aidan y no Josh y que, tal y como había dicho Aidan, las circunstancias eran completamente distintas.

—Por favor, vete.

—¿Quieres que me marche sin darme la oportunidad de explicarme? —le preguntó él, al principio, con incredulidad y, al final, con enfado una vez más—. ¿Te parece justo juzgarme sin conocer todos los hechos? —inquirió, y la miró con decepción—. Tal vez no sea yo el culpable.

Entonces, ella también se enfadó.

—¿Qué quiere decir eso?

—Me dijiste que no sabías nada de la infidelidad de tu marido. Estoy empezando a preguntarme si no le obligaste a callarse cuando intentó resolver los problemas que pudierais tener. ¿Lo hiciste, Liz? ¿Le impusiste unas barreras que lo empujaron a apoyarse en otra persona?

Aquella acusación, que se acercaba tanto a la verdad, le hizo daño a Liz. Tanto, que reaccionó con ira.

—¿Cómo te atreves a decir eso? Tú no estabas allí. No sabes nada de lo que pasó.

—Sé lo que tú me contaste —replicó él—. Y ahora, veo lo que me estás haciendo a mí. Dices que yo te importo, y sabes que yo siento algo por ti, algo que creo que puede convertirse en una estupenda relación entre nosotros. Pero prefieres aferrarte a lo que piensas que he hecho mal y alejarte de mí antes que darme un minuto para explicarme —dijo, y movió la cabeza con cansancio—. Muy bien. Si es lo que quieres, me marcho. En este momento ya tengo suficiente como para añadir esto.

Liz lo vio marcharse, temblando de dolor e indignación. Aquello era igual que en aquella noche con Josh. Había echado a Aidan. Por lo menos, no estaba lloviendo y él se marchaba andando, no en coche, pero la sensación era la misma. Le parecía que iba a ocurrir un desastre, que su vida nunca volvería a ser igual. En un segundo, el pasado y el presente se habían fundido en uno.

Podía convencerse de que la culpa era de Aidan, que le había ocultado algo importante aun sabiendo lo que sentía ella cuando la dejaban en la más absoluta ignorancia, pero, cuando estuviera en la cama aquella noche, ¿obtendría algún consuelo de aquella indignación? Había una cosa muy cierta: que tendría tiempo de sobra para recordar sus duras acusaciones. Aunque Aidan hubiera respondido con furia, había dicho algunas verdades sobre su matrimonio. Y ella había esperado no tener que reconocer nunca aquellas verdades.


Aidan no sabía qué le causaba más enfado, si el hecho de que Liz no le hubiera permitido explicarse o el hecho de que la noticia se hubiera sabido antes de tiempo pese a que Thomas le hubiera prometido que no iba a decirle una palabra a nadie hasta la mañana siguiente. Era evidente que Liz no sabía toda la historia, por supuesto. Solo sabía lo justo para ponerlo al nivel del hombre que la había traicionado.

Estaba atravesando la pradera cuando vio a Bree. Ella se puso de pie y se encaminó hacia él, y comenzó a andar a su lado. Para sorpresa de Aidan, no dijo ni una palabra.

–Por si te lo estabas preguntando, no, no ha ido bien.

–Me lo imaginaba, ya que has vuelto tan pronto.

–¿Y se puede saber qué haces tú aquí sentada a estas horas? Sé que es un pueblo seguro, pero es muy tarde, Bree. ¿No deberías estar en casa con tu marido?

–Jake sabe dónde estoy. Creía que ibas a querer hablar, y en mi familia intentamos estar ahí para los nuestros.

Aidan la miró con sorpresa.

–¿Lo sabes?

Ella asintió.

–Cuando Liz se marchó de Luke's, mi padre y el tío Jeff no vieron ningún motivo para no contarlo, pese a que se lo habían prometido a Thomas. Cuando yo volví, ya lo sabía todo el mundo.

–Bueno, ¿y esa es la opinión general? ¿Que soy un mentiroso e indigno de la confianza de nadie?

Bree lo miró con horror.

–¿Eso es lo que te ha dicho Liz?

–Más o menos –dijo él. Cerró los ojos y suspiró–. Y yo entiendo de dónde sale eso. De verdad. Siempre he sabido cómo se sentía con las mentiras, pero ¿qué iba a hacer? No podía decirle nada hasta que Thomas estuviera seguro de que yo no le mentía y pudiéramos decidir entre los dos lo que íbamos a hacer. Él tiene que pensar en su mujer y en su hijo –le explicó. Después, la miró pidiéndole apoyo–. Yo no soy el que lo ha hecho mal, ¿no?

–En un mundo lógico, no. Pero no estamos en un mundo lógico, ¿no? Liz tiene una historia que no nos ha contado a nadie, salvo a ti. Y es obvio que tú has despertado esos viejos sentimientos.

—Eso es exactamente lo que ha ocurrido, pero, sinceramente, no sé cómo podía haberlo hecho. Yo vine a este pueblo sabiendo la verdad, pero todavía no sabía si se lo iba a decir a Thomas y, mucho menos, a otras personas. Solo quería ver a mi padre y, bueno, tener la oportunidad de averiguar por qué mi madre y él no estaban juntos.

—Y ahora que lo conoces, y sabes que tienes esta enorme familia de locos, ¿cómo te sientes?

—Para ser sincero, estoy abrumado. Y, si a eso le añades lo que está pasando con Liz...

—Yo hablaré con Liz mañana por la mañana, cuando se haya calmado. Ella te quiere, Aidan. Lo veo en sus ojos y lo oigo en su voz. Tal vez no es lo que desea, porque tiene miedo, pero te quiere. De lo contrario, esto no le importaría tanto.

—¿Esto es el sexto sentido irlandés del que he oído hablar tanto?

—No, solo es la opinión de una mujer que entiende cómo la gente que la rodea lucha contra el enamoramiento. Todo el mundo trata de protegerse de algo que puede causarle mucho dolor.

—No necesito que abogues por mí —le dijo Aidan.

—Sí, si lo necesitas, pero, aunque así fuera, ahora eres un O'Brien. Vas a tener que aguantar el mismo entrometimiento familiar que hemos aguantado todos. Y deberías saber que mi padre ha organizado una gran comida familiar el domingo para darte la bienvenida a la familia. Los domingos, la abuela siempre prepara todos los platos irlandeses de su recetario, así que podrás conocer la tradición a la que perteneces, por lo menos, en el aspecto culinario.

De nuevo, Aidan se sintió abrumado.

—¿Y tengo que ir?

—Sí —dijo Bree—. A no ser que quieras correr el riesgo de ofender a tu abuela. Es mejor que no lo hagas. Nell puede hacerte sentir una terrible culpabilidad con una sola mirada de decepción.

Aidan suspiró. Sabía que el hecho de no asistir a la comida dominical solo serviría para posponer lo inevitable. Además, en parte, deseaba ir, deseaba descubrir la otra mitad de su herencia, deseaba tener otra vez lazos familiares.

—Allí estaré.

—Bien dicho —respondió Bree, con una sonrisa—. Debo de haber heredado los genes inductores de la culpabilidad de la abuela.

—Pues no presumas de ello. Es muy molesto.

Ella se echó a reír.

—Has hablado exactamente igual que uno de mis hermanos. Eres un O'Brien, de eso no hay duda. Bienvenido a la familia, Aidan. Lo digo en serio.

—Gracias, Bree. Lo digo en serio.

—Duerme un poco. Yo haré lo que pueda con Liz mañana, pero tal vez tengas que darle algo de espacio y dejar que ella acuda a ti.

—Claro —dijo él.

Sin embargo, sabía que Liz no iba a acudir a él. Para bien o para mal, había tomado una decisión aquella noche, y Bree no iba a conseguir que cambiara de opinión. Después de todo, la última vez que le habían hecho tanto daño, había dejado su ciudad natal y a su familia para huir de los recuerdos.

Con la excusa de un resfriado veraniego, Liz llamó a su empleada a primera hora de la mañana para decirle que tenía que sustituirla en la tienda todo el día. Tess se puso muy contenta por las horas extra; estaba ahorrando para comprarse un coche.

Una vez tomada aquella cobarde decisión, Liz volvió a la cama y se tapó la cabeza con la sábana. Los perros se quedaron cerca de ella con preocupación, y el gato se tendió sobre sus pies y empezó a ronronear. Liz pensó que lo hacía para reconfortarla. Sin embargo, el ronroneo le estaba poniendo los nervios de punta, probablemente, porque en el fondo sabía que no se merecía que la reconfortaran.

Lo que le había dicho a Aidan la noche anterior era cruel e injustificable. Aunque el secreto de Aidan hubiera acabado con su confianza en él, ella no era la importante en aquella situación. Aidan tenía un padre a quien no conocía antes de llegar a Chesapeake Shores. Intentó imaginarse cómo podía ser aquello, y no fue capaz. Y, ahora que la noticia había salido a la luz y él podía compartirla con ella, ella le había rechazado. Seguramente, era la noticia más importante de la vida de Aidan, y ella ni siquiera le había escuchado. ¿Cómo había permitido que la mentira de Josh le endureciera tanto el corazón? Y ¿cómo había olvidado que ella también había ocultado muchos secretos desde que había llegado a Chesapeake Shores?

Aunque había llegado a la conclusión de que había obrado mal, no sabía cómo corregir su error. La respuesta más obvia era ir a ver a Aidan y pedirle disculpas. Una mujer madura y racional que quisiera una relación con él haría exactamente eso. Sin embargo, una mujer que tenía miedo, terror, a volver a arriesgarse, era otra cosa distinta.

Alguien llamó a la puerta y, aunque no quería hacerlo, Liz se levantó, se puso una bata y abrió. Se encontró con Bree, Shanna y Susie en el porche.

—No estás en el trabajo —le dijo Shanna, como si Liz no lo supiera.

—Esto es por Aidan, ¿verdad? —preguntó Susie—. Has roto con él. ¿Sabes que quedarte en casa escondida no te va a servir de nada? Yo intenté esconderme de Mack más de una vez, pero fue una pérdida de tiempo. Él siempre me encontraba, y yo me sentía como una tonta.

Liz entornó los ojos.

—¿Estás diciendo que soy tonta?

—No, no —dijo Bree, y le clavó a Susie una mirada de advertencia. Después, pasó por delante de Liz y se dirigió a la cocina.

Cuando el resto del grupo la alcanzó, ya había puesto el café al fuego.

—Siéntete como en tu casa, ¿de acuerdo? —murmuró Liz.

Bree sonrió.

—Ya lo hago —dijo.

Sacó nata, huevos y mantequilla de la nevera. Después, tomó una barra de pan de la encimera.

—Voy a hacer tostadas francesas. Es un alimento muy reconfortante.

—Ooh, me encantan —dijo Shanna, y se dio una palmadita en el vientre—. Y al bebé también.

Liz sacó una silla, se sentó y apoyó la cabeza en las manos. El parloteo de sus amigas, extrañamente, le resultó consolador. Claramente, no la odiaban por haber echado a Aidan, aunque sabía que más tarde o más temprano tendría que oír lo que pensaban al respecto.

—Liz, ¿tienes sirope? —le preguntó Bree en voz alta, como si temiera que se hubiese quedado dormida.

—En el armario de la izquierda del fregadero, en la balda de en medio —dijo Liz, sin alzar la vista—. Hay mermelada de fresas en la nevera.

—Tómate el café —dijo Shanna, mientras le servía una taza—. Te sentirás mejor. El de Bree es tan fuerte que te pone los pelos de punta.

Entonces, Liz sí que alzó la cabeza.

—Suena divino —dijo. Tomó un sorbo y suspiró de agradecimiento. Miró a Shanna—. Tendrías que dejar que ella lo hiciera para la librería.

Shanna la miró con los párpados entrecerrados.

—¿Acabas de insultar a mi café?

—Creo que sí.

—Sabes que es cierto —intervino Susie—. Shanna, no quiero ser mala, pero he tomado vasos de agua con más sabor.

—Vaya, gracias —dijo Shanna, y se echó a reír—. Bueno, sí, hago un café muy malo. Todas lo sabemos. Si pudiera poner a funcionar esa máquina de *capuccinos* que compré cuando abrí la librería, sería mejor. A Kevin se le da muy bien, pero no está dispuesto a venir a la tienda antes de entrar a trabajar para hacer el café. Me las tengo que arreglar con la cafetera vieja. ¿Acaso os extraña que no cobre por el café, y solo acepte una aportación simbólica?

—Cualquiera de nosotras puede ayudarte con la máquina de *capuccinos* —le sugirió Susie con suavidad—. ¿No se te había ocurrido preguntarnos? Creíamos que hacías café malo para que tus clientes no se quedaran demasiado.

—Muy bien —dijo Shanna—. De ahora en adelante podéis parar a poner en marcha la máquina de *capuccinos* todas las mañanas. Vuestro esfuerzo será recompensado con un café para llevar y mi eterna gratitud.

Liz sonrió.

—Y la consternación de Sally —dijo—. Ella vende más cafés para llevar desde que la gente de Main Street probó el tuyo.

Shanna frunció el ceño.

—Eso no me importa.

—Señoras, señoras —dijo Bree, mientras les ponía un plato con tostadas a cada una—. No hemos venido aquí para hablar del café. Hemos venido porque nuestra amiga nos necesita.

Liz se dio cuenta de que las tres la miraban de repente y con expectación. Titubeó y, después, dijo:

—No sé qué decir. ¿Gracias?

—Di que vas a perdonar a Aidan —le pidió Susie— Está loco por ti, y no quería hacerte daño al guardar su noticia en secreto.

—No, no quería —dijo Bree.

—Eso ya lo sé —admitió Liz.

—¿Lo sabes? —preguntó Bree—. ¿Desde cuándo?

—Desde que la parte racional de mi cerebro ha recuperado el control —dijo Liz—. ¿Cómo se ha tomado la familia la noticia?

Bree sonrió.

—¿A ti qué te parece? Mi padre jura y perjura que él sabía desde el principio que Aidan es un O'Brien. Por supuesto que no tenía forma de saberlo, pero ya conocéis a mi padre. Dice que los irlandeses son más intuitivos que el resto del mundo.

—Mi padre dice que Thomas todavía no da crédito —dijo Susie—. No tenía ni idea de que tuviera un hijo. Cuando Aidan se lo dijo la primera vez, él respondió que no era posible. Sin embargo, las pruebas de ADN han demostrado que sí lo es.

—¿Thomas se empeñó en hacer una prueba de ADN? —preguntó Liz con asombro.

—Bueno, claro. ¿Tú no lo habrías hecho? —preguntó Susie—. A lo mejor hirió los sentimientos de Aidan, pero nadie se cree eso sin hacer una comprobación. Creo que estaban esperando a tener la certidumbre antes de decírselo a todo el mundo. No es algo que puedas contar a la ligera por si luego resulta ser mentira. Imagínate el revuelo que se habría montado, sobre todo para Thomas y para Sean.

—¿Y cómo se ha tomado Connie la noticia de que tiene un hijastro adulto?

—Mi madre habló anoche con ella —respondió Bree—. Dice que Connie nunca tuvo dudas de que Aidan estuviera diciendo la verdad, porque veía que era un O'Brien. Creo que puede ser más fácil para ella porque la madre de Aidan está muerta, y no hay peligro de que se reavive un viejo amor entre Thomas y ella. Pero, aunque estuviera viva, creo que Connie estaría bien, porque es fuerte como una roca. Además, ya han tenido que arreglárselas para unir a sus familias, porque Jenny no aceptaba a Thomas como padrastro. Esto va a ser pan comido una vez que pase la impresión.

Liz se dio cuenta de que Shanna no había dejado de mirarla.

—Bueno, ahora te toca a ti —dijo Shanna, en voz baja—. ¿Cómo llevas tú la noticia?

—Anoche, cuando me imaginé en el bar que estaba ocurriendo algo monumental que Aidan no me había contado, muy mal. Más tarde, él intentó darme explicaciones, pero yo no se lo permití. De hecho, lo mandé a su casa a patadas.

—Y le rompiste el corazón —dijo Bree, en voz baja.

Liz la miró con perplejidad.

—¿Por qué dices eso?

—Porque esperé a que volviera de tu casa. Tenía el presentimiento de que no iba a ir bien, y estaba en lo cierto. Le hiciste mucho daño, Liz.

—Él también a mí. Más de lo que te imaginas.

—Porque se calló un secreto que no solo era suyo, y que no podía contar —le sugirió Bree, suavemente.

—Sí, por eso. Y por algunas de las cosas que me dijo. Seguramente, me las merecía, pero me hicieron daño de todos modos.

Entonces, Liz se volvió hacia Shanna.

—Esta mañana, al despertar y recuperar la cordura, me he dado cuenta de que él ha hecho lo que le parecía mejor para Thomas y para todos a los que podía afectar la noticia. Ojalá me hubiera incluido en ese grupo, pero hice mal en exigírselo. Hay mucho en juego para él, para Thomas y para todos los O'Brien. Yo no debería haber centrado este asunto en mí.

Bree se quedó encantada con aquella respuesta.

—¿Y se lo vas a decir a Aidan? ¿Vas a arreglarlo? Queremos que tú también seas parte de la familia y, si Aidan y tú os casáis, nos convertiremos en primas. ¿No sería perfecto?

Liz la miró con incredulidad.

—Vaya, cuando das un paso hacia delante, lo das en condiciones, ¿eh?

—Es la única manera de hacer las cosas —dijo Bree.

—Yo prefiero ir despacio. Tengo que ver si esta nueva «yo», la cuerda, es de verdad. Si voy a mantener una relación con alguien, la confianza tiene que formar parte de ella. No puedo espantarme por cada cosa como me ha pasado con esto. No sería justo.

—Pero lo vas a intentar —dijo Bree—. Empezando hoy mismo.

—Hablaré con Aidan e intentaré arreglar las cosas, sí —dijo ella.

—¿Y vas a ir a la comida familiar del domingo en casa de Mick? —preguntó Susie—. Va a ser la bienvenida oficial de los O'Brien a Aidan.

—Ya veremos cómo van las cosas.

Solo podía ir a una celebración así si Aidan y ella llegaban a entenderse de alguna manera, si él la perdonaba por su reacción y por haberlo puesto a la altura de Josh. Si él era el hombre que ella pensaba, lo entendería, pero ella también sabía que era muy difícil superar las cosas una vez que se había dado rienda suelta a la ira. Ella ya había olvidado lo que le había dicho él, porque sabía que había sido una reacción exagerada ante su comportamiento. Pero, si Aidan no podía perdonarla por las acusaciones que le había hecho, tal vez todo terminara entre ellos, y no podía culpar a nadie más que a sí misma.

Aidan sufría por lo que había tenido que soportar Liz, pero pensaba que no se merecía su forma de tratarlo la noche anterior. Si había tan poca confianza entre ellos, ¿cómo iban a continuar? Y, en aquel momento, él tenía otras preocupaciones. Tenía que saber cómo iba a encajar en aquella nueva familia que le abriría los brazos.

De nuevo, recurrió a Thomas, como un hijo recurriría a un padre, para pedirle consejo. Quedaron en Shore Road, terreno neutral.

—Yo llevo el café —le dijo Aidan—. Me gustaría hablar de cómo vamos a seguir a partir de ahora.

—Encantado —dijo Thomas.

Aidan pensaba que iba a estar a solas con Thomas, pero su padre llegó antes de las diez con Connie y Sean.

Sean corrió hacia él y lo abrazó por la cintura.

—¿Quieres ir a pescar? Me puedes llevar tú. Nuestro padre tiene que irse a la oficina.

—Aidan y tu padre tienen que hablar. Ya irás a pescar en otra ocasión —dijo Connie, y sonrió a Aidan—. No te preocupes por nosotros. Nos vamos a la librería. Estábamos haciéndole compañía a Thomas hasta que llegaras.

Aidan los vio alejarse con alivio y, después, se sentó y le entregó a Thomas una taza de café.

—Tenías razón en lo de que la noticia se iba a difundir rápidamente —le dijo—. Yo iba a ver a Liz después de salir de tu casa, pero, antes de que pudiera encontrarla, ya se había enterado de que ocurría algo.

Thomas se quedó disgustado.

—Culpa mía. Pensé que debía decírselo a mis hermanos. Les dije que era algo confidencial. Parece que tardaron diez minutos en quedar en O'Brien's. No creo que ellos se lo dijeran a todo el mundo, pero ese sitio siempre está lleno de familiares. Liz estaba allí con las mujeres. Creo que Susie oyó algo de la conversación de su padre con Mick, lo suficiente para causar problemas. Lo siento muchísimo —le explicó a Aidan, y lo miró con verdadera preocupación—. ¿Cómo han ido las cosas con Liz?

—No muy bien. Me echó de su casa y no me permitió que le explicara nada.

—Yo puedo hablar con ella y decirle que guardaste silencio porque te lo pedí.

—No creo que eso le importe. Tiene muchos problemas con la confianza. Yo lo sabía cuando le oculté esto.

—De todos modos, me siento culpable de haberte puesto en esta situación.

Aidan negó con la cabeza.

—Yo me he puesto a mí mismo en esta situación.

Thomas lo observó atentamente.

—¿Y cuál es el siguiente paso para vosotros dos?

—No lo sé. Yo me estaba preguntando qué tal te había ido a ti. Parece que Sean lo lleva muy bien.

Thomas se echó a reír.

—Ya te lo dije —respondió Thomas, y se puso serio—. Aidan, tú quieres tener relación conmigo, ¿no? Entendería que fueras reticente.

Aidan pensó un poco en la pregunta. El hecho de que Thomas fuera lo suficientemente sensible como para formulársela le importó mucho.

—Algunas veces, durante mi vida, tuve mucho resentimiento hacia el hombre que no se había preocupado lo suficiente como para quedarse con mi madre. Y, cuando llegué al pueblo y te vi con una familia tan grande, con una mujer y un hijo, ese sentimiento se despertó de nuevo.

—Es comprensible.

—Pero equivocado. Tú no sabías nada de mí, y fue decisión de mi madre, no tuya. Puede que las cosas hubieran sido distintas si tú lo hubieras sabido, pero lo más probable es que hubiera otro divorcio en tu pasado.

—A mí me gusta pensar lo contrario, pero no puedo negar que es posible. De todos modos, tú has tenido una buena vida, ¿no?

Aidan sonrió al recordar.

—Sí, en general, sí. Lo único que me faltó fue un padre. Algunas veces, el vacío fue muy grande, pero, en general, no tengo queja. Mi madre me dio mucho amor y una buena educación, y me inculcó valores. No creo que haya ningún progenitor que haya apoyado más las elecciones vitales de un hijo. Nadie gritaba más fuerte que ella cuando yo estaba en el campo.

Thomas sonrió.

—Me imagino que estaba muy orgullosa.

—Sí. Me alegro de que me viera jugar como profesional antes de morir.

—Debió de encantarle —dijo Thomas. Entonces, lo miró de reojo, y le confesó—: Yo te vi jugar una o dos veces. Sé que eras muy bueno, y debió de ser terrible que tu carrera terminara por una lesión

Aidan se encogió de hombros.

—Creo que yo estaba destinado a ser entrenador. Soy feliz aquí. Espero poder quedarme.

Thomas se alarmó.

—¿Hay algún motivo por el que no vas a poder?

—Si esta situación resulta demasiado difícil para alguien, para ti, me iré. Yo nunca he tenido la intención de complicarle la vida a nadie.

—Tonterías —dijo Thomas—. Chesapeake Shores es tu sitio. Eres de la familia, Aidan, no lo dudes. Lo demás ya lo iremos solucionando si es necesario.

Y, por primera vez desde que había llegado a aquel pueblo con su oscuro secreto en el corazón, Aidan se sintió de verdad en casa. Si, además, podía hacer las paces con Liz, tal vez su futuro fuera todo lo que esperaba.

# Capítulo 23

Thomas se acercó a casa de su madre, Nell, con un gran nudo en el estómago. Esperaba que, por una vez, su familia hubiera respetado sus deseos y le hubieran permitido ser él quien le diera la noticia sobre Aidan, pero no estaba seguro. Sí sabía una cosa: a su madre no le iba a gustar enterarse por otra persona que no fuera él. Nell siempre había sido una mujer tolerante y comprensiva, pero también sabía transmitir su desagrado. Una simple mirada suya podía ser más severa que cualquier cosa que dijera. Aunque él ya tenía más de cincuenta años, aquella mirada hacía que se sintiera como un niño merecedor de una regañina de la persona a la que más respetaba.

La encontró trabajando en el jardín. El sol de la mañana ya calentaba mucho, pero no parecía que a ella le importara mucho mientras escardaba las malas hierbas. Llevaba un sombrero de paja, de ala ancha, para protegerse del sol.

—Hola, mamá —le dijo él.

Ella alzó la vista y sonrió de alegría.

—¡Thomas! ¿Qué te trae por aquí en un día laboral? Normalmente ya estarías en alguno de tus proyectos a estas horas.

—Hoy tengo otra misión –dijo él–. ¿Puedes tomarte un descanso? Entremos en casa para estar más frescos.

—Vamos, ¿desde cuándo nos ha molestado un poco de calor? Voy a tomarme un descanso, pero prefiero que nos sentemos aquí fuera, para ver el mar. Es calmante. Dillon ha traído una jarra de té helado hace un rato. Espero que el hielo no se haya derretido todavía.

Thomas miró las sillas del porche, que estaban colocadas mirando a la bahía, y sonrió al darse cuenta de que todos los miembros de la familia tenían un conjunto de sillas muy parecidas para disfrutar de las vistas y de la brisa. Aquel amor al paisaje había empezado con su madre, no con él.

Ella se incorporó de su taburete de jardín con algo de rigidez, ignorando la mano que él le tendía. «Cabezota», pensó Thomas, con diversión. Su madre atravesó el césped con una energía sorprendente, se sentó y sirvió el té en dos vasos grandes, uno que seguramente era para su marido, el hombre del que había estado enamorada cuando era una adolescente y con el que se había reencontrado hacía unos años en Dublín.

—¿En qué estás pensando? –le preguntó a su hijo.

—Estoy intentando dar con la mejor manera de abordar esto –admitió él–. No habla muy bien de mí.

Ella frunció el ceño.

—Thomas, yo quiero a todos mis hijos. Todos sois hombres buenos y honorables. Habéis cometido errores, sí, pero eso no afecta a mi amor por vosotros.

Él sonrió al oír su vehemente declaración.

—Gracias, mamá.

—No necesitas darme las gracias por eso. Es así. Bueno, dime.

—¿Te acuerdas de Aidan Mitchell?

—No he perdido la memoria. Sí, por supuesto que me acuerdo de él.

Thomas respiró profundamente y le dio la noticia.

—Resulta que es hijo mío, mamá. Es tu nieto.

Ella abrió unos ojos como platos, al principio, de la impresión, pero después, él reconoció en su expresión una verdadera alegría. Siempre reaccionaba así cuando había un nuevo miembro en la familia, fuera un marido, una mujer o un bebé.

Sus ojos azules se llenaron de lágrimas.

—¿Tengo otro nieto? ¿Ese chico tan guapo es hijo tuyo? —preguntó, y cabeceó—. Debería haberme dado cuenta desde el principio. Tiene los ojos de tu padre, como todos vosotros.

—Son tus ojos los que hemos heredado, mamá —dijo Thomas, y la observó atentamente por si detectaba señales de consternación—. No parece que te hayas disgustado mucho.

—¿Y por qué me iba a disgustar? —preguntó ella, con calma—. Me he quedado asombrada porque la noticia ha sido muy repentina, pero siempre es bienvenido un miembro nuevo de la familia.

Thomas se esperaba aquella reacción, pero... al final.

—¿No me vas a echar ningún sermón, ni a hacerme ninguna crítica, por mi irresponsabilidad?

Ella lo miró fijamente.

—Me imagino que tú ya lo has hecho en mi lugar.

—Pues sí —admitió él.

—Porque eres un hombre bueno y honorable, como te he dicho. No necesito decir nada más. Ahora, cuéntame cómo ha ocurrido esto y cómo te has enterado —dijo su madre. Entonces, entrecerró los ojos—. A menos que lo supieras desde hace años.

—No, no sabía nada. Me quedé tan impresionado como todo el mundo al saber la verdad.

Thomas se apoyó en el respaldo de la silla y le contó a su madre su noviazgo con Anna.

—Parece que esa chica hubiera sido muy adecuada para ti —dijo Nell—. Claramente, te entendía muy bien, y tomó una decisión que debió de creer generosa. Espero que no la culpes por ello, por haberte mantenido separado de tu hijo.

Thomas lo pensó. Pensó en lo mucho que se había perdido, y agitó la cabeza.

—Siento haber perdido tanto tiempo de la vida de Aidan, pero ella tenía razón. Seguramente, yo era una persona egoísta y demasiado ensimismada en aquellos momentos, y no podía ser un buen marido ni un buen padre.

—¿Y ahora? ¿Vais a intentar construir una relación de padre e hijo? ¿Vas a hacer lo que sea necesario para conseguirlo?

—Aidan es un poco mayor para que un padre interfiera en su vida.

—Nadie es demasiado mayor como para necesitar a la familia —le dijo Nell—. Tú tienes que estar ahí para él, sea como sea. Ojalá yo tuviera más tiempo para conocer a este nuevo nieto mío.

Thomas frunció el ceño.

—Tú vas a tener muchos años para estar con él, mamá.

Ella sonrió, y la tristeza desapareció de sus ojos.

—Sí. Intentaré estar por aquí el mayor tiempo posible.

Thomas le tomó la mano a su madre. Pese a su edad, y a algunas señales de fragilidad, sus manos eran fuertes por todos los trabajos de jardinería que se empeñaba en seguir haciendo. Aquella fuerza y aquella determinación la mantendrían con ellos.

—Te quiero, mamá. Aidan va a venir a la comida del domingo, su bienvenida oficial por parte de los O'Brien. Cuento contigo para que hagas nuestros platos favoritos.

—¿Estás seguro de que Aidan está preparado para enfrentarse a todos nosotros?

—No creo que nadie pueda estar preparado para eso. El hecho de que esté dispuesto a venir demuestra que tiene los genes O'Brien.

—Sí, ¿verdad? —dijo ella, y le apretó la mano—. Enhorabuena, Thomas. Tiene suerte de que seas su padre.

—No estoy seguro de que lo entienda todavía, pero sí tiene suerte de formar parte de esta familia. Yo mismo le doy gracias a Dios por ello.

—Como yo —dijo ella, con todo el corazón—. Como yo.


Liz intentó hablar con Aidan varias veces aquellos días, pero, por primera vez desde que él había llegado al pueblo, se mostró muy esquivo. Era posible que quisiera evitar hablar con ella. Y no podía culparlo, después de su amarga discusión.

El jueves, Liz lo vio en la pradera durante uno de los entrenamientos no oficiales del equipo. Ella se quedó junto a la puerta de la tienda y lo miró mientras trabajaba con los chicos. Al ver la atención con que Henry, Taylor y Héctor escuchaban lo que decía, y lo bien que sabía Aidan motivar a todos los chicos, a Liz se le escapó una sonrisa y se le abrió un poco más el corazón. Estaba claro que Aidan sería un buen padre, no como Josh, que nunca había demostrado el menor interés por tener hijos. Ella era la que había tenido el sueño de formar una familia con varios niños, no él. Ahora lo veía mucho más claramente.

Se preparó para abordar a Aidan y pedirle perdón en cuanto terminara el entrenamiento, pero, justo cuando él se estaba despidiendo del equipo, un grupo de turistas entró en la tienda. Cuando se marcharon, sus ventas habían aumentado considerablemente, pero también su nivel de frustración.

Buscó el número de Aidan en su lista de contactos del teléfono móvil, pero, en el momento de apretar la tecla, no pudo. El hecho de concertar una cita le parecía forzado. Pensaba que sería más fácil decir las palabras adecuadas durante un encuentro casual, pese a los nervios que sentía. Sin embargo, si continuaban así, solo iba a conseguir verlo durante la comida del domingo en casa de Mick, y allí no iban a tener un segundo para hablar en privado.

Bree entró en la tienda mientras ella miraba el teléfono.

—¿Qué tal estás?

Liz suspiró.

—Vaya. He estado intentando reunir valor para hablar con Aidan.

Bree se alegró al instante.

—Está en casa. Yo puedo sustituirte en la tienda, si quieres subir y arreglar las cosas.

Liz negó con la cabeza.

—No, eso tampoco me parece lo mejor.

Bree frunció el ceño.

—¿Por qué?

—Porque tengo la impresión de que sería mejor que nos encontráramos por casualidad, que yo pudiera decirle lo que pienso, y todo se arreglaría. Si llamo o subo a su casa, parecerá una cosa muy importante.

Bree ni siquiera intentó disimular lo mucho que le divertía su respuesta.

—Es que es una cosa muy importante, querida. Es el primer paso hacia tu futuro. Ha sido tu primera gran lucha. Y tienes que terminarla bien para que el resto de vuestras vidas vayan bien.

—Oh, no sea usted tan dramática, doña Autora Teatral.

—Sí, tú ríete de mí si quieres, pero como autora teatral de éxito moderado, te digo que esta escena es un punto de inflexión, es la escena en la que el público sabe si la pareja tendrá una vida feliz.

—Vaya, este es el apoyo moral que necesito justo antes de arriesgarme a hacer algo que está completamente fuera de mi zona de confort —dijo Liz—. Es una disculpa, Bree. Si lo convierto en algo que va más allá, me voy a quedar paralizada y no voy a conseguir decir ni una palabra.

En aquel momento, se oyeron unos ladridos desde el piso superior. Liz frunció el ceño.

—Creía que Aidan estaba en su apartamento.

—Yo también.

—Entonces, ¿por qué no calma a Archie? —preguntó Liz—. Parece que algo no va bien.

Bree la miró con astucia.

—¿No tienes una llave para emergencias?

Liz iba a abrir el cajón para sacar la llave, pero vaciló.

—Tienes que tener razón; Aidan acaba de terminar el entrenamiento, y tiene que estar en casa.

—Bueno, la experta eres tú, pero parece que Archie está frenético —dijo Bree.

A Liz también se lo parecía. Aquella era la versión de Archie de una alarma de emergencias. O, tal vez, era justo lo que necesitaba para vencer su resistencia y subir las escaleras.

—Vamos, ve tú —le dijo Bree—. Yo me quedo aquí.

—¿Por qué no vas tú? Yo me quedo aquí —replicó Liz, inmediatamente—. Por si entra algún cliente.

—Deberías ir tú —insistió Bree—. Aidan te dio la llave a ti, y tú puedes controlar a Archie mejor que yo.

Liz suspiró. No tenía argumentos contra eso.

—Ahora mismo vuelvo. Si me oyes gritar, significa que ocurre algo más que una típica crisis de Archie. Llama al teléfono de emergencias.

—Por supuesto —dijo Bree.

A pesar de la inquietud que sentía, Liz arrastró los pies escaleras arriba. Llamó a la puerta con fuerza, y Archie comenzó a ladrar aún más.

Entonces, abrió la puerta con cuidado. Archie se lanzó hacia ella. Claramente, el perro estaba extasiado con su llegada. Como no salió corriendo hacia la calle, sino que volvió al interior del apartamento, ella lo siguió por el vestíbulo y se quedó asombrada.

El piso estaba lleno de flores. Había jarrones con flores de todos los tipos y colores. Olía a un perfume lleno de dulzura. El mayor de los ramos era un arreglo de ramas de cornejo en plena floración, aunque estuvieran fuera de la estación. Aidan estaba junto a aquel ramo, con una expresión de inseguridad.

—¿Demasiado? —preguntó.

Liz sonrió.

—Eso depende de lo que pretendas conseguir.

—Esperaba dejarte atónita, impresionarte con un gesto que te transmitiera lo mucho que siento haberte hecho daño.

A Liz se le llenaron los ojos de lágrimas.

—Detecto la influencia de Bree en esto.

—Fue idea mía al cien por cien —le dijo él—. Pero ella tiene una floristería y es increíblemente habilidosa haciendo arreglos florales.

—¿Y dónde habéis encontrado flores de cornejo a estas alturas del verano?

Él se encogió de hombros.

—Vas a tener que preguntárselo a ella. Supongo que en el vivero de Jake tienen recursos para encontrar flores fuera de temporada. Intentó convencerme para que no las eligiera, pero le dije que tenían demasiado significado. Cuando nos conocimos, Dogwood Hill estaba en plena floración.

Liz sonrió.

—Sí, ya me acuerdo. Seguro que ha sido muy fácil conseguir que Bree conspirara contigo. Después de todo, es toda una romántica. Pero... ¿y Archie? ¿Cómo has conseguido que cooperara?

—Le dije que nuestro futuro dependía de ello. Y mencioné tu nombre muchas veces. Es como una especie de incentivo para él. Si digo tu nombre, se pone como loco de contento.

De hecho, Archie estaba danzando de un lado para otro, entre ellos dos. Liz casi veía la esperanza reflejada en sus ojos.

—¿Me perdonas? —preguntó Aidan—. Quería habértelo contado todo mucho antes. Siento no haber podido hacerlo.

Liz tomó aire.

—Y yo tenía que haberlo comprendido. A la mañana siguiente, ya me había dado cuenta de lo equivocada que estaba por haber esperado que tú actuaras de otra forma. Por supuesto que tenías que respetar los deseos de Thomas —dijo ella, y lo miró con arrepentimiento—. Además, yo tampoco he sido abierta con respecto a mi pasado. Casi nadie del pueblo lo sabe.

—Sí fuiste sincera conmigo.

—Pero lo hice cuando más me convino. Debería haberte concedido el mismo derecho y darme cuenta de que me lo habías contado en el momento más adecuado. Me da la sensación de que voy a tener problemas para confiar en los demás durante mucho tiempo. No me alegra, claro, y voy a trabajar por superarlo. No voy a permitir que lo que me ocurrió con Josh condicione el resto de mi vida.

Aidan dio un paso hacia ella.

—Espero que sepas que puedes confiar en mí, Liz.

—Estoy empezando a aceptarlo —dijo ella.

—¿Podemos empezar a superarlo juntos, en este momento, ahora?

—¿Qué quieres decir?

—Que quiero que estemos juntos. Quiero que formes parte de mi futuro. Quiero casarme y formar una familia, y quiero vivir aquí, en Chesapeake Shores. Creo que me enamoré de ti en cuanto te vi, persiguiendo a Archie por Dogwood Hill. Estabas tan increíblemente guapa con aquella luz...

—Tú acabas de encontrar a una familia enorme —le recordó ella, con una sonrisa—. ¿No es eso suficiente para ti?

—No. Quiero la mía. Sé que es demasiado pronto, pero quiero que sepas que ese es mi objetivo. Tú puedes elegir la velocidad con la que quieres llegar a ese punto.

Al oír aquellas palabras llenas de sinceridad, la última capa de hielo que rodeaba el corazón de Liz se derritió.

—Yo también quiero eso. Te quiero, Aidan —le dijo—. Me da muchísimo miedo lo que estoy sintiendo, pero no puedo negarlo. Hace tiempo que sé que tú eres un hombre digno de ser amado, pero tenía miedo de cometer los mismos errores.

—Yo también estoy asustado, si quieres que te diga la verdad, pero esto va a ir bien. Me lo dice el instinto. Creo que lo sé desde que te vi. Acuérdate de que yo no tuve dos padres con un matrimonio perfecto para aprender de ellos. En esto solo sigo lo que me dice el corazón y, sinceramente, no me cabe ninguna duda sobre nosotros dos.

Ella lo miró a los ojos.

—Yo tengo dudas en nombre de los dos —dijo ella, con sinceridad.

—Pero... ¿podemos intentarlo? Podemos ir despacio, paso a paso, hasta que los dos estemos seguros y tranquilos. Entonces, nos casaremos y formaremos una familia...

Liz tragó saliva y luchó por dominar el temor, pero, al ver la mirada de Aidan y sentir que Archie le daba un empujón para animarla, dijo:

—Me parece que es un buen plan.

Cuando Aidan se acercó a ella, Liz se dejó abrazar, con las mejillas llenas de lágrimas.

—Si eres feliz, ¿por qué lloras?

—Porque es lo que hago cuando soy feliz —dijo ella—. Pero también cuando estoy asustada o triste. Algunas veces, lloro por ningún motivo.

Él sonrió.

—Entonces, supongo que tendré que acostumbrarme, porque voy a hacerte muy, muy feliz.

Teniendo en cuenta que era Bree la que le había ayudado a llevar a cabo el plan para conquistar a Liz y convencerla de que se casara con él, Aidan se quedó asombrado al comprobar que, por una vez, la noticia no había corrido como la pólvora por el pueblo antes de la comida de casa de Mick.

Mientras entraban al vestíbulo, Liz se detuvo y le dijo al oído:

—Hoy es un día para Thomas y para ti, ¿de acuerdo? Nuestras noticias pueden esperar.

A Aidan le hizo gracia aquello, y la miró.

—Nuestra amiga Bree nos ha guardado el secreto, asombrosamente, pero ¿de verdad piensas que va a poder callarse durante toda una comida familiar?

—Puedo rogarle que lo intente —dijo Liz.

Aidan la observó.

—¿Es por Thomas y por mí, y no porque estés asustada?

Ella se puso de puntillas y le dio un beso en la mejilla.

—Por supuesto —respondió ella.

Aidan se quedó asombrado por aquel beso en público, y se echó a reír.

—Pues ya lo has hecho.

—¿El qué?

—El beso, Liz.

—¿Qué pasa con el beso?

—Mira.

Había como mínimo media docena de O'Brien cerca de ellos, con la boca abierta. Era evidente que se habían reunido para darle la bienvenida a Aidan y que habían visto mucho más de lo que esperaban.

—No es lo que parece –dijo Liz, en voz alta. Sin embargo, no sirvió de nada, porque todos empezaron a reírse del comentario.

Susie y Shanna fueron las primeras que se acercaron a darle a Liz un abrazo.

—¡Sois pareja! –exclamó Shanna, con felicidad.

Liz abrió la boca, sin duda para negarlo, pero Susie la cortó.

—Ni se te ocurra decir que no. ¡Este es un día estupendo! ¡Un nuevo primo y una futura nueva prima!

Aidan sonrió al ver la cara de perplejidad de Liz.

—Le he besado en la mejilla –murmuró con desesperación–. ¿A ti te parece que eso significa «compromiso matrimonial»?

—No –dijo Susie–, pero la expresión de deleite de Aidan, sí.

A los pocos minutos, los habían llevado al salón y todos estaban abrazándolos con entusiasmo. Aidan estaba seguro de que nunca había visto a algunos de los presentes. Al final, fue Thomas quien los rescató.

—Bueno, todo el mundo fuera. Tenemos que ir a ver a alguien –dijo, mirando con cara de pocos amigos al resto de la familia–. En privado.

Entonces, los guio hasta la cocina. Allí, Nell se movía de un lado a otro preparándolo todo con ayuda de la hija mayor de Mick, Abby, y sus hijas gemelas, Carrie y Caitlyn. Caitlyn tenía un bebé en brazos, pero parecía que se las arreglaba para remover una cazuela que desprendía un olor delicioso.

–Mamá –dijo Thomas. Al instante, la conversación cesó–. Me gustaría presentarte a Aidan Mitchell, tu nieto –dijo, y le guiñó un ojo a Liz–. Y a la mujer que, según creo, va a ser su esposa.

Aidan esperó con nerviosismo, y Nell se volvió hacia él. Su abuela sonrió lentamente, atravesó la cocina y le puso las manos en las mejillas. Su caricia fue tan delicada, que a él se le llenaron los ojos de lágrimas.

–No sé cómo explicarte la alegría que siento al saber que tengo otro nieto que adorar –le dijo Nell, le guiñó un ojo y se volvió hacia Caitlyn y Carrie–. A lo mejor tú puedes enseñarles a estas dos a ser más respetuosas con sus mayores.

–¡Abuela! –protestó Carrie, con indignación.

–Ya sabes que te está tomando el pelo –le dijo Caitlyn a su hermana–. Nosotras somos sus primeras bisnietas. Nos adora. Y yo tengo a su primer tataranieto en brazos. ¿Crees que va a arriesgarse a que aleje a esta preciosidad de niño de ella?

Nell se echó a reír. Tomó a Aidan y a Liz de la mano y dijo:

–Estoy muy feliz con todas estas noticias. Os deseo toda la felicidad que os merecéis.

A Aidan se le llenaron los ojos de lágrimas otra vez. Aquel día había derramado más lágrimas que en toda su vida. Incluso durante el funeral de su madre había permanecido estoico. Pero los O'Brien tenían algo que, aparentemente, ponía las emociones a flor de piel.

Entonces, Nell también le dio un beso a Thomas.

—Gracias por traer más alegría a mi vida —dijo. Sin embargo, puso cara de severidad, y añadió—: Pero no me des más sorpresas, ¿eh? No sé cuánto me va a aguantar el corazón.

Entonces, todos se echaron a reír en la cocina, y se interrumpió la solemnidad.

—Me muero de hambre, abuela —dijo Carrie—. ¿No deberíamos sacar ya la comida?

—¿Es que te crees que no sé cuándo está preparado un guiso? —inquirió Nell. Después, se giró hacia Aidan y Liz—. Aidan, lleva tú el asado a la mesa. Liz, tú, el pan.

Entonces, comenzó a dirigir a todo el mundo de un modo tan perfecto, que Aidan comprendió de dónde había sacado Bree su genio para la dirección teatral, además de para escribir buenas obras de teatro.

En la mesa, rodeado por su nueva familia, Aidan inclinó la cabeza con los demás.

Nell le dio gracias a Dios por todas sus bendiciones, y por llevar a Aidan a sus vidas. Él miró a Liz y se dio cuenta de que ella también estaba muy emocionada. Tal y como le había dicho, lloraba en todas las ocasiones, pero tenía una sonrisa en los labios que le dio a entender que aquellas lágrimas eran de pura felicidad.

Cuando terminó la oración, él captó su mirada y, sin importarle las miradas de curiosidad, le dijo, formando las palabras con los labios:

—Te quiero.

Ella le lanzó una sonrisa resplandeciente.

—Yo también te quiero.

Sin embargo, pronunció las palabras en voz alta, bien claro.

Y, en aquel momento, rodeado como estaba por su familia, Aidan supo que todo iba a salir exactamente como debía.

## ÚLTIMOS TÍTULOS PUBLICADOS EN HQN

*Dulce como la miel* de Susan Wiggs

*Un lugar donde olvidarte* de J. de la Rosa

*Una boda en invierno* de Brenda Novak

*El hechizo de un beso* de Jill Shalvis

*La tentación vive arriba* de M.C. Sark

*Ardiendo* de Mimmi Kass

*Deletréame te quiero* de Olga Salar

*Las hijas de la novia* de Susan Mallery

*Los hombres de verdad no… mienten* de Victoria Dahl

*Lazos de familia* de Susan Wiggs

*La promesa más oscura* de Gena Showalter

*Nosotros y el destino* de Claudia Velasco

*Las reglas del juego* de Anna Casanovas

*Descubriéndote* de Brenda Novak

*Vainilla* de Megan Hart

*Bajo la luna azul* de María José Tirado

www.ingramcontent.com/pod-product-compliance
Lightning Source LLC
LaVergne TN
LVHW091619070526
838199LV00044B/859